巡心者

I 甦醒

A. J. STEIGER

A.J. 史泰格——著 楊佳蓉——譯

MINDWALKER

獻給我的家人

第一章

隔著眼中的鮮血，我幾乎什麼都看不清。血液沾濕我的衣服與雙手，胸腔隨著呼吸灼痛。一根肋骨斷了。不過我還站著，已經比對手好上許多。

他躺在我腳邊喘息，身下散開一灘血。他探向皮帶上的槍，我將子彈用盡的霰彈槍槍托往他手指砸去。男子高聲嚎叫。

好噁心。

我提醒自己他是恐怖分子。不能同情。

「求妳。」他痛苦地啞著嗓子低喃。「拜託不要。」他扭曲的手指依舊往佩槍移動。我踹上他的臉，一顆牙齒飛了出來。他翻翻白眼，在一瞬間，我看見自己內心的恐懼反射回來，不禁猶豫了。

但我有命在身。**不留活口**。要是立場逆轉，他一定不會高抬貴手。這可是戰爭。我的腳緩緩抬到他頭頂上。一道聲音在我心底高喊：**不！**可是我停不了。我的身體不聽使喚，靴子朝他的臉踩去。**啪嚓**。我忍住反胃，一次又一次地踩下。

他抽搐幾下，身軀僵硬地顫抖，最後一動也不動。我站在恐怖分子位於地下室的水泥巢穴裡，身旁只有我剛才殺害的男子。

我沒有哭。

耳邊傳來清晰的電子音——叮——還有預先錄製的女性嗓音：「療程結束。」

我猛然睜開雙眼，但眼前只有黑暗。皮製手銬陷入我的手腕，自己的刺耳呼吸聲填滿耳朵。臉上的眼罩被人取下，黑暗終於消散，突如其來的亮光照得我瞇起雙眼。融合療程實驗室單調的白色與銀色裝潢在周圍發光。

我茫然了好一會，不知道這是哪裡，也不知道我在這裡做什麼。接著我想起自己的身分，顫抖著緩緩吐了口氣。

我是蓮恩．費雪，今年十七歲。這裡是神經科技倫理學會（IFEN）。我掌心沒有血，那個死人只是一段記憶，甚至不是我的記憶。

身旁的儀器嗶嗶響著，監測我的心跳和腦波，我望向坐在旁邊柔軟躺椅上的老人。我的客戶。他的護目鏡也摘下了，溼潤的藍眼仰望天花板。透過我們之間的牽繫，我感覺得到他渾身緊繃，但他的思緒平靜無波。或許這是他長久以來面對痛苦的方式——不去想就對了。像機器般自動運作。

幸好他聽不見我的想法。我不認為他會喜歡這個比喻。

我輕喃：「解開。」皮手銬啪地彈開。我摘下頭盔，涼爽的空氣掃過我沾滿汗水的腦袋。「今天到此為止。」我說，「標記的階段已經接近完成。從下一段療程開始修正。」

他咕噥一聲，坐了起來。他飽經風霜的臉龐佈滿皺紋，下顎冒出灰白鬍渣。「之後我就不會再想起戰爭了？」

「沒錯。」

「為什麼要花那麼多時間？」他低沉嘶啞的嗓音中帶著一絲控訴，彷彿是以為我很享受踏過那些暴力與死亡的影像。「妳怎麼沒辦法一次就解決？」

我已經跟他解釋過了，湧現的憤怒在我喉頭冒泡。我咬住舌頭，提醒自己對方的舉動只是防禦機制，逼自己冷靜回答：「程序相當複雜。我必須先體驗那些回憶，才知道之後在正式的步驟中要如何給予引導。不過你已經快要結束了，只剩一個療程。」我抖著手指撥開臉上的幾縷頭髮。「你感覺如何？」在每次融合療程之後，我便得要提出這個問題。

他的視線閃向我，抿起嘴脣，瞇細雙眼。然後，他一言不發，一拐一拐地離開房間。

我靠上椅背，四肢疲憊虛軟。腦海中迴盪著我的靴子——不，是他的靴子——陷入男子臉龐，骨頭碎裂的清脆聲響。

我沒有殺過人。我從未遭到暴民襲擊，也沒被人狠狠揍過。我沒有看過小孩子死在我眼前。但我經歷過那一切回憶。

我提醒自己方才目睹的種種全是數十年前的往事，那是我們國家歷史上殘暴的章節。我努力告訴自己這就像是在看錄影，可是不然。我感覺得到，那些恐懼與憤怒，鮮血的溫度與溼潤，以及病態的甜香。我的手還在抖。我好想回家，縮在被窩裡，抱著我的松鼠玩偶納特。

牆上的螢幕亮起，跳出女性的面容。是茱蒂絲，療程監控員之一。她的額頭皺起關切的紋路。「還好嗎？」

我擠出笑容。「沒事。」

「今晚大概就到此為止了吧。」

我揉揉前額。「大概吧。明天有微積分小考。」現在我最不在意的就是微積分了，但如果我想當巡心者，就要學習如何劃分我的情緒。我得讓大家認為那些體驗不會令我動搖，也就是說我要維持成績，好好過活。

我爬下椅子。

「蓮恩……」

我抬眼。

「跟妳說，妳還很年輕。」茱蒂絲說，「妳還有很多時間可以想清楚自己到底要什麼。不需要把自己逼得這麼緊。」

又來了。

真希望大家不要這麼關心我。這個想法或許很糟糕，但他們的擔憂總讓我好無助。感覺他們可以聞到我的脆弱。「謝謝，不過我真的沒事。」我沒給她時間回應，直接走出房間。

沿著狹窄的潔白走廊往前走，我偷聽到茱蒂絲跟別人說話，隔著中控室的門板，她的聲音有些悶悶的。「這對這些孩子來說負擔太重了，而且這個計畫還這麼初期，我們不知道長期下來會有什麼影響。對他們心智與情緒的壓力……」

「只有他們做得到。」一名男子答腔——另外一名療程監控員，我想不起他的名字。

「是啊，可是……」

我不想聽他們爭辯，繼續走下去。瀕死男子的臉龐閃過我腦海。血肉模糊，碎裂的牙齒，發亮的骨頭。我一手掩嘴，緊閉雙眼，努力恢復控制。嘔吐的衝動終於淡去。

我睜開眼睛，愣住了。伊安站在走廊上，身穿樸素的白袍，腕間纏著乳白色手環，跟我的打扮一模一樣。這份工作只要撐過一年，就能換上黑色手環。我有些難為情地撫平白袍，心想我的痛苦是不是表現在臉上了。「伊安。我——我沒想到你今天也會來。有客戶約你？」

「原本有，可是沒有太過深入。這個人想要忘記他的前女友。他一進門就說她有多爛，只要能擺脫她的回憶，他的人生就會變得多美好。接著，在療程前的諮詢中途，他開始大吼大叫，一邊衝出去一邊說他要打電話給她。」他翻了個白眼。

我笑了，發出有點像是嗆到的笑聲。

他打量我的臉。「很棘手？」

我點點頭，不過沒有多說什麼。

伊安揉揉他的腦袋，那顆光頭中間留了一道扎手的紅髮。在這裡，他當然不能像平常一樣穿得整身皮衣跟網狀衣物，然而無論IFEN怎麼努力，都無法說服他換個髮型。他們容忍這種異端行為只是因為他是頂尖人物，他們的王牌。「我能幫上什麼忙嗎？」

「提醒我一切都會愈來愈順利就好。」

他什麼都沒說，只是一手環上我的肩膀。我訝異地僵住。「沒關係。」他的聲音是低沉的細語，幾乎聽不清。「沒有人在看。」

當然了，我們永遠無法確認實情，但我只想得到他的關心，因為他懂。我們的處境相當──今年唯二的新人。原本還有另外三個人，然而他們撐不下去，紛紛離開了。我閉上眼，任由自己靠上他的肩頭。他好溫暖。好實在。

我感覺淚水湧上，刺痛鼻腔，我逼自己直起腰，不然我就要失控了。

他濃密的眉毛一挑。「跟妳說，擁有感覺是很正常的事情。不需要把它們當成皮膚病看待。」

「你說得倒容易。」我虛弱地笑了笑，用指節抹去眼角的淚水。

「跟妳說，我也很難做到。」

「是啊，可是你沒有表現出來。」不知道為什麼，融合療程對伊安沒有半點影響。恐懼從他身上彈開，彷彿他的腦袋覆上一層防恐懼的包膜。「說真的，你到底是怎麼做到的？無論你用了什麼招數，我都該好好學起來。」

他的重心在雙腳間移動。「我想只是習慣了吧。我的意思是……我媽在研究藥物，所以我從小到大聽那些疾病跟心理創傷聽習慣了。」

假如頻繁接觸就是唯一的秘訣，那我早就成為冠軍級的巡心者啦。

「多想想妳做的好事。」他又說，「記住那些妳幫助過的人。」

「謝啦。」我對他微微一笑，緩緩吸氣，強迫自己挺起肩膀。「好啦，我該回家了。不唸書不行。」

「妳花太多時間讀書了。應該要好好放鬆一下。星期五我要在我家開派對，妳要不要來？」

我盯著他瞧。他是在開玩笑嗎？「我沒心情參加派對。」

「說不定對妳有好處喔。」

「我才剛目睹有人被殺死，伊安。」這句話脫口而出。

他的表情柔軟了些，低聲說：「抱歉。我知道忘記這種事情很難。可是啊，如果妳一直放在心上，到最後會累壞的。妳要學會怎樣在療程結束後馬上放下那些回憶。好好考慮一下，可以嗎？」

我揉揉鼻梁。或許他說得對。「好吧。」我頓了下。「你現在要回家嗎？還是……」

他搖搖頭。「晚點還有一場療程。」他壓低嗓音。「是性侵受害者。」

我縮了下。上回我的反應不太好，現在他們多半把這類案子指派給伊安。罪惡感刺痛我的心。「你沒問題吧？」

他勾起嘴角。「別擔心我。」

我有些猶豫地點點頭。

他揮手離開，消失在轉角後。

我繼續往前走，走廊盡頭是大廳，白色大理石地磚閃亮到看得見模糊的倒影。聳立的玻璃自動門在我接近時往兩旁滑開。屋外是寬闊的停車場，我的眼前是一塊塊翠綠草坪上修剪得整整齊齊的樹木。天空清澈湛藍，一切看起來是這麼明亮、清晰、不真實，有如經過濾鏡處理的照片。

IFEN的總部是一座金字塔，藍天和緩緩飄過的雲朵映在銀色牆面上，再往後是整片摩天大樓。這裡是美利堅聯合共和國最大的城市歐羅拉。

想到這裡還是美利堅合眾國的時後，那場戰爭——我的客戶參與過的那場戰爭——就這樣爆發，實在有些難以置信。對大部分的人來說，黑風衣集團與軍隊之間漫長而醜陋的衝突只是歷史課堂上的教材。不過對於那位客戶，還有其他許多人而言，那是活生生、會呼吸的夢魘。戰爭把普通人變成怪物，使他們支離破碎。我曾經見識過。難怪他會想抹去那些記憶。

一切陰暗骯髒的事物都能洗得乾乾淨淨，像是清除觸控式螢幕的內容一樣，會有什麼後果？無論最後會變得如何，一個人有資格遺忘他殺過的人嗎？

我推開這些思緒。我的客戶已經獲准接受療程，該不該忘記那些事情不是我能決定的。伊安說過的話在我腦中迴盪：**記住那些妳幫助過的人。**

就在上個月，我治療了一名女性，她的公寓因為電線走火而燒毀，她勉強逃過一劫，住院好幾個禮拜，經歷痛苦又緩慢的治療。她的燒傷痊癒了，但那些夢魘和回想揮之不去。正規的精神科治療毫無成效。在精神崩潰後，她失去了工作，人生漸漸崩解。她陷入絕望，向IFEN尋求幫助。那一夜的回憶消失後，她的人生彷彿被施了魔法般回到正軌。還有好多跟她一樣的人——那些人沒有做錯事，卻受盡苦難，最後卻失去許多。在我們的幫助之下，他們可以恢復完整、健康。為此，我付出多少都是值得的。

我再次鞏固決心。我就是這樣的人。我生來就要做這種事。

第二章

格林堡高中每間教室都很大，鋼筋水泥，課桌椅塞得好滿。架設在天花板上的攝影機如同不會眨的黑眼珠般盯著我們。警衛站在門邊，雙手扣在背後，神經阻斷器貼著他的屁股。門上的標語彷彿朝我們投下灼灼目光：

為了保護各位，這間建築物正接受監控

喇叭劈啪作響，校長的聲音傳出：「起立宣誓。」

學生紛紛站起，每天上課前皆是如此。我和其他人一同機械似地背誦誓詞。

「我宣誓要盡力維護學校與國家的安全：保持警戒；只要周圍任何人表現出精神疾病的跡象，立刻通報；無論何時，都應行為高尚、同情他人、合作無間；維持健康心智，遠離負面思維，令過去的暴行永不重演。」

隨著衣物摩擦的沙沙聲，大家都坐了下來。

我知道這都是必要的預防措施。但偶爾會覺得有些矯枉過正。如果我想要的話，我當然負擔得起私立學校的學費——沒有警衛、精神掃描器、神經中樞強制掃描。我進格林堡只是想讓良心好過一些。假如其他青少年得要忍受這一切，那我似乎不該擁有逃避折磨的奢侈享受。

站在教室前方的畢多女士，指著光線黯淡的大型牆面螢幕上的等式，開始講課。她身材嬌小，看起來年紀一大把，弓起的背脊撐起粉色的針織毛衣。疲憊引起的鈍痛在我腦裡一跳一跳，我手邊抄著筆記，視線不斷變得模糊。

平常的我很喜歡數學。它擁有自己的語言，複雜而美麗。學會得越多，需要學的就更多，猶如不斷綻放出更加繁複精緻花蕾的花朵。但是今天，那些數字只是我書桌螢幕上無意義的塗鴉。

我揉揉眼皮，低頭凝視我的制服——白上衣、格子裙、灰色褲襪。我打開折鏡，看看我在小鏡子裡的倒影。棕色眼睛。松鼠色的頭髮綁成小辮子。我，蓮恩．費雪，高中三年級生。像是禱詞一般，我默默複誦這些字句。在巡心者的訓練課程中，他們給這種行為取了名字：身分確認練習。

沒用。我不斷看見自己的靴子狠狠陷入男子的臉龐。我站起來，許多人看向我。「抱歉。」我低喃。

警衛陪我去離教室最近的廁所，我衝進去，反胃的感覺將我淹沒。

過了幾分鐘，我在水槽漱口，撕下紙巾擦嘴。

牆上有一塊小小的廣告螢幕，每隔幾分鐘就會更換畫面。現在上頭展示著一顆緩緩轉動的粉紅色藥丸，兩側印有「索那多」的字樣。下方是廣告標語：

如果你走投無路。

嗯。我通常不會注意到藥物廣告——在學校跟公共區域很常見，已經跟背景融為一體。但這東西真是太恐怖了。應該要立法禁止向年輕人推銷索那多。

一個留著大波浪黑髮的女孩子走出廁間，在我旁邊的水槽洗手，塗起閃亮的粉紅色口紅。我眼角餘光瞄著她，清清喉嚨。「這個很恐怖，對吧？」我朝螢幕擺擺手。

她嚇了一跳，茫然盯著我。我直視螢幕，看見影像已經變成鞋子廣告。「我是說——」我的臉熱了起來，「索那多。」我又輕輕喉嚨。「幾秒鐘前不是這個畫面。」

「隨便啦。」她走出廁所，丟我獨自待在廁所裡。螢幕上的影像淡去，換成增強記憶力的路西德藥丸。我嚥嚥口水，試著舒緩突然抽緊的喉嚨，轉身離開廁所。

我跟客戶或是IFEN總部的訓練生溝通從沒出過問題。為什麼我好像沒辦法在學校和任何人說上話呢？

回到位置上，我努力集中精神。身旁傳來聲響。我回頭看了一眼，發現那個大波浪黑髮女孩正在跟隔壁的紅髮女生說悄悄話。她們發現我在看，表情變得僵硬。

我回頭看著教室前方，臉頰火熱。輕微的顫抖爬上手掌，我將雙手藏進腋下。

口袋裡的手機輕輕震動，我縮了一下。

我們不該帶手機進教室，通常我會留在車上，可是今天我腦袋太過混亂，完全忘記手機還帶在身上。

我偷偷摸出手機。

您有一則簡訊。

我先是想一定是伊安，但號碼是我不認得的數字。我還是點開訊息，很短，很簡單，白色螢幕上乾脆的黑色字體。

我要跟妳談談。

我回傳：

你是誰？

回頭看看。

有個男生坐在後頭角落，跟我隔了六排——他頂著蓬亂的白金色頭髮，頸上環了一圈銀色項圈。他直直望著我。

史蒂芬・班特。

我沒有真的跟他說過話。他很安靜，不跟其他人往來，然而飄浮在他周圍的謠言彷彿是漆黑迷霧。聲音從我的記憶中飄出，那是偷聽來的片段耳語。

他是第四型。有沒有看到那個項圈？

怎麼可能！他們現在敢讓第四型跟我們一起上學？

聽說他們讓他接受十二次的調整。

聽說他在前一所學校從另一個人臉上咬下一塊肉，所以被開除了。

而現在，顯然他想跟我說話。

畢多女士以帶著鼻音的單調語氣講課，她幾乎不會多看學生一眼。我不認為她會注意到我跟史蒂芬的沉默對話，警衛似乎也一心掛記著袖子上的什麼東西——污漬嗎？——不過我還是彎下腰，用手臂包住手機，假裝往桌上的螢幕輸入筆記，一邊回覆簡訊：

你要談什麼？

要問妳一些事。當面。放學後停車場見。

我咬咬下脣，不安在心底翻騰。我傳出簡訊：

如果我拒絕呢？

他的視線隔著教室傳來，鑽入我的雙眼。我的掌心一片溼滑，頸動脈突突跳動，但我沒有移開目光。

最後，他回應：

隨便妳。

警衛轉向我。我馬上把手機滑入口袋，將注意力放在教室前方。

如果史蒂芬連他的意圖都不願意說明，那絕對不會是什麼好事，對吧？還是說我會這麼想只是因為聽過太多與他有關的負面傳言？

我的腦海中浮現他獨自吃午餐、抱著一包洋芋片、盯著半空中的影像。不知道他在校外過得如何，但我不認為他有朋友。感覺沒有人願意給他機會。

趁著警衛轉頭的空檔，我掏出手機，迅速傳訊：

好。

無論如何，我還是想搞清楚這是怎麼一回事。停車場是很安全的見面地點，對吧？附近會有其他學生，而且那個區域當然也在攝影機的監視之下。

這一天像一陣輕煙似地飄逝，最後一堂課結束，我在大門外逗留，望向停車場，那是環繞著格林堡高中這塊單調校區的寬闊路面。水泥牆圍在停車場四周，遠處的柵門上裝設了攝影機。我東張西望，可是沒有看見史蒂芬。

其他學生經過我身旁，往校車走去，幾個人猶豫地瞄了我幾眼。我們不該四處閒晃。在校內，想要避免被抓去掃描的唯一方法就是低下頭、跟著其他人一起走。落單的人無論做什麼都容易遭到通報。一名路過的警衛狐疑地瞇眼看我，我微笑著說：「只是在等人。」

挾著雪花的冰雨敲打地面，天上鋪滿厚重的鐵灰色雲層。我圍上圍巾，扣好白色大衣的釦子，拉起兜帽，瑟瑟發抖。或許史蒂芬改變心意，不打算跟我見面了。或許我應該要直接回家。

這時，我瞥見一道高大單薄的身影站在停車場另一端的街燈旁。他沒有面向我，雙手插進外套口袋，雙肩拱起。

我橫越停車場，雪水在我靴底嘎吱作響。「史蒂芬？」我喚了聲。

他轉向我。

在明亮的燈光下，他的白金色頭髮幾乎散發出光芒。他身上那件褪色的棕色外套活像被野狗啃咬過，眼周的黑色圈圈好明顯，我霎時間還以為他畫了眼線。不對——我認出那是失眠的後果。我曾在鏡中看過同樣的黑影。

我往前走了幾步，停下來。

「妳是巡心者，對吧？」他的嗓音跟我預想的不太一樣——比較年輕，沒有那麼低沉——不過有點啞，好像他喉嚨痛似的。

我移動身體的重心，抓住背包的背帶，納悶他怎麼會知道。我很少在學校提起受訓的事情，但這也不算是祕密。「對。」我說，「我是。你想問我什麼？」

他張開嘴巴，然後又閉起，雙臂環上胸口，手指揪住袖子，指節發白。「等等。」他喃喃說著，稍微背過身，往口袋裡摸出圓形的小東西——藥丸？——丟進嘴巴。

緊張與不耐刺痛我的胸口，我這才注意到他雙手抖個不停，同時也不太敢直視我。

他在害怕。怕我？嗯，大概不是。我跟天竺鼠一樣無害。

「抱歉。」他揉揉後頸。「我不太確定要怎麼開口。」

「沒關係啦。」冰冷的雨滴流到我的衣領下，沿著背脊往下滲。我牙齒打起顫來。我還穿著大衣呢，他一定更慘。我往停在幾個停車格外的車子瞄了一眼。

或許這是個餿主意，不過無論其他人如何評論他，我一點都不害怕。看著某人站在面前，渾身溼透，抖得像是快要溺水的小狗，很難對他產生多少恐懼。「要來躲躲雨嗎？」我解開中控鎖，打開副駕駛座的門。

他的眉頭揪成一團。

「我有時候下課會去一間餐廳。可以在那裡聊聊。」我說。

他依舊冷著臉，神情戒備。過了一會，他點點頭。

我們上了車，門一關，儀表板亮了起來。「載我們到水底咖啡。」

車子駛離停車格。

「繫上安全帶。」清澈的女性聲音響起。

我繫好安全帶，史蒂芬沒有動。

「在可能發生的車禍事件中，安全帶能降低百分之四十五的受傷風險。」車子愉快的嗓音繼續說，「請扣好安全帶、否則我將依據本市法規強制停車。」

他翻翻白眼，扣上安全帶，對著儀表板比出不雅的手勢。

我對他眨眼。

車子開出停車場，沿著街道行駛。「抱歉。」他清清喉嚨，直起腰，後背繃得緊緊的，雙手牢牢環在胸前。「我不信任這些會說話的車子。總有一天它們會叛變，用安全氣囊悶死我們。」

我輕笑一聲，他訝異地看著我，臉頰微微泛紅。

哪有這麼容易臉紅的反社會人格者？

車子不斷前進，雨刷左右搖擺。過了幾分鐘，車子開進停車場，停了下來。「到了。」我說。

水底咖啡位於比較高級的區域。這裡的建築物外型時髦乾淨、極具現代感，監視攝影機藏在灌木叢中，或是加上重重裝飾。藥物廣告在摩天大樓外牆閃爍——數百個小螢幕拼出那些歡笑的臉龐、鮮豔的商標、往四周蔓延的風景，不斷更換影像，做出動態效果。一群外表出眾、神情愉悅的年輕男女步出看起來很菁英的私立大學校舍，他們頭頂上亮出一排字：

用路西德釋放你的潛能。

新試管廣告上的藍色眼眸小嬰兒笑出酒窩，向眾人懇求：

不要拿我的DNA當賭注！

這裡沒有索那多的廣告。幾乎只會在所得較低的地區看到。

我下車。過了一會，史蒂芬也跟了上來。

我帶他走進稍微往內凹的餐廳大門，以兩片厚玻璃構成的門板中間有清水流動，彷彿一道瀑布。

餐廳裡的裝潢全是清涼的深藍色，漫長的走道燈光柔和，再進去是往下接上大廳的樓梯。牆面閃閃發亮，亮色的立體魚兒投影在房裡游來游去。史蒂芬對一條魚揮揮手，像是要把牠趕走似的，手指卻穿了過去。「好像被困在大魚缸裡。」他說。

「我喜歡這裡的氣氛。讓人很安心。」

「即使有這些一直來撞妳鼻子的假魚？」

「你會習慣的。」

我們找到一個角落的包廂，我用桌上的觸控螢幕點了杯印度奶茶。史蒂芬什麼都沒點，指尖咚咚敲打桌面。看著他，我心中浮現一團糾結成球狀的能量，緊繃地震動著。他的動作迅速而急促，就像鳥兒一般。在外套之下，被雨水浸濕的T恤吸住他單薄的身軀。

桌上的滑蓋開啟，我的印度奶茶搭著小小的平臺升起。我喝了一小口。「嗯，你想要談什麼？」

他撥開眼前粗糙蓬亂的瀏海，我發現那雙淺藍色的眼眸有如彩繪玻璃般略略透明。「我想忘記一些事情。」

我緩緩放下茶杯。這不是什麼讓人驚訝的要求——不然他幹嘛找巡心者呢？——但我一時不知道該說什麼。一般而言，客戶會透過IFEN與我聯絡。從來沒有人直接找上門來。這不是一般程序。「如果你想接受神經修正治療，應該要聯絡神經科技倫理學會。他們會從紙本作業跟諮詢療程開始。我可以給你聯絡電話。要是你有這個打算，我現在就可以打電話過去。」我從口袋裡掏出手機。他抓住我的手腕。

我僵住了。

「不行。」他的語氣很柔和。即使他鬆了手，我還能感覺到他手指的輪廓印在我的皮膚上。

「怎麼了？」

「我不能——」他稍稍一頓。「我不想跟醫生還有那些程序打交道。我不希望其他人知道這件事。我只是想要遺忘。」

我撥開貼住臉頰的幾縷溼髮，視線定在他閃閃發亮的領口。一道銀色彎月從他的後頸往前繞，尖端在他的鎖骨之間幾乎相觸。

這個項圈與佩戴者的神經系統相連，監測血壓、心跳、體溫等等生理數值，持續將資訊傳回IFEN的電腦。某人要負責追蹤這些數據，關注承受強大壓力、比較容易崩潰的對象。

知道無論身在何方、跑到何處，都有人追蹤你的生理狀況，監視你的情緒，那是怎樣的感覺？

我撫過茶杯的握把。「你想忘記的事件是與最近的經歷有關，還是……」

「不是。那是發生在我八歲時的事。」

「這樣啊。」

他挑眉。「怎樣？」

「嗯……這樣會更複雜一些。近期的創傷可以輕易消除，不太會影響到你的人格，可是童年回憶已經與個性緊緊相繫。還有啊，你要知道，記憶一旦消除，就無法復原。這不是隨隨便便的事情。這種治療會帶來永久的改變，也將會影響你的人際關係。」

他啞聲輕笑。「妳想我有什麼人際關係嗎？」

「至少你跟你的父母……」

「從沒見過他們。」

「喔。」我低語。沒有父母，沒有朋友。他真的是孤孤單單一個人。

他盯著牆面。「不知道妳能不能幫我。其實我不知道妳有沒有幫我的理由。我沒有半點錢。不過我覺得還是該問一問。或許會有機會。」他蒼白的薄唇勾起微笑。「天啊，我還有什麼能失去的呢？」他像是在說笑，但他沒有理由開玩笑。

我咬咬嘴巴裡的軟肉。「重點不是我想要什麼。我沒有資格在未經監視的狀況下執行治療。我得先跟我的上級談過。你知道的，那些程序並不是毫無道理。」

他下顎肌肉一抽。「妳知道我是什麼人嗎？」

我發現我的視線又定在他的領口。他一定是明知故問，不過我還是開口回答。「你是第四型。對吧？」

「妳治療過多少第四型？」

我皺眉思考。「還沒有。可是我目前還在受訓。或許等到我更有經驗——」

他搖搖頭。「他們不會讓我們接受記憶修正之類的酷炫新療法。他們不希望我們好轉，他們只想要我們消失。」

「怎麼說？」

他扯開視線。「算了。」他準備起身。

我胸中的警鈴輕輕一震。「等等。」

他停下腳步，又坐回原處，消瘦的肩膀繃得好緊，在外套下撐起清晰的線條。

對我而言，史蒂芬幾乎是個陌生人。我沒有理由為了他脫離正軌，任由他轉身離開會比較簡單。可是呢……不知道為什麼，我就是做不到。或許只是因為他急需幫助，而我總是無法漠視身陷苦難的人。但史蒂芬這個人身上也帶著其他吸引我的特質。「就算沒辦法消除你的記憶，我還是想幫你。」

他瞇起眼睛。「為什麼？」

「你現在很痛苦。這個理由還不夠嗎？」

「誰說我痛苦了？」

我凝視著他。

他下巴的肌肉一抽，不再看著我，喉結隨著吞口水的節奏上下輕彈。等他再次開口，嗓音輕到我要豎起耳朵才聽得見。「我不認為有誰幫得了我。」

這句話挑起我心中的反叛，燃起一小叢炙熱的火焰。「才怪。任何人都可以獲得幫助。」

他還是沒看我。「所以妳到底要不要消除我的記憶？」

我的腦袋高速運轉，一隻立體投影的小丑魚擦過我頰邊，讓我分心。其他座位上嗡嗡低鳴的談話聲在我耳際潮起潮落。

我當然無法實現他的願望。我不能罔顧那些規則和程序，讓職業生涯陷入危機。但我莫名而清楚地感覺到，要是現在放他離開，就再也見不到他了。我緩緩吸氣。「我要想一想。」

他的雙臂在胸前交叉，手指插進腋下。「要想多久？」

「兩天。後天放學後，你可以再來這裡跟我碰面嗎？」

「不知道。大概吧。」

我猜這是最接近肯定的回答。

他又站了起來，我察覺到我不想讓他走。還不想。「離開前，可以跟我說說你自己的事情嗎？」

他坐回原處，一臉困惑。「比如說？」

「不知道。什麼都可以。你有空的時候喜歡做什麼事情？看書，還是聽音樂，還是……」

他皺起眉頭，雙眼微瞇，彷彿是認為這問題可能隱藏著陷阱。「畫畫。」最後他這麼說。

「真的？都畫些什麼？」

「小馬跟水仙花。」

我嘴角勾起笑意。這種酸溜溜的言論真適合他。「嗯，我喜歡好看的馬兒素描。下次我們見面的時候，你可以帶幾張作品過來嗎？」

「我沒有東西可以給妳看。每次畫完就燒掉。」

我眨眨眼。「為什麼？」

「留下來也沒用吧。我沒拿給任何人看過。」

「喔，要不要稍微改變一下呢？」

他歪著腦袋斜眼看我，似乎是想看透什麼幻影，接著甩甩頭，像是要甩掉亂七八糟的思緒。

「我該走了。」

「來。」我解下脖子上的圍巾，遞給他。他的表情好困惑。「拿去。」我催促。「你穿太少了。」

「妳呢？」

「我有大衣啊。」我把手伸得更直一些。「只要你保證明天能還我就好。」

他眼中閃過一絲情緒。期盼？渴望？他伸出手——停在半空中。「妳留著吧。」他低喃，「我不怕冷。」他走出餐廳，自動門關上。

我還拿著圍巾，手臂無力地垂到身側。我嘆了一小口氣。**這些男生喔。**

那杯茶的帳單送進我手機，我在螢幕上輕點幾下，結了帳。我這才想到一直沒問起他要消除的記憶究竟是什麼。無論如何，一定是很恐怖的東西。基本上，除非到了最絕望的時刻，一般人不會找巡心者幫忙。

離開餐廳時，雨還在下。史蒂芬沒有車。他是打算走到最近的單軌電車站嗎？至少有三哩遠耶。好吧，如果他想淋成落湯雞，著涼感冒，我想這也跟我無關。

我溜進車裡，關上門。車子上路，我往後靠去，閉起眼睛。

史蒂芬．班特。我默默重複這個名字數次。

我真的想幫他，不只如此。他引發了我的衝動。或許是因為我們都是學校裡的邊緣人（雖然原因完全不同）。

或者僅是因為他想跟我說話？我頻繁接觸的男生只有伊安，而且我深信他把我當成需要保護的妹妹看待。難堪的事實是，我記不得前一次有男生——或是任何人——有主動接近過我。

天啊，我有這麼可悲嗎？

雨滴沿著車窗滑落，玻璃上的倒影回望著我，那張輪廓有些模糊的蒼白小臉。我看向別處。我一直都不喜歡自己的倒影，每次都只能看到我缺少的特質，而不是真正的自己。我看到胸口正中央開了個大洞的女生，全世界都看不到那個洞。我得要不斷往前，更加努力，不然那個洞就會愈變愈大，把我吞噬。

第三章

「會痛嗎？」黛博菈坐在躺椅上仰望我。融合實驗室明亮的白色燈光讓她的皮膚更顯蒼白，雙眼更大、更黑暗。

我露出安撫的微笑。「事後妳可能會有輕微的頭痛——幾顆市售的止痛藥就能解決——不過腦部沒有神經，所以療程本身是無痛的。這個鎮靜劑只是要幫妳放鬆。」我替她的肘窩消毒，將針頭插進她的血管，注入透明的液體。

黛博菈的眼皮愈來愈重，在我拿紗布蓋住針孔時，她的腦袋已經垂到一旁。我輕輕把她的頭盔滑入定位，坐到她身旁的椅子上。她嘴脣微張，放鬆下來，低低的呼吸聲在沉默中迴盪。

她才十六歲，是我遇過最年輕的客戶。面對跟我年紀差不多的人，感覺好奇怪。比起學校裡的女生，跟她說話輕鬆多了——或許這是因為她是我的客戶。我不需要呆呆站著，絞盡腦汁思考要說什麼，感覺掌心發燙流汗，心想我看起來是不是蠢斃了。在這裡，我只要發揮專業。很單純。

過去幾次療程中，我謹慎地標記出她想抹除的記憶脈絡，現在終於要執行修正了。我今天早上已經做過一次同樣的事情——軍人班克斯先生，他想要忘記他在戰爭期間殺害的男子。過程既迅速又順利。我應該有時間在上學前結束黛博菈的療程。「妳準備好了嗎？」

她往上看，我在她眼中看見我的倒影——兩個小蓮恩回望著我。「這麼做沒錯吧？」她低語。

這個問題來得出其不意。「妳不是想要這麼做嗎？」

她緩緩吐氣，眼皮闔上。「嗯。抱歉。請繼續。」

有好一會兒，我心想是否該延後療程——答案是不需要。在今天以前，黛博菈有足夠的時間可以做決定，她的猶豫只是最後的掙扎。而且她來這裡求助的理由很正當：她小時候曾遭繼父嚴重虐待，從此之後深受心理問題所苦。誰不想忘記這種事情呢？

我戴上護目鏡，頭盔之下的頭皮陣陣刺痛，彷彿有一群電流螞蟻在我皮膚下爬行。我打了個寒顫，專注在呼吸上。等到我們之間的牽繫建立完成，我放鬆，沉入她的腦海。

有些人說絕對沒辦法將腦中的影像跟感受如實投射到另一個人心底，總有某些細節在轉譯過程中流失。即便如此，融合——進入他人的思緒——仍是絕無僅有的體驗。

第一波接觸是龐大的衝擊，有如突然跳進冷水一般。接著衝擊融為溫暖而全面的震顫。我皮膚下的每一根神經都清楚感受著忽冷忽熱的電流竄動。我感覺到她肌肉的緊繃，心臟在胸中跳動。在這個時刻，我不是一個人，而是兩個人。暈眩一湧而上。

哪一個才是我？黛博菈還是蓮恩？

我握住左腕上的手環，暈眩漸漸消散。

事先錄製的語音響起：「療程開始。」

我將雙臂擱在扶手上，帶著軟墊的手銬發出輕響，環住我的手腕。另一組同樣的手銬也固定住黛博菈的雙手。回想起第一次施行融合療程時，這些束縛讓我渾身不自在。現在它們帶給我安全感。融合是接近做夢的精神狀態，可能在半睡半醒之間引發抽搐——人們睡著時往往會不由自主地抽動。手銬只是要確保我不會在療程中敲掉頭盔。

我沉得更深，呼吸速度放慢，感覺自己正在飄浮。在閉起的眼皮下，我睜開心眼，看見一條條在黑暗中散發輕柔綠光的道路。它們構成複雜的地圖，往四周分出更細的小徑，像是微血管或是樹木的枝幹——這是我在黛博菈的精神層面中顯現的心境。我沿著主要道路，朝一團綠色光點靠近。這是第一組記憶。我伸手觸碰那團光點，整個世界一明一滅，模糊不清。墜落感襲來，接著一陣顛簸，髒兮兮的起居室在我身旁成型。我縮在角落，驚恐喘息。黑色的身影聳立在我面前，雙手粗暴地抓住我，扯著我站起來，又用力推我撞牆。我的腦袋往回彈，痛楚竄過我的顱骨，視線搖晃。

蓮恩。我是蓮恩．費雪，十七歲，格林堡高中的學生，巡心者。我並不置身於此。

我的身分認知穩固下來，驚恐漸漸消散。

比起標記心象，修正的療程相當直截了當。我可以在記憶之間以更快的速度移動，因為現在我不是被動的觀察者。我掌控這段記憶，命令它消失。我看著那些恐懼像水彩一般模糊，看著痛楚溶成無形。

消除記憶是只有巡心者做得到的事情之一。當然需要經過訓練，不過這算是一種天賦。並不是每個人都學得來。

驚駭的尖叫與怒吼化為沉默。痛苦不見了。她繼父的臉龐愈來愈朦朧，變成沒有五官的橢圓，最後溶為透明的空白。一點一點抹去痛苦，這讓人相當滿足，我想起小時候擠氣泡包裝紙的體驗。我可以坐上好幾個小時，擠壓小小的塑膠包裝，聽著一次又一次的**啪啪**聲。

我朝下一段記憶前進。

黛博菈渾身顫抖，流淚哀求。「拜託，不要這樣。」她想要跑上樓，一隻手抓住她的手臂，手指像爪子一般嵌入她的皮膚。那隻手將她扯落，沉重的拳頭落在她身上。她蜷縮在地上，雙手抱頭。拳頭打中她的臉，劇痛在她眼前炸成一片紅色星光。這段記憶模糊，隱沒，消失。**啪**。

黛博菈清醒地躺在床上，聽著樓下的吼叫。她不敢閉上眼睛，不敢動彈。沉重的撞擊聲，一次、兩次。然後是求饒。媽媽的聲音。再來是啜泣，更多憤怒的叫嚷。醜陋的字句在她耳邊迴盪，如同金屬刮過岩石般刺耳。她咬住手指關節，緊緊閉上雙眼。

啪。

當然了，光是抹除創傷記憶並不夠。她依然有辦法透過許多相關的事件，間接記住那些痛苦，矛盾的記憶會害她精神分裂。我循著她腦海中發亮的綠色小徑往深處移動。

黛博菈身處互助團體之中，心臟敲打胸骨，努力擠出開口的勇氣。然而她張開嘴巴，只冒出虛弱的喉音。她抬起頭，跟圈子對面的女孩四目相接。那個女孩微微一笑，點頭鼓勵。

啪。

我繼續往前，途經一段段記憶，穿過一連串的不幸，直到最後，所有的創傷痕跡都消失無蹤，被清除得一乾二淨。

當我結束療程，我摘下頭盔，然後也幫黛博菈解開束縛。她輕輕眨眼，視線無法對焦，眉間浮現淺淺的皺紋。她伸了個懶腰，彷彿從漫長的睡眠中醒了過來。她從躺椅上坐起，往前一傾，長長的黑髮落在臉龐周圍，像是一片窗簾。她揚起蒼白顫抖的手摸摸額頭。「這裡是哪裡？」她的嗓音混濁模糊。

「妳在IFEN的醫療機構裡——神經科技倫理學會。」

「我……受傷了嗎？」

「沒有。妳只是接受了一段療程，不過妳已經沒事了。」

她準備起身，我一手按住她的肩膀，將她輕輕推回去。她眉間的皺紋變得更深了。「我覺得怪怪的。」

「這是正常反應。再過兩三個小時，妳就會恢復正常了。」

「那是怎樣的感覺？」

她把我問倒了，我不知道該怎麼回答。「妳母親在等候室。」我轉移話題。「某個療程監控員大概已經通知她了。妳想見她嗎？」

黛博菈停頓一會，輕輕點頭。

我扶她坐上輪椅——這是標準程序，因為客戶在最後的療程結束後往往會昏昏沉沉、暈頭轉向——推她到等候室。那裡的裝潢跟融合實驗室一樣潔白，四周架設黑色的椅子。黛博菈的母親站起來，揪著皮包，焦慮地瞪大雙眼。「黛博菈？」她的語氣有些猶豫。「妳還好嗎？」

「不知道。」黛博菈坐在輪椅上，肩膀往前塌，看起來脆弱得像朵百合花。「大概吧。」

她母親眼中滿是淚水，跪倒在黛博菈面前，緊緊抱住她。黛博菈一手小心翼翼地撫上母親的背脊，望向我，臉上寫滿困惑。我微微一笑。「別擔心。她只是解脫了。」

她母親對我燦笑。「謝謝。真的是太感謝了。」她往後退開，握住黛博菈的雙手，眨眨溼潤的棕色眼眸。「已經沒事了。妳之後就知道了。」

黛博菈的母親在她身旁忙個不停，幫她順順頭髮、拉平衣服，可是黛博菈似乎渾然未覺，只是一直盯著我看。

對客戶來說，療程後的兩三個小時通常是模模糊糊的。再過一會，她八成不會記住這些，也不會記住我。然而，我從她眼中讀出沉默的疑問：妳對我做了什麼？

我別開臉。

第四章

茱蒂絲的腦袋從等候室門外探了進來。「蓮恩？史汪醫師找妳。」

「現在？」我瞄了瞄黛博菈跟她母親。史汪醫師通常不會在我陪客戶的時候找我。「可以晚點嗎？」

「她們交給我吧。」茱蒂絲說，「別擔心。」

我沿著走廊往電梯前進。IFEN總部裡的一切都籠罩著銀白色澤。整幢建築物的設計理念就是要營造出清潔靜謐的氣氛。各處看得到小小的裝飾——熱帶花卉的盆栽、播放風景跟海景動態圖片的螢幕——讓此處不致太過荒蕪。但這裡瀰漫著無情的競爭意識。感覺像是在說：**裡頭到處都是受過精良訓練的人，他們知道自己在做什麼。我們掌控一切，這是很自然的事情。**

史汪醫師的辦公室位於頂樓，就在IFEN總部金字塔頂的正下方。電梯門滑開，後頭是另一扇厚實的桃花心木大門，名字跟頭銜刻在一塊小銀牌上。我握拳敲門。

「蓮恩，是妳？」低沉的嗓音呼喚，「進來吧。」

我走進房裡。

辦公室的一面牆上鑲著巨大的觀景窗，正對整座城市。早晨的陽光灑進來，照亮淺灰色的貧瘠牆面，以及厚厚的乳白色地毯。裝潢的缺席給予這個房間扎實的簡樸感。這裡沒有掛畫或是盆栽，就是個只開了扇窗戶的空白方塊，裡頭放了幾件表面光溜溜的黑色家具。我在厚地毯上留下淺淺的腳印，感覺像是踏在新雪上頭。

伊曼紐．史汪醫師——神經科技倫理學會的主任，同時也是我在父親過世後的監護人——坐在光滑發亮的黑色大木桌後方。儘管才五十幾歲，他的頭髮已經斑白。細細的皺紋從他那雙灰眼的角落往外蔓延，有如細緻紙張上的皺摺。他微微一笑，佈滿青筋的大手在桌上交疊。「坐吧。」

我坐在辦公桌前的黑色皮椅上，雙手疊在膝頭。我認識史汪醫師好幾年了，在成為我的監護人之前，他已經是我父親的好友，我對他並不陌生。可是呢，我總覺得跟他的例行會面是極度正式的場合。

當然了，我的訓練也由他負責。他有能力判定我是否擁有成為正式巡心者的資質。

「要喝些什麼嗎？」他問。

「不用了，謝謝。」

他從桌上的銀製水瓶替自己倒了杯水。他的雙手感覺應該要包上黃銅，那是一雙會動的雕刻品，飽經風霜，優雅萬分，指節突出。他從例行問題開始。「學校如何？成績有沒有保持住？」

我點頭。「我的GPA是4.0。」

「很好。訓練呢？」

「很順利。」

他揚起濃密的白色眉毛，抿起的嘴脣像是在暗示我繼續回答。

我發現自己慌了起來，暫停一會才開口：「茱蒂絲說我有進步。」

他曖昧地低低哼了聲。「妳有在練習劃分情緒的技巧？」

我點頭。「每天晚上都練習。」這是每位巡心者學徒都要接受的訓練一環，藉此應付工作時遇到的心理創傷。其中包括一連串複雜的影像化練習——將情緒鎖在心底的小小角落裡，不讓它們干擾我們的日常生活。我會想像出一個木製藏寶箱，藏在石頭迷宮深處。

就算掌握了這些技巧，那些回憶依舊會不時閃現。不過我不打算承認。

他雙手的拇指輕輕互擊。「蓮恩……」他停下來輕輕喉嚨。「妳很有天分。很聰明。可是妳承擔太多了，而且妳還這麼年輕。」

我繃緊肌肉。「所有的巡心者都要趁年輕開始訓練。」我指出事實。必須在我們的大腦還在發展的時候塑造出特殊的神經連結。「伊安只比我大一歲。」

「沒錯，但我相信妳也察覺到了，大部分的學生會在一年內自願退出。這對孩子的心智是很大的負擔。」

我雙手在膝上握成拳頭，努力抗拒開口說出「我不是孩子」的衝動。

他繼續說：「妳父親一定會以妳為傲。可是他不會希望妳犧牲自己的幸福。」

我的指甲陷入掌心，維持住平靜的表情。我知道這是怎麼一回事：我心靈的縫隙漸漸顯現，他在擔心我的心理穩定度。我不怪他，真的。父親死後，我陷入長達一個月的深度憂鬱。不過這是我的訓練、我的目標，它給予我一步步恢復穩定的力量。我不能在他面前展現出半點脆弱或些許情緒。

我不會讓他奪走我的目標。

「我懂。」我冷靜回答，「不過我沒事，真的。」

他靠上椅背，細細打量我。「跟妳說，大部分的訓練生不時會接受調整。求助不是什麼羞恥的事情。如果妳有任何困擾，可以來找我，這點請妳記住。」

我輕輕吐氣。在開始受訓時，我答應自己絕對不要依賴醫療，除非我真的需要。或許是我太意氣用事，但我想證明自己能面對這一切。「謝謝。」我開口。

「還有一件事。」他說。我僵住了。他的語氣很隨興，眼神卻突然變得銳利而專注。「昨天放學後，有人看到妳跟一個男生說話。史蒂芬．班特。」

我坐下來，胸中驟然一陣空虛。他怎麼這麼快就發現了？有人看見我放學後跟史蒂芬一起離開？「對。」我以最冷靜的語氣回答，提醒自己沒有做錯什麼。還沒有。

「我要妳離那個男生遠一點。」他的語氣不帶絲毫感情。毫無疑問，這是命令。

我下巴掉了。花了點時間才找回聲音。「為什麼？」

「因為……」他停頓一會，緩緩吸氣，彷彿是在提醒自己要有耐性。「因為妳別跟那種人扯上關係會比較好。」

「這不是解釋。」

「原因很複雜，我不能透露所有細節。」

我咬住牙關，依舊來不及阻止字句從我口中迸出。「為什麼每個人都跟史蒂芬作對？他到底做了什麼？」

他表情緊繃，移開目光，臉上泛起陰影。「請妳了解我並不是要跟他作對。完全不是這麼一回事。只是……」他臉一垮，神情霎時變得無比困頓，臉上的線條變得更深，宛如陷入木料的刻痕。「他是一個很麻煩的年輕人。」

這句話讓我一頭霧水。史蒂芬當然麻煩不小，但這不就代表更需要有人聽他說話、幫幫他？史汪醫師到底怎麼會知道史蒂芬的事情？比起區區高中男生的困擾，IFEN的主任絕對有更重要的事情該擔心。

我發現自己正在拉扯白袍的袖口，雙手纏在一塊。「他戴著項圈。那可以阻止一切暴力行為，不是嗎？說真的，只是跟他談談──」

「即使動用所有的手段去控制，他還是不夠穩定。他是個不尋常的案例。」

「為什麼？」

一片雲擋到太陽前方，窗外的光線變得黯淡。他緊閉雙眼。「八年前有個悲慘的案例。七個小孩子被名叫艾梅特．派克的男子綁架。相關當局一路追蹤派克，可是他在遭到逮捕前舉槍自盡。妳還記得那件事嗎？」

「大概吧。」那時候我年紀還很小。「那些小孩子都被殺了，對吧？」

點頭。「他們少了腦袋的屍體在樹林裡尋獲。頭部一直沒被找到。」

一道如同剃刀的尖銳寒意穿透我。現在我想起來了。小時候，好幾個晚上我躺在床上，想著那些孩子，想著那些失蹤的頭顱。死氣沉沉的茫然眼眸從窗外盯著我，縈繞在我的夢境之中。

史汪醫師又從銀瓶裡倒了些水。「可是呢，並不是所有的孩子都死了。」他說，「有一個倖存者。」

我的心弦一緊。

「派克是虐待狂，腦袋裡裝著出其不意的殘暴手段。而且他喜歡小孩。他喜歡玩弄他們。」他喝了一小口水。「史蒂芬在地下室裡被關了六個月。就算妳在訓練期間看過那麼多記憶，見識各種心靈創傷，妳還是無法想像他承受的恐懼。整整半年以來，那就是他的世界。妳認為那對小孩子的大腦和心靈有什麼影響？」他放下水杯，玻璃敲響木頭桌面。

我想著史蒂芬，想著他呆滯戒備的雙眼，那些焦躁的舉止，就像是習慣被人獵捕的野生動物。

「我會說這麼多，是希望妳能理解其中的嚴重性。」史汪醫師繼續說，「妳想幫他。這我能理解。可是請妳相信我這句話：他需要的協助超出妳的能力範圍。」

我的手指緊扣椅子的扶手。「那誰能幫他？」

他沉默半晌才緩緩開口，似乎是在仔細選擇用詞。「我們正在盡力處理。」

我疑惑地眨眨眼。「所以說他已經來這裡了？」史蒂芬極度堅持不要跟 IFEN 接觸。這一點都不合理。「他正在接受治療？」

「我只能透露這麼多。」他上身前傾。「妳能理解吧？為什麼捲入這件事不是上策？」

我已經答應再跟史蒂芬見面了。無論有什麼內情，我都無法違背這個承諾。「我了解了。」我這麼說，希望史汪醫師接受這個答案。

他肩上的緊繃鬆開。「請妳了解，我只是想貫徹妳父親的遺願。他可是把妳的幸福託付給我。」

我垂眼，點點頭。痛楚在我骨髓深處，在我的胸中燃起。

「好啦，今晚有什麼計畫嗎？」他的語氣突然輕快起來。

「就唸書啊。」

他的嘴角牽起笑意。「妳太用功啦。勤勉是值得欽佩的美德，但也要記住在課本和訓練之外，人生還有更多事物。」笑意消散。「有時候我會害怕妳長得太快。你只是個十七歲的女孩子，多花點時間陪陪朋友，去幾個派對玩玩。找人約會。」他馬上補了句，「要找普通的男生。還有，記好我說過的話。」

「我不會忘記的。」

我搭電梯下樓到大廳。史蒂芬的臉龐閃過我心頭。

綁架。被連續殺人犯關在地下室六個月。

他眼中含著痛苦，同時還有其他的東西——那嚴峻的目光、緊縮的下顎，在在說明他是個倖存者。無論史汪醫師怎麼說，我都不會相信他有任何危險性——至少不是針對我。我想幫他。父親一定可以理解。

突如其來的悲傷重重擊中我胸口。我瑟縮了下。已經過了四年，那股痛苦仍然無所不用其極地打擊我。

我僵硬地走出建築物，橫越停車場，往我的車子前進。

有時候我會幻想父親其實沒死，棺材裡的屍體只是假貨，是蠟像假人，他躲在某個地方，等我找到他。太荒謬了。我很清楚。許多歷經傷痛的人也會拿類似的幻想當避風港。等到我放棄那些不理智的期盼，才能真正痊癒，繼續前進。但我心底有個執拗而幼稚的角落，堅持這不是真的，他的死一定是哪裡搞錯了。

第五章

我家坐落在一個富裕社區的街尾，以原木和石頭蓋成，有著老式的尖聳屋頂，庭院是一片生氣蓬勃的綠意，處處點綴著陰影和花朵。跟四周方方正正的屋子相比，這裡看起來像是位於不同的時空。確實如此。這屋子是在戰前蓋的。

父親死後，我在這世上無依無靠，史汪醫師提議要我搬去跟他住。他說獨自住在填滿回憶的房子裡不太健康，可是我無法割捨這裡。這屋子曾經是——現在還是——我的家，是我唯一熟悉的地方。在那個漫長又黑暗的一個月，我一邊與心碎的悲傷奮鬥，一邊努力說服史汪醫師我可以照顧自己。最後他妥協了，提出的條件是我得定期與他見面，報告最近發生的事情。這並不難，畢竟是他負責監督我的訓練。他也請了管家，一個禮拜來我家三次。我不只一次逮到她在我房裡摸來摸去。我懷疑她在監視我，以便向史汪醫師回報，要他放心我的抽屜裡並沒有塞滿染血的剃刀跟禁藥。

我知道他只是想關心我，想當個盡責的監護人。然而他持續不斷地干涉，有時讓我感覺快要窒息。

我快要十八歲了。沒錯，我還要接受一陣子的訓練，得要回應他的關切。不過等我成年，這屋子就會歸到我名下，到時候我至少還有個地方可以躲開他的窺視。

現在是下午五點，我坐在起居室沙發上吃晚餐——裝在保鮮盒裡的加熱餐點，以科學方式調配出最營養的組合，吃起來跟包裝盒一樣乏味。

這棟屋子太空、太靜了。我打開電視。

在懸浮的螢幕裡，一名婦女坐在醫院病床上，滿懷愛意地看著她懷裡的新生兒，背景是輕柔的鋼琴配樂。「父母要操心的事情已經夠多了。」溫柔的女性旁白讓人平靜。「我們都想給孩子最好的未來。孩子的DNA如此珍貴，為什麼要拿它當作賭注呢？新試管是經過認證的安全——」

我轉到別臺。是戰爭紀錄片。凝重的配樂響起，鏡頭在一張張拍攝瓦礫堆跟哭泣人群的照片間移動。我馬上轉臺。

吃完晚餐，我上樓進房間，伸展手腳趴到床上。燈沒開，架上一排排動物布偶俯視著我，眼睛映著窗外微弱的月光。有一隻泰迪熊戴著眼罩，手持長劍；微笑的粉紅色兔子露出利牙；裡頭還有一隻綠色的克蘇魯。松鼠納特坐在我的枕頭上。

我的視線飄向床邊桌上相框裡的照片。在玻璃板後頭，父親笑得燦爛，棕髮被風吹得亂七八糟，雙臂將我圈在懷裡。照片裡的我才三四歲，頭髮綁成馬尾，嘴巴咧成大大的笑容。我們背後的天空是晴朗無雲的湛藍。我努力回憶當時有多快樂，多有安全感。

「克洛伊。」我說。

一隻黑貓在床腳現身，湊到我臉旁。她的尾巴搖啊搖的，亮晶晶的綠色眼睛眨了眨。「哈囉，蓮恩。」孩子似的聲音對我說話。她伸了個懶腰——全身拉得好長好長，最後尾巴甩了一下。

當然了，她只是立體投影。具備形象的電腦。不過只要看到她，我就想笑。「哈囉。」

她搔搔一邊耳後，打了個呵欠。「嗯，妳今天想查什麼呢？」

「我要妳幫我進入IFEN的資料庫。」

她的眼睛更亮了。「這個網站需要密碼跟聲音辨識。」

「蓮恩・費雪。」我說，「密碼是『贖罪』。」

她磨磨爪子，眨眨眼，腦袋往後仰，兩道細細的光束從她眼中射出，明亮的投影螢幕飄在她頭上兩呎處。我一摸螢幕左下角的小方塊，電腦掃描我的指紋，螢幕亮起。

螢幕填滿文字，字母在黑色背景上亮著白光。

IFEN的資料庫裡全是國內數百萬人的資料。資料庫當然沒有公開，但我身為巡心者，可以取得一些紀錄。只要大腦被掃描過，或是在任何時刻接受過精神評估（全國百分之九十九的人都有過這種經驗），就會在這裡建立資料夾。它們是根據類型排序，從第一型（精神狀況穩定）排到第四型（對自己或他人有迫切危險）。另外還有第五型，不過那是留給特殊案例用的。

有時候我會好奇，來自外星文明的歷史學家或是社會學家，對我們的世界會有什麼看法。或許他們會看穿這算是種姓社會，不是根據出身或種族，而是藉由統治階級標準界定的精神健康程度來分類。第三型以上的人會失去某些權益，只能從事他們能做的少數職業。大部分民眾自然不希望讓精神狀態不平衡、擁有潛藏暴力傾向的人擔任醫師或是政治人物，而且開放給精神不穩定者的工作大多薪水很低，地位卑下。

沒錯，這套系統建築在龐大的科學資料上頭，目的是保護公眾安全。過去，相關當局只能等到有人做了壞事，才能把他關進稱為監獄的地方。現在我們發現犯罪跟暴力行為是心理疾病的症狀，依照病情治療。我們可以在悲劇發生前出手阻止。確實有些人有辦法在落網前隱藏他們的暴力傾向，可是犯罪率已經大幅下降。這樣比較好。絕對是。

「有什麼特別想找的資料嗎？」克洛伊的提問引開我的注意。

我猶豫了。

或許不該這麼做。要是史汪醫師碰巧檢查了登入紀錄，發現我在東翻西找，他一定會問個沒完。可是我得知道他告訴我的事情是否完全屬實。「找出史蒂芬．班特的檔案。」

克洛伊一邊搜尋一邊磨爪。一排排發亮的綠色程式碼在她眼中捲動。

「找到他了！」她唱歌似地說道。

史蒂芬的檔案跳上飄浮螢幕。沒錯，他是第四型。下面還有一些基本資訊。身高、體重、年齡——他十八歲了——還有職業。他是學生。我繼續往下滑，翻過一段段資料。光是病名就佔了整整半頁。憂鬱症、創傷後壓力症候群、廣泛性焦慮症、妄想型人格違常……

我移開目光，突然有些不安。史蒂芬是我的客戶——算是啦——所以了解他的就診紀錄是很重要的事情。為什麼我會覺得像是背叛了他？

「有什麼問題嗎？」克洛伊靠了過來。「妳要找的不是這份資料？」雖然只是個電腦程式，但她有辦法辨識、分析肢體語言。有時候感覺起來幾乎像在跟人說話。

我對上她的炯炯綠眼。「克洛伊，我這樣算是愛管閒事嗎？」

她眨了幾下眼睛，抖抖耳朵。「這不是問電腦程式的問題，對吧？或許妳應該問問其他人類。」

「是啊，妳說得對。」

「要我關閉這個檔案嗎？」她問。

「等等。」我舉起手指，滑過螢幕，往下捲動到一行黑色文字：

需具備第六級保密權限。請輸入密碼。

他的資料有一部分列為機密。為什麼？

我的手指左右撫摸下唇，腦中不斷思考。接著，我的視線捕捉到螢幕底部的一行字。

狀態：自願死亡。

這行字吸引我目光整整一分鐘，彷彿只要一直盯著，就可以改變內容。心跳填滿我的耳邊，如雷鳴般敲打我的手腕和指尖。「不可能。」我低語。**自願死亡**意味著這個人選擇藉由合法的自殺藥物索那多來結束生命。

「有什麼不對嗎？」克洛伊問。

我搖搖頭，輕聲說：「登出。」

螢幕消失。「妳還需要什麼嗎？」

我需要一個解釋，不過呢，這當然是她無法給我的東西。「沒有了。」

「既然這樣，那我就來小睡片刻囉。」克洛伊蜷縮在床腳，消失無蹤。

那四個字像是長出銳利細爪似的，烙印在我腦海中。自願死亡。聽起來好文明，好平靜。父親生前一直都很討厭這個詞，他說這掩飾了那個人遭受的折磨；無論政府是否同意，自殺就是自殺。

我努力控制呼吸。思考。

只要從醫生手中獲得索那多，那個人的狀態就會改成自願死亡——代表他在法律上已死，即使還沒吃下藥丸。也就是說，史蒂芬或許還活著。但是，假如他打算求死，那位什麼要接近我？他改變心意了嗎？

我的腦海中亮起學校廁所裡的索那多廣告。我曾在單軌電車站跟商店裡看過同樣的廣告——裡頭充滿了柔和的色彩、微笑的醫生，以及感恩、尊嚴之類的字眼。社會已經接受了索那多。我們在學校都學過。對於崩潰到無法復原的人，這是人道、毫無痛苦的解脫，是最後的歸宿，不然那些人可能會成為社會中危險的負擔。他們是這麼說的。我一直都不喜歡這個說詞，也不怎麼相信那些話語，然而冷酷的事實直到現在才狠狠擊中我。

所以史蒂芬才不想找IFEN。他們不會核准他接受精神修正。他們絕對不會讓我治療他。治療已經拿到索那多的人，是違法的行為。

在他們眼中，他已經死了。

第六章

隔天我抵達格林堡高中時，四處都是警車。學生擠在屋外，大衣裹得緊緊地，抖個不停。疏散？

我停好車，下車，小跑步朝群眾接近，尋找熟悉的面孔。警衛在我們四周來回巡邏，手持看起來像小型手槍的神經阻斷器，以及有如黑色塑膠短杖的攜帶式精神掃描器。其中一名警衛大步走向我，我渾身緊繃。「怎麼了？」

「我們正在處理潛在的危機。」他說，「不要動。」我往後一閃，躲過他朝我面前揮來的掃描器。

「抱歉。」我舉起手臂，像盾牌一般擋在面前。「我沒有答應接受掃描。」

「我們不需要妳的同意。」他狠狠地說，「已經發布警報了。別動！」我僵在原地。綠色燈泡閃爍幾下。「第一型！」他對另一個人高喊。「她沒問題。」

更多叫嚷聲響起。「排隊！大家排好隊！」

警衛朝學生揮舞神經阻斷器，把他們擠成鬆散的隊伍，一一掃描。許多學生縮在一塊，似乎是在尋求保護。有些人曾經吃過神經阻斷器的苦頭。我看過那樣的景象——抽搐、抖動，染血的泡沫從咬破的舌頭跟嘴脣間溢出。

我看到伊安。他的髮型跟招牌的黑色皮外套（袖子部分用的是網狀布料）在人群中很顯眼。我跑向他，呼喚他的名字。

他轉身看我，眼中帶著奇異的恍惚神情，好像有些心不在焉。「蓮恩……」

我停下腳步，喘個不停。「你沒事吧？」

「嗯，對，我很好。」他前額的汗珠閃閃發亮，一手揉過頭頂上那道豎立的淺黃色髮絲。接著，他湊過來，壓低嗓音說：「小心點。他們真的火大了。那些人超想啟動神經阻斷器。」

「怎麼了？有人搜出武器嗎？」

他搖搖頭。「妳絕對不會相信的。」他嘴角勾起歪斜的笑意，可是眼中的茫然仍舊沒有散去。「他們出動人馬是因為有人在廁所找到一張便利貼。當然了，因為只有廁間裡沒有攝影機，他們不知道是誰幹的好事。」

「紙條？上面寫了什麼？」

「『全部燒掉。』他們把這當成縱火的威脅。我個人認為是校方動的手腳，這樣才有突襲檢查的藉口，他們已經兩三個禮拜沒有——」

我一手蓋住他的嘴巴，悄聲警告：「伊安！小心點！」

他翻翻白眼。等我收手，他又說：「他們已經掃描過我，知道我沒有危險。」儘管他這麼說，語氣和姿勢中還是帶著我從未看過的急躁。他的棕色大眼四處掃視。過去我常覺得那是獵犬的雙眼，但現在它們讓我想到狐狸。紙條是他貼的嗎？不對，太荒謬了。伊安一向有些叛逆，不過他沒有那麼過分。

「跟你說，我敢說他們之後會打算在廁間裡裝鏡頭。」附近一個男生輕聲說。

「對啊。」另一個人附和。「那些變態只是想看我們撒尿。」

悶悶的竊笑替這句話壯大了聲勢。

「之後他們會把鏡頭裝在馬桶裡。」一個女生用同樣低沉的聲音說。

「對啊，天知道我們會在廁所裡偷渡什麼東西呢？」

更多笑聲。不過他們偷偷留意四周，確保對話沒被警衛聽去。

我掃視人群一眼，尋找史蒂芬的白金色頭髮。

「喂，妳沒事吧？」伊安問。

「嗯。大概吧。」

他的表情稍稍放鬆，在一瞬間，他看起來更像原本的他。「別擔心。這些鳥事不用一個小時就會結束，到時候我們就可以繼續過活啦。」

我費力擠出微笑。

沒錯，不到一個小時，警察便撤離校園，可是我看到他們架走一個不斷掙扎的男生。他的頭髮是黑色的，不是白金色。我不知道是否該鬆一口氣。我不希望史蒂芬被關進治療設施裡，但假如那個男生就是他，那我至少可以確認他還活著。

「可憐的混帳。」伊安低喃。

我告訴自己史蒂芬沒死。今天我們約好要見面。他不會在約定的時刻之前吞下那顆藥，對吧？

他們將掙扎的男生推進車裡。

「他們怎麼能確定紙條就是他寫的？」我問。

「我不認為他們有多在乎要如何證明誰做了這件事。」他說，「只要逮到某個人，大家就會覺得事情解決了。」

我用眼角餘光不安地瞄向他。

警車載著那個男生離開。我突然覺得好冷，想也沒想就抱住伊安，靠著他的肩膀尋求安慰。沒想到他僵了一下，退了開來。我抬眼，眉頭打結。「抱歉。」他輕聲說著，雙掌揉揉臉頰。他的手抖個不停。「我只是——不想被人觸碰。現在不想。」他抱著手臂，脈搏在他修長頸子的皮膚下跳動。怎麼了？

我想起來了。他前一個客戶是性侵被害者。「抱歉，我都忘了。」我低語。

「沒關係的。」他的眼神混濁，臉色死灰。「再兩三天就好了。」

我打量他的臉龐，心裡不太篤定。伊安之前也處理過類似的案子，但他從未受過這麼大的影響，至少我沒看過。這次是遇上什麼特別棘手的狀況嗎？我好想問，只是擠不出勇氣。「不知道那個男生之後會怎樣。」我換個話題。

「大概要接受調整吧。現在我們也幫不上忙。」

我也曾接受過幾次調整，雖然我是自願藉此戰勝父親死後的憤怒與抑鬱。我還記得自己躺在黑暗中，被金屬管子包圍。那種感覺幾乎可以用舒服來形容，只要別去抵抗——腦中的低鳴、漂浮感、痛楚和緊繃從心中消散。同時也有一點壓迫感，既沉重又朦朧的髒污感，像是有人用骯髒的手指頭撫摸你一般。

「或許他們會帶他去找巡心者。」伊安補充。他的嗓音壓得好低，幾乎聽不清楚。「天知道呢。」

「沒有經過他的同意？不可能。」未經同意的記憶修改是相當稀少的案例，我幾乎沒聽說過。

他聳聳肩。「嗯，妳說得對。大概吧。」

警衛把我們趕回學校裡。我們通過敞開的門，跟著其他學生沿走廊朝體育館移動，魚貫坐進看臺長椅。格林堡高中的校長身材矮胖，極具威嚴，她上臺說了一小段話。跟平常一樣。剛才出現了威脅，但已經解決。他們查出了一名第四型患者，將會給予他恰當的治療。當然還有項圈。

我雙手在膝上握成拳。

之後，過了放學時間，伊安跟我一同橫越停車場。「你覺得這樣對嗎？」疑問脫口而出。

「怎樣？」

「這件事。所有的事情。」

他的步伐僵硬，雙手插在口袋。「妳看過紀錄片了吧？關於過去的片子？」

我們都看過細細描述國內恐怖主義崛起的紀錄片。影像在我腦海閃過——爆炸、驚慌擁擠的群眾、飛過半空中的石塊、大規模射殺事件中嵌滿子彈的屍體。那場戰爭的敵人不是單一個體，而是許許多多精神病態的憤怒人民。當然了，那些事情都發生在我出生前數十年。

當時，IFEN單純只是研究機構，以正在萌芽的神經科技領域為目標——大多數的心力還放在心智標記和心像上頭。連巡心者都還沒出現。然而隨著恐怖攻擊愈演愈烈，科學家開始跟政府共享資料，建構出國家心智健康登錄系統——現在這個資料庫是社會的棟梁——好揪出潛藏的威脅，嚴密監視。心智健康類型的系統也出現了，監視錄影機四處可見，過了一陣子，相關當局控制住暴力行為的機率。不過有些人開始竊竊私語，說我們成了極權國家，社會大眾開始不安。

這時輪到黑風衣集團登場，那是一群組織鬆散的駭客與政治激進分子，他們向政府宣戰。另一波恐怖主義的浪潮席捲全國，甚至比上回還慘烈。戰火連綿不斷，軍警要對抗的是一群躲在陰影裡偷襲、隨即消失得無影無蹤的士兵，無辜民眾捲入其中。

我打了個寒顫。

父親度過了那場夢魘。他只提過幾次，可是已經夠嚇人了。等到塵埃終於落定，黑風衣集團的頭頭全數落網，人們一心只想終結暴行。怎麼能怪他們呢？

接下來的幾年間，政府舉辦一系列的研討會，讓科學家跟政治家爭辯怎樣的系統最能防止另一場戰爭。IFEN提出一套既實用又有效率的方法，將重點放在維持心智健全福利上頭。和那些主張權利不可剝奪的陳腐過時憲法不同，也不是各州之間毫無意義的自治獨立。在新政府的主導之下，法律全都由倫理委員會制定，採用精神科和其他領域專家的意見，所有的改變都是為了帶來更多的公眾利益。維持和平與秩序是第一要務。

因此美利堅合眾國重整為美利堅聯合共和國。政府的某些機關——像是國家倫理委員會——依舊由選舉誕生的代表組成，但他們對於心智類型的分類毫無控制力。那是精神科學層面的議題，與政治無關，IFEN掌握了這方面所有的選擇權。

伊安停下腳步，轉向我。「妳覺得這樣對嗎？」

我僵住了。答案應該很明顯。我們的體制或許有些缺失，可是它發揮了用途。大部分的暴力行為都在發生前就獲得控制，需要協助的人們得到幫助。有什麼事情比拯救人命還重要？「嗯，不然還能怎麼辦？恢復以前的情況嗎？」

「說不定還有別的選項。」

「比如什麼？」

他聳聳肩。「他們說加拿大情況不同。所以有些第四型想要逃過邊界，不過成功的不多。我不能怪他們有這種念頭。要是套上了項圈，我不敢說自己不會嚇得半死。」

「加拿大的暴力犯罪率更高，恐怖行為更多。」我指出。「所以我們才需要如此嚴密的國境管制。逃過去的人只是害自己陷得更深。」老實說我對加拿大的狀況幾乎一無所知。學校沒有教太多其他國家的事情。

伊安斜眼看我。「妳沒有正面回答我的問題。」

我們的吐息在空氣裡結霧，混在一塊。寒氣掃過我的肺葉。「我沒有答案。」

伊安無聲嘆息，繼續往前走。過了幾秒，我也跟上去。

「嗯，妳要去星期五的派對嗎？」伊安的問題把我拉出沉思。

這個問題問得我六神無主。他怎麼能在這樣的時刻惦記著那種事情呢？「不知道。」

「少來了，一定會很好玩。」

好玩。但願如此。這樣的結局可能性更大：我害羞到舌頭打結，沒辦法跟任何人說話，最後整場站在角落裡。光想就心情憂鬱。派對只是讓我更加了解自己有多麼格格不入。「伊安，你知道我對這種事情有什麼感覺。」我輕聲說。

「拜託嘛。」

我訝異地看向他。他雙手握成拳頭，指節發白。他有什麼地方不對勁——不只是某個客戶的影響。到底是怎麼了？「伊安，你還好嗎？」

他一手摸過頭頂。「還好。只是啊——我們是朋友吧，至少我覺得我們是朋友，可是我們在上課跟受訓之外從來沒有見過面。」

我一直沒有察覺到他有多在意這件事。伊安有那麼多朋友，他們都比我還要酷——那些男生女生身上穿洞，頭髮染得五顏六色，個性不羈。他跟我不一樣，看起來在訓練跟社交之間游刃有餘。我總擔心要是在他身旁待得太久，他會把我當成害蟲看待。我根本沒想過他可能會覺得我無視他。「你想跟我多多相處？」

「這個嘛，對啦。我想是吧。」是我的幻覺嗎？他是不是臉紅了？「我是說，妳總是一副⋯⋯

不知道該怎麼說，好像滿心想著要怎麼幫助客戶，成為超厲害的巡心者，除此之外沒有別的了。我知道妳為什麼如此重視這件事，也尊敬妳的行為。可是啊，我又覺得妳好像離我好遠好遠。」

這就是我在他、在其他人眼中的形象嗎？疏離又冷漠？或許這是學校裡的人避開我的原因。想到班上的女生，她們聚在一起竊竊私語，冷眼看著我。

真想告訴他事情不是這樣的——沒有什麼崇高的理想、遠大的志向。沒錯，我想幫助其他人。我想功成名就。但這並不是因為我覺得自己比其他人厲害。老實說，剛好相反。巡心是我唯一的長處，我只能在這個領域派上用場。除去這項本領，我只是個渺小無趣的普通人。我張開嘴巴，這些心聲卻黏在喉嚨裡。「好吧。」我改口，「我會去參加派對。」

他緊繃的肩膀放鬆下來。「謝啦。」他微微露出笑容，揚手揮了揮。「到時候見。」

我看著他走遠。他說過的字句在我腦中打轉。**妳好像離我好遠好遠**。也不知道為什麼，我的肚子裡冒出奇異的感受。

我甩掉思緒，走向我的車。史蒂芬正在水底咖啡等我。真的嗎？

在我的腦海中，我看見他臉色蒼白，躺在床上一動也不動，睜開的雙眼空洞無神，蒙上死亡的陰影。寒意掃過我全身，深入我的骨髓。

不對。就算他手上真有索那多，他也不會服用。在我們談過之後，他不會這麼做。

史蒂芬一定會在那裡。一定會。

第七章

走進餐廳，看見史蒂芬坐在包廂裡，如釋重負的感覺像是波浪般掃過我全身，強勁的力道讓我暈了一下。他穿著黑色長版外套和高領上衣，上頭的釦子跟皮帶遠遠超出必要的數量。「嗨，醫生。」他說。

我想了想，是否該告訴他基本上我不算醫生，不過我不怎麼在意。根據我們的角色分配，我想這個頭銜也不算是錯的。「哈囉，史蒂芬。」我坐了下來。

我想問他是不是真的持有索那多，但還是把這個問題吞回肚子裡。我得要謹慎一點。提問可能會被他當成審訊，讓他拒絕靠近。更何況這樣我就必須承認看過他的資料，不知道為什麼，我很不想告訴他這件事。「今天在學校沒看到你。」我換了個問題，「沒事吧？」

「沒心情上學。」他聳聳肩。「我一直都不喜歡學校。有什麼好玩的事情嗎？」

「發生一起搜查事件。有人在牆上看到一張威脅字條，一堆警察衝進學校，掃描每個人。他們帶了某個人回去治療。」

「那就是普通的一天囉。」

我輕笑一聲，聽起來有點像噎到。「大概吧。」我突然想到——如果謠言屬實——史蒂芬極有可能經歷過那個男生的遭遇。他曾經被警察拖走，違反他的意願，送進治療機構。

「妳要點什麼東西嗎？」他問。

我盯著桌旁觸控螢幕上的菜單。我沒吃午餐，可是在學校那件事之後，我的胃口幾乎消失殆盡。不過我還是點了一盤魷魚跟一杯印度奶茶。史蒂芬什麼都沒點。盤子上桌，我興趣缺缺地挑揀食物。魚腥味讓我反胃。

史蒂芬用袖口抹抹嘴巴，緊盯著我的晚餐。

我把盤子推向他。「請自便。」

他抓起叉子，將魷魚掃進嘴裡，吃完以後，又直接喝掉小杯子裡的醬汁，簡直把它當成湯喝。我發現我的嘴巴張得老大，連忙閉嘴。「你上一餐是什麼時候吃的？」

「嗯，昨天早上，大概吧。」

「你一定餓到翻了。為什麼不點菜？」

他沒有回答。看著他憔悴的臉龐，雙頰凹陷，我不由得納悶——如果他沒有家人，那他的生活費從哪來的？戴著項圈的人要找工作可說是難上加難。政府提供一些補助方案，不過那些錢根本算不上什麼。我想到家裡的冰箱塞滿了冷凍的紅蘿蔔和花椰菜，還有儲藏室裡堆積如山的盒裝義大利麵跟穀片。葛瑞塔每次都會補上我絕對吃不完的食物。我決定了，無論如何，今天晚上都要讓他扛著一堆食物回家。

他抹過醬汁杯底，挖起最後幾滴香辣橙醬，再把手指頭舔乾淨。他吐出小小的飽嗝。「不好意思。」

尷尬的沉默盤據在我們之間。我說：「聽我說。」

他同時開口：「告訴妳。」

我們再次閉上嘴。

「你先講吧。」我說。

他揉揉後頸，視線低垂，彷彿是突然被桌上的碎屑迷住。「我一直在想，或許不該要妳幫我消除記憶。」

「你改變心意了？」

他雙臂緊緊抱在胸前。「我知道妳要遵守那些規定。我不希望妳被我害慘。」

我遲疑了。這輩子我總是循規蹈矩，乖乖遵守每一項限制。這件事足以摧毀一切。我真的想要冒這個險嗎？為了一個幾乎算是陌生人的男生？如果妳不做，他就會死，我心底的聲音悄聲說。當然了，拯救他並不是我的責任。真的嗎？

我的手指握緊杯子。我知道史汪醫師會怎麼說——他會說對此我無能為力，有些人就是救不了，我應該要專心面對還有救的人。

父親才不會這麼想。他一定會幫史蒂芬。我很確定。

另一道思緒竄入心頭——史汪醫師知道史蒂芬持有索那多嗎？肯定知道。他可是主任啊。也就是說他知道史蒂芬有生命危險，卻還是要我離他遠一點。

一道猶如紅色閃電的光芒射過我腦袋。我的心臟重重敲打肋骨。突然之間，我想要違抗史汪醫師。我已經厭倦看他在我頭頂上監視，不斷出手干涉，叫我應當成為哪種人。除此之外，我更想救這個男生，這個被其他人放棄的年輕人。熾烈的決心湧現，燒得通紅。電波在我的血流中飛竄。

「我答應你。」我說，「讓我來抹去你的記憶。」

他張大嘴巴，雙眼失焦，臉上血色全失。我沒料到他會有這種反應。「必要的許可呢？」

「這個嘛，」我清清喉嚨。「我想我能迴避那些程序。」

在受訓階段，我只能在IFEN的融合實驗室中，在旁人監督之下施行記憶修正。不過我可以自己來。我家有一些設備——父親的第一代巡心門。過去四年來，這套裝置一直鎖在地下一樓的房間裡。沒有其他人知道它的存在——連葛瑞塔跟史汪醫師都不知道——但是據我所知，它還能使用。

史蒂芬看起來有些茫然。「妳的意思是沒經過他們的許可就施行療程？妳會不會惹上麻煩啊？」

「只要夠小心就好了。」我微微一笑，心想自己是不是瘋了。不過能夠自己做決定真的很棒——感覺像是被緊緊捆束好幾年，現在終於解開束縛，再次呼吸。我雙手端起熱呼呼的奶茶，吹掉表面的熱氣，喝了一小口。「在開始之前，你有什麼疑問嗎？」

史蒂芬雙手環在胸前，緩緩吐氣。他的前額佈滿發亮的汗珠。「詳細的過程是怎樣？妳直接進去然後消除那些東西？」

「沒有那麼簡單。在正式的修正之前，我得先探索你的記憶。」

他的手指掐進雙臂。「為什麼？」

「這樣才能找出跟你想消除的過去相對應的神經網絡。當我們身處那些記憶之中，巡心門將會監控紀錄你大腦的活動，我標記出哪些神經線路掌控你的記憶，知道接下要消除哪些部分。巡心門也會創造出模擬視覺，就像錄影一樣，之後如果有必要的話，我們可以調閱那些影像。當然，那是經過大幅簡化的影像，不過——」

「妳會這麼做？」他的臉色有點蒼白。「把別人的創傷記憶變成家庭紀錄影片？」

「呃，嗯，之後我會刪掉——這是標準程序。可是呢，確實是這樣沒錯。」我頓了下。「這樣會讓你不舒服嗎？」

「不知道耶。只是……有點怪。」

「我懂。不過這種技術其實已經用了好一陣子了。早在二十一世紀初期，我們已經有辦法挑出大腦中的特定記憶，將神經脈衝轉換成影像，可是要到十年前才把這項技術獨立出來研究。在科學家發明了第一臺巡心門之後，我們可以瞄準特定的細胞塊，將它切除——」我停了下來，對他尷尬地笑了笑。「抱歉，如果你不阻止我的話，我就會聊上好幾個小時。我知道這些東西對你沒有任何意義……」

「怎樣？」他的語氣有些防備。「妳以為我笨到聽不懂嗎？」

「沒有啦。只是……這種東西太專業了，有點那個，嗯，枯燥。沒有多少人想聽。」我停頓一下。「你真的有聽懂？」

他的耳朵紅了，手臂再次環上胸口。「稍微啦。」他清清喉嚨。「要花多少時間？」

「整套程序大概包括六次療程，每次兩三個小時。如果你希望的話，今天晚上就能開始了。」

「今晚？」他的眼神有些呆滯。

「嗯。」我的身體晃了晃，突然有些不太篤定。「你可以接受嗎？」

「嗯。只是……我沒想過真的行得通。」他緩緩吸氣，雙眼的焦點對在我身後的某處。「我猜妳已經知道我以前出過什麼事。也不算什麼祕密啦，對吧？新聞上報得亂七八糟。只要有辦法在搜尋引擎上輸入我的名字，就能查出整件事。」

我嚥嚥口水，努力吞下卡在喉嚨裡的石塊。「是的。」在兇手家的地下室關了六個月。遭到折磨。

在訓練過程中，我處理過許多心靈創傷的個案。現在對我來說應該簡單多了。我應該說得出最恰當的話語，只是不知道為什麼，我總是做不到。「我很遺憾。」

「為了哪件事？」

「所有的事情。」

他看著我。他眼睛周圍的膚色好暗，活像是瘀血。那是筋疲力盡的雙眼。滿是戰爭傷痕的士兵的眼神，飢餓的流浪者的眼神。「妳是個善良的女生，是吧？」

我無法解讀他的語氣，不過也不認為這是讚美。「大概吧。」

「其他人應該要妳別跟我這種人瞎混。」

「嗯，沒錯。」

他的淡笑中沒有半點幽默感。「是啊，他們說得沒錯，如果妳想反悔，現在還有機會。」

我的掌心一片汗溼。這麼做真的對嗎？我可以告訴自己這是在拯救他，可是如果我成為獨當一面的巡心者，那就有機會拯救更多性命。要是被逮到就完了。這是無私的義舉，還是單純的魯莽行為？

我緩緩放下杯子。「可以問你一個問題嗎？」

「說吧。」

「你被前一間學校退學，真的是因為你從另一個男生臉上咬下一塊肉嗎？」

他眼神轉冷。「對，我咬了他一口。」

「為什麼？」

他盯住我的雙眼。「因為他強暴了某個人。對我來說很重要的人。」

我心跳加快。「所以他們才給你戴上項圈？」

「沒錯。」

一群立體投影的銀色小魚掠過我們身旁，留下的泡沫漸漸消失。一隻巨大的海龜在我們頭頂上緩緩滑行。

「我不懂。為什麼戴上項圈的人**不是他**？既然他幹了那件事——」

「誰會聽我的話？」他雙手握成拳頭，指節發白。「他是校長的兒子——成績優異，運動全能什麼的。我呢？當時我已經是第三型了。無論我說他什麼，沒有人會相信的，這點他也很清楚。他就在我面前吹噓自己幹的好事，然後我就失去理智了。」

「受害者呢？她有沒有跟別人說？」

他搖搖頭。「她嚇壞了。」

「了解。」我低聲回應。

他打量我的表情。他神色戒備──我認得出這是野生動物面對威脅的模樣。「妳怕我嗎？」

「為什麼要怕？」

他挑眉。「我才剛跟妳說我有攻擊別人的前科。」

我猶豫了下。或許我是該怕他。我甚至不知道他說的是不是實話。可是我打從心底感覺史蒂芬並不是個暴力分子。他的本質不是那種人。「你是為了別人才這麼做的。幼年時期受過傷害的人經常會成為施暴者。他們扛起傷害他們的人的角色，為的是避免感到無助。不過你就不一樣了，你的創傷似乎給予你對於其他受害者的同理心，讓你興起保護他們的欲望。老實說我相當佩服。」

他眨眨眼，嘴角勾起些許笑意。「好吧，我第一次聽到這樣的感想。」

我豎起手指勾著頭髮把玩，接著收手，雙掌交疊在大腿上。

他轉過頭，項圈在微弱燈光下閃過銀白新月的光輝。我突然想要摸摸它，用手指撫過項圈的表面。

除了監控佩戴者的壓力程度，項圈還能夠控制暴力行為。如果第四型患者開始施暴，它會將一股能量送進大腦底部，讓佩戴者喪失意識。項圈並非即時作用——通常會有一點電腦分析腦袋活動的時差，從幾秒到一分鐘都有可能——不過已經足以阻止大部分的犯行。也可以手動觸發。觀看監視攝影機的警衛發現第四型患者行為不軌，他可以按下按鈕啟動項圈。因此每一間IFEN機構中都設置了數個監控站。

總而言之，這套作法非常有效，可以阻止暴力犯罪，同時又不會束縛行動自由。當然了，項圈沒有道德判定的能力，它無法感知佩戴者是在傷害無辜，還是純粹自衛。它只看得到與傷害有關的神經信號。

提倡者指出比起把危險分子終身關在治療機構裡，項圈是更好、更有人性的選項，這點確實有道理。要是我被逼著在項圈跟監禁之間做決定，那我也會選擇前者。然而我無法否認項圈的存在偶爾會讓我渾身不舒服。

我的奶茶涼掉了。突然間，我不想喝了。「有辦法擺脫它嗎？」

「妳是說項圈？他們每隔幾年會更換一次，不過沒辦法自己拿掉。它跟大腦串連。有人想過要扯下來，下場超慘的。」

「我的意思是……合法途徑。如果你是遭到冤枉，應該有辦法……」他的表情怪怪的——半是愉悅，半是疲憊——讓我覺得自己問了蠢問題。不過呢，一定有辦法可以反擊。

我們離開餐廳，站在外頭，天空被灰白色的雲層蓋住。單軌電車溜過彎曲的高架軌道，宛如一條銀蛇。

我轉向他。「可以問另一個私人問題嗎？」

「問吧。不過我不一定會回答。」

「你真的接受過十二次調整？」

他勾起一邊嘴角。「十三次。」

經過那麼多次的調整，他的病情判定依舊不受影響。可是第四型患者痊癒的機會確實很低。跨越那條界線的時候，那個人心中必定是產生了某種難以恢復的改變。「你應該已經很習慣了吧。」

「就算是這樣，我還是一點都不喜歡。」他站起來，雙手插在口袋裡，縮起下巴。「妳知道我最討厭什麼嗎？在調整的時候，妳沒辦法思考。只要他們把妳綁上那臺機器，妳就會相信任何人說出的話。」

「那可以讓人更坦誠，更容易接受暗示。不然就沒辦法治療了。」

「接受暗示？那叫做洗腦。要是有人說我是來自祖特星的澎澎裙超能力公主，可以用月光力量飛起來，我會直接跳出窗外。」

我張嘴想說已經設置了保護措施，防止這種事情發生，但最後還是閉上嘴巴。現在不是爭辯調整利弊的時機。

「總之他們沒辦法再對我做這種事了。」他說。「十三次是上限。再下去，如果我惹出其他麻煩，他們會完全抹除我的思想。」

這句話讓我渾身發涼。「沒有這回事。」我語氣強硬。「我不知道誰告訴你這件事，IFEN不會做這種事。」

他的眼神變得冷硬。「或許沒有公開說明，不過我聽說過這種事。要我變成一邊流口水一邊失禁的殭屍，被人鎖在該死的機構裡，讓某個討厭鬼護士教我畫著色畫，我還是死一死算了。」

「這種事情絕對不會發生，我跟你保證。」

「多謝告知。」他的低語中沒有半點信任。

「你不相信我？」

「我相信妳相信自己說的那些話。」他說，「至於這套系統呢，跟餓得半死的狂犬病黑豹一樣值得信任吧。黑豹還比較好，至少牠咬掉你的大腦的時候，不會跟你說這是為了你好。」

我真的不知道該如何回應。

我們走向我的車。史蒂芬從口袋裡掏出一把小藥丸。我渾身緊繃，不過裡面沒有粉紅色藥丸，都是白色的。他將藥丸丟進嘴裡，直接吞下。「是藥。」他回答我沒有說出口的疑問。「維持我的神經穩定。」

「吃那麼多沒關係嗎？」

他聳聳肩。「可能有關係，不過沒差，人總是需要有一兩種癮頭吧。」

我停在車子前，一手搭上門把。「一般人不會需要癮頭。」

「是喔？」他扯出假笑。「那妳呢？」

我的重心在雙腳之間轉換。「嗯，我是喜歡巧克力。可是到了不吃不行的地步才算是癮頭。我不會在凌晨三點醒來，滿身冷汗，一心只想吃布朗尼蛋糕。」

他輕笑幾聲，粗啞的喉音宛如指甲刮過生鏽金屬。「我敢說一定有什麼東西能夠觸動你腦中快樂中樞的神經元。」他的淺色眼眸射出銳利光芒。「醫生，妳都吃什麼藥？妳需要什麼？」

我僵住了。感覺他的視線直直看進我的腦袋，我無法對他隱瞞任何事情。熱氣衝上我的臉頰，我吞了一口氣，抵抗垂下雙眼的衝動。

他在測試我。逼迫我。我得要小心。

巡心者遵從一套嚴格的倫理規範。其中一條最重要的規定是：在療程之外，我們絕對不能對客戶有任何情緒牽扯。這只會惹上麻煩。在IFEN受訓期間，教授精神倫理的老教授的嗓音在我腦中迴盪：巡心者可能會透露關於自己的一些事情，好讓客戶更加安心，但其中有一些絕對不能逾越的界線，否則就無法維持客觀的立場。面對提出尖銳問題的客戶，我發現最好的回應就是說個笑話或是給予籠統的答案——然後不著痕跡地將話題轉回客戶身上。

史蒂芬正以戒備而緊張的眼神凝視著我，就像野生動物似的，等著看我的答案是真是假。要是我迴避這個問題，我就會失去他的些許信任。「我需要這個。」我說。

他眨眨眼，眉毛之間浮現一道皺摺。「這個？」

我的臉頰燒得更燙了。「我需要幫助別人——像你這樣身陷痛苦的人。」

他皺起眉頭，一臉困惑。「這就是妳的癮頭？拯救別人？」

我把玩大衣的鈕扣，嘴巴發乾。耳邊響起隆隆心跳。「之類的吧。」

「我不懂。我是說，這不是妳的工作嗎？這算什麼癮頭？」

「老實說我不知道要怎麼解釋。」我低喃。這種事情連說都不該說的，可是我突然好希望他能了解。我要他看見我的真面目。「幫助別人消除痛苦的時候，我覺得……自己很有用。有人需要我。」我站起來，雙手在面前緊握，心臟狂跳。「大家都說我一定是意志堅定，或是有強烈的動機，或是野心勃勃，才有辦法持續下去。可是……有時候我覺得我只是無法停下來。我不知道要怎麼停下來。我怕要是少了這份工作，我就會一無所有。」

我們陷入漫長的沉默。我猜不到他有什麼想法，可是我感覺得到他的視線穩穩地對我施壓。天啊。我不該說這些話的。現在他一定覺得我很怪。或是個可憐蟲。我瞄向他的臉龐，卻沒看到半點憐憫或是噁心。

「妳說今天晚上就可以開始？」

「對。」

「走吧。」

車子載著我們回我家的路上，史蒂芬望向窗外。車內燈光黯淡，他的藍色雙眼化為兩池陰影，深深鑲在他太過蒼白消瘦的臉龐上。我想看到那張臉帶著豐潤笑意的模樣。

好想好想。

第八章

在門口車道上停好車，我帶史蒂芬來到我家門口。他小心翼翼地對著我的庭院東張西望，彷彿是期盼哪隻小怪物會從樹叢裡跳出來。「這裡還有其他人住嗎？」

「我自己住。」我說。「幾乎是啦。還有葛瑞塔——我的管家——不過今天她不在。」我打開門鎖，這扇門太老了，鎖頭要用鑰匙開，沒有什麼密碼鎖或是指紋鎖。史蒂芬慢慢進屋，打量著實木地板跟棕色皮面家具。我拉開窗簾，燈光透過落地窗照亮起居室。兩隻陶瓷松鼠坐在咖啡桌上，好奇地看著彼此，牠們是來自古董店、成對的調味料罐子。

我坐在沙發上，有些害羞地對他笑了笑。「請隨意。」

他坐上我對面的扶手椅，皮革吱嘎抗議。「那，呃，妳爸媽呢？我是說，他們不反對妳一個人住？」

「我父親幾年前去世了，在那之後我一直住在這裡。」

史蒂芬張開嘴巴，似乎還有別的問題，然後又閉上嘴巴。他瞄了咖啡桌上的照片一眼，我頓時覺得所有的祕密都攤在他眼前。我完全記不得上回是什麼時候有真正的訪客上門。

他拎起松鼠造型的陶瓷鹽罐，在雙手之間轉動。「妳那臺讀心機器就藏在哪間神祕的地下室嗎？」

「對。」半路上，我跟他說明了巡心門的事情。「不過呢，在開始之前，請告訴我你現在感覺怎麼樣。」

他皺皺鼻子。「妳一定要問嗎？」

「當然了。你是我的客戶。這件事對我來說很重要。」

他握緊陶瓷松鼠。「好吧。我很害怕。妳想聽的就是這個嗎？我怕死了。」

「為什麼？」我柔聲問。

他乾笑一聲。「等一下妳要鑽進我的腦袋。如果妳不知道這有什麼好怕的，那妳應該重修心理學。」

我沒理會他的冷言冷語。「你想談談嗎？」

他搖搖頭。「我最討厭這種談心時光了。之前在瘋人院裡面，他們給我做了幾次談話治療。爛死了。」

「為什麼？」

「感覺像是妳把內臟吐在地上，讓哪個變態亂戳那團血肉，還猛抄筆記。」

「你不喜歡心理醫師？」

「天啊，妳怎麼會猜到？」

「我只是好奇你的理由。畢竟我也在研究心理學。」

他翻過掌心的松鼠鹽罐。「我已經厭倦看那些穿著白色大衣的有錢人假裝理解我的痛苦。」

「那是他們受訓練的目標啊。理解他人的心理。」

他旋開松鼠的腦袋，瞇眼看進空蕩蕩的陶瓷頭殼。「解剖跟理解不一樣。妳可以切開老鼠的身體，挑出牠的大腦，在每一個部位貼上標籤。可是妳無法得知那隻老鼠的感受。」他把松鼠的頭放在咖啡桌上，身體放到旁邊。

「我讓你覺得被人解剖嗎？」

一瞬間的停頓。「沒有。」他別開臉。「我還沒搞懂妳。不過我不覺得妳跟他們一樣。」

「謝謝你這麼說。」我發現自己又在捲髮尾了，這個習慣我已經懶得改。當你準備要對某人的大腦動手腳的時候，扭轉馬尾末端並不會帶來多少自信。我雙手垂到大腿上，十指交纏。手腕的脈搏陣陣跳動。我提醒自己別把他當成普通男生，把他當成客戶。這只是另一次的巡心療程。我不斷對自己這麼說，可是肚子裡撲騰的緊張情緒毫不退讓。「你還想討論什麼，或者是……」

他的手指抓住椅子扶手，指甲周圍的皮膚發白。「在我發飆之前快點動手。」

我把松鼠的腦袋轉回身體上，起身，走向書櫃。上頭擺滿厚重的皮面精裝書。我拂過書脊，停在湯馬斯．摩爾那本熟悉的《烏托邦》上頭。我抽出那本書，巨大的書櫃隆隆低響，滑到一旁，露出後頭的門。

史蒂芬一挑眉。「一條密道。我得承認這真的很不得了。」

我轉頭笑了笑，打開門，帶他走下一道水泥階梯。下面還有一扇門，沉重結實的金屬板上裝設了密碼鎖。我的手指停在鍵盤上方。我當然記得密碼。父親以前都在這裡，在他家裡與客戶見面。然而自從他死後，我從未踏進這個房間。我怕要是跨過這扇門，那些記憶會像暴風一般撲向我。喉嚨好像打了個結，我吞吞口水，想要鬆開那個結。

我輸入密碼，金屬門滑開，燈光亮起，裡頭是寬廣的房間，四面都是白牆，地板也鋪上白色磁磚。兩張黑色軟墊躺椅並排而立，躺椅之間就是那組巡心門，簡稱門。儘管它擁有複雜的運作模式以及強大的能力，外表卻是格外普通——一塊跟公事包大小差不多的黑色硬碟，放置在金屬檯面上。硬碟旁邊是兩頂白色塑膠頭盔，跟腳踏車安全帽很像，表面圓滑，裝上黑色護目鏡。沒有電線，沒有人看得到它們與電腦的連結。

奔流的悲傷比我預期的還要輕微。鼻腔裡一陣刺痛，等到刺痛消失，我雖然心痛不已，但還能穩住思緒。我輕輕吐氣。

史蒂芬用眼角餘光偷瞄我，不知道他有沒有注意到我的狀況。接著他的焦點轉向巡心門，瞇眼凝視。「就是這個？」

我點頭。「我知道看起來不太像啦，不過這真的是全世界最先進的電腦之一。」

他不置可否地哼了聲。「它是怎麼運作的？」

「我們坐在椅子上，戴上頭盔。門會讀取你大腦的活動，轉譯成電子信號，傳送到我這邊。這樣我就可以分享你的思緒跟記憶，還有你正在體驗的生理感官。」

他垂下眼皮，不過我能看見緊繃的雲層在他的眼眸下打轉。「那我也可以讀取妳的思緒嗎？」

「不行。那只會干擾療程。」我往門走了幾步，一手擱在硬碟上。被我一碰，硬碟自動啟動，發出輕柔的嗡嗚，亮起綠色小燈。我摸過光滑的塑膠表面，感覺像是在跟好幾年不見的寵物打招呼似的。「最初的階段叫做標記，可以幫我創造出一套系統，引導你的記憶，之後我就知道要刪除什麼。許多客戶擔心正面的記憶會不小心跟負面記憶一起刪除。我會盡力避免這樣的結果，但你得知道還是有風險存在。」

「我沒有什麼正面記憶，應該很安全吧。」他低喃，「算我走運。」

「完全沒有？」

「嗯，我想我吃過幾次豪華午餐。」他啪地坐上左側的椅子，鞋子往腳墊上一擱。

真想知道遭到綁架以前，他過著怎樣的生活。他的童年是怎麼過的？不過現在不適合拋出這個問題。

我坐進另一張躺椅，拎起我的頭盔。背面有一個銀色圓點的記號，作為跟客戶頭盔的區別。頭盔內側鑲著具有彈性的白色泡綿，讓頭盔跟頭顱完全密合。泡綿裡頭裝設數百個感應器，閃亮的黑色圓圈宛如一顆顆小眼睛，可以穿透頭皮、血液、骨頭。

史蒂芬戴上他的頭盔，在下巴扣好可以調整長短的繫帶，拉下黑色護目鏡，往後靠上椅背，全身上下跟木板一樣僵硬。他的指甲陷入椅子的扶手。

我在巡心門的黑色硬碟前面一揮手，觸動感應器，藍光亮起，投影式螢幕浮現在半空中，映出藍色半透明的大腦立體影像。橘色和黃色的雲朵——神經活動狀態——在裡頭旋轉變化，螢幕角落顯示史蒂芬的生命徵象。「看來所有的感應器功能都正常。」

他露出痛苦的表情。「我的頭會刺痛。」

「這很正常。想多看看你的大腦嗎？」我想起別人第一次讓我看見我的大腦時，我有多麼好奇。

「不用了，謝謝。」他說，「我已經看到了，沒什麼特別的。」

我聳聳肩，關掉螢幕，戴上我的頭盔。「放輕鬆就好。」兩個頭盔在嘴邊都裝有小型麥克風，耳朵旁邊是小喇叭，這樣我們可以低聲交談。

「我應該會看到什麼東西嗎？」他問。

「不會。護目鏡只是要阻擋視覺的干擾，讓你完全專心在具象化上頭。」我雙手在胸口交疊，深呼吸幾次。這兩張椅子跟IFEN的設備不同，沒有束縛功能。黑暗將我包圍，耳邊只聽得見史蒂芬的呼吸聲，輕輕鬆鬆就能忘記外在世界。

連結開啟。溫暖的震顫從四面八方包覆我的身軀，我忍不住輕嘆一聲。接著，各種感官湧入我的腦海——史蒂芬的心跳、肺部的收縮、汗溼的腋窩和掌心、肌肉的緊繃、緊張地抖動一條腿、手指輕敲椅子扶手。雙方感官混合的感覺總是讓我頭昏眼花，彷彿同時存在於兩個地方。一瞬間，我的自我認知動搖了，*我就是史蒂芬．班特*。我是那個拚了命想要逃離過去的男孩，那個全心全意活過這一天、這個小時、這一刻的男孩。那個儘管自己都不相信，卻依舊懷抱著希望的男孩。

我沒有睜眼，專心呼吸。*蓮恩．費雪。巡心者。十七歲。棕髮棕眼。喜歡巧克力跟感傷的音樂。特別是小提琴。*我重複這些字句，直到我的自我認同恢復原樣，像是沉澱在海底的塵沙。

「準備好了嗎？」

「好了。」他啞聲低語。

「很好。現在我要你試著跟我分享記憶。先挑出一件跟綁架無關的事情，不過要涵蓋強烈的情感釋放。」

「情感釋放？」

「激發強烈感受的事件，無論是正面還是負面都可以。」

過了一會，朦朧的影像在我腦海中成型：黑暗、模糊的人影走過霧氣茫茫的走廊。我不斷往下沉，落入一個空蕩蕩的地方。霧氣散開，等到最後一縷煙霧消失，我的耳朵裡充滿了學生吵雜的笑鬧聲，迴盪如雷的腳步聲。一列列灰色置物櫃排在鋪了白色地磚的穿堂裡，空氣中飄著刺鼻的消毒水味。天花板上的攝影機追蹤我的動向。

這裡是格林堡高中。

我走過穿堂，模糊的臉龐從我左右兩側飄開。我停在我的——**史蒂芬的**——置物櫃前面。

變態

兩個黑色麥克筆寫成的大字橫過金屬櫃門，字母有些糊掉了，像是有人在字跡乾掉前用汗溼的手掌擦過。某個人——可能是同一個人，也可能是別人——在置物櫃裡塞了張紙條，粉紅色麥克筆的筆跡整整齊齊：

你趕快死一死。

下面還加上笑臉，再往下還有兩行補注：

（記住，是沿著路邊走，

不是過馬路！）

留言的人又畫了示意圖，圖中的手平行劃過手臂，用虛線標出切口。我呼吸加速，撕掉那張隨意貼，揉成一團，丟到地上。

影像消散。我覺得肚子裡空蕩蕩的。我好冷。抖個不停。

「醫生，妳看到什麼了？」他的嗓音既疲憊又防備。

我嚥嚥口水，嘴巴好乾。胸口的肌肉繃得死緊。「有人在你的置物櫃上寫了變態兩個字，然後還有一張建議你自殺的紙條。」

沉默。

「史蒂芬？」

他輕輕吐出顫抖的呼息。「跟妳說，其實我內心深處不怎麼相信這臺機器真的有用。」

「那是真實發生的事？」我悄聲問。

「嗯，我可沒有作假。」

「我知道，可是——我不懂。為什麼那些人可以逍遙法外？他們有沒有被抓到？你有沒有通報？」

他哼了聲。「我當然沒有。這套體系的設計理念並不是為了保護我這種人。那是用來保護其他人不受我這種人的傷害。」

「可是那也太……」我的聲音愈來愈小，不知道該說什麼。

他的心跳得很大力。很快。我感覺得到。我下意識地揉揉胸口。

他往牛仔褲口袋裡摸了摸，似乎是在找什麼東西，然後抽出空蕩蕩的手，咒罵幾聲。我想到剛才那些白色小藥丸。

「如果你需要的話，我可以用一些方法讓你放鬆。」我說，「這臺機器裝了鎮靜劑。應該還有效。」

「好啊。嗯，我想我需要一點藥物幫忙。」

「手放在原處。」我按下我這邊椅子扶手上的一個按鈕。

細針插進他的皮膚，他咬牙嘶嘶吐氣。接著，他嘆了口氣，肌肉間的張力散開。「噢，這東西真不賴。」

「你覺得如何？」

「麻木得很舒服。」他掀起護目鏡，往我這邊看過來，微微一笑。他的瞳孔淹沒了虹膜，留下兩個細細的藍色圓環。「我想我已經準備好了。我可以躺下來想想英國。」

「什麼？」

「妳不知道這句話嗎？」他格格輕笑。「這就是人家說的：維多利亞時代的女人在新婚之夜前，其他人會教她『躺下來想想英國』。」

「喔。」我有些不自在。

他還在笑，但他的笑容看起來……朦朦朧朧。與現實脫節。「妳會對我溫柔一點吧？」

我的臉頰燒了起來。或許我幫他注射的劑量太重了。我清清喉嚨。「換別的記憶試試看。普通、日常發生的事情。如果你喜歡的話，回想早餐吃過什麼也行。」說完我才想到他從昨天一路餓到現在。「呃，在餐廳之前，你最後吃過的那一餐。」

「這真的是療程嗎？」他的語氣聽起來像是起了興致，彷彿這全都是精心設計的笑話，而他正要聽懂笑點。

「史蒂芬。」

「好啦，好啦。」

我閉上眼睛。在黑暗中，我看見一碗放在桌上的穀片——色彩鮮豔，砂糖的含量比穀類還多。影像突然消失，被另一個影像取代。我站在停車場裡，一名高大壯碩、身穿橘色夾克的男子聳立在我面前。他的頭髮剃得很短，一副軍人模樣。

「告訴我你對她做了什麼事。」我的聲音——史蒂芬的聲音——在抖。不是因為恐懼，而是出於憤怒。「告訴我她為什麼會哭。」

「干你屁事？」那名男子——南森；他的名字是南森——冷笑著反問。

我咬牙擠出答案：「她是我朋友。」

「是喔？」南森的冷笑咧成獰笑，露出卡在潔白門牙間的午餐殘渣。我看得見這個畜生眼中的笑意，彷彿他正在享受我的憤怒，我真想把那張愚蠢的笑容從他臉上扯下。在老師面前，他總是愉快又有禮貌，但那只是面具。這才是他的真面目。

南森朝我湊過來。「喔，那個淫蕩的第二型需要有人來管管她。是她先爬到我身上的。真是太蠢了。她知道我是誰嗎？我可以像這樣輕輕鬆鬆就讓她退學。」他折響指關節。

血液敲打我的腦袋。有如瀑布的悶悶低吼填滿我的顱骨。

「跟你說……」南森靠得更近了，發酸的炙熱氣息直噴到我臉上。「我知道她的祕密。我一開口威脅要把她供出去，她就乖得跟什麼一樣，跪在地上，我說什麼她都乖乖照辦。」他笑出聲來。

炸彈在我眼球後頭爆發。我只看到一片紅。

等到我的視線恢復清晰，他已經躺在人行道上慘叫，一隻血淋淋的手按住血淋淋的臉頰。我感覺嘴裡有塊橡膠似的東西，吐出來。一塊皮肉落在男子胸口，將他的襯衫染紅。

「操你媽的神經病！」他歪歪斜斜地爬了起來，衝向我。

我的拳頭擊中他的臉，把他打倒在地。我跳到他身上，不斷揍他，他的腦袋被我打得左右搖晃。更多血噴出來，灑在人行道上。幾隻手抓住我，將我拖開。我扭動掙扎，南森縮成一團，啜泣不已。他的臉傷痕累累，鮮血淋漓，嘴脣高高腫起，但我還想揍他。我想懲罰他。我想——

不是我。這是史蒂芬的記憶。

我費了點勁，將自己扯回現實。眼睛猛然睜開，我掀開護目鏡。我氣喘吁吁，渾身是汗，雙眼凝視地下室的天花板。

「抱歉。」史蒂芬別開臉，看著牆面。「我不是有意要從那件事開始回想。」

「沒關係。」我試著穩住嗓音，卻徒勞無功。「他就是——就是你之前跟我說過的那個人？」

「對。」他的語氣中沒有半點情緒。

我吞了口氣。「他說他知道她的祕密。那是什麼？」

短暫的停頓。「她會拿刀割自己。」他低聲說。

「自殘行為？」

他點點頭，依然盯著牆面。「如果他通報這件事，她一定會被重新分到第三類。他們一定會強迫她接受調整，或是把她關進治療機構。消息一定會傳出去。這種事情總是會搞得天下皆知。她在學校會更難待下去。」

天旋地轉，我閉上眼睛，頭暈目眩。前額的汗水冰冰涼涼。「她怎麼了？」我悄聲問。

「妳是說之後嗎？她沒再跟我說過話。我想她是怕了吧。」

我的胸口好痛。我知道應該要反對他的行為，但我只想到失去朋友的他會有多痛苦。

專心。這是工作。「繼續吧。」我拉下護目鏡。「我要你清除其他記憶，進入你被綁架後的第一段記憶。」

「我不記得是怎麼被綁架的。一醒來就在那個地方了。」

「那就從那裡開始。」

我再次下沉——這回沉得更深。我感覺自己泡在湖裡，緩緩沉向湖底，光線愈來愈暗，直到冰冷、沉重的黑暗從四面八方擠壓著我，就連我的呼吸聲都化為靜默。

黑暗。一陣閃光。柔軟模糊的形體漸漸成型。

我所處的房間被破裂骯髒的水泥牆包圍。眼球後方一陣一陣悶痛，我的頭上沾著溫暖黏膩的東西，將我的頭髮糊在頭皮上。是血？

每個地方都在痛。很冷。好冷。我打了個寒顫，試著站起來，可是我的雙手跟雙腳都被粗糙的繩子綁住。我的嘴巴裡塞了一團破布，帶著土味跟酸酸的汗味。

我要尿尿。我扭來扭去，但繩子一動也不動。

咿呀一聲，門開了，身穿髒兮兮白色上衣的男子走了近來。他長得好高大，肩膀寬闊，頂著大光頭和兩顆小小的黑眼珠。他的臉皮硬梆梆的，葫蘆型的大鼻子，一張香腸嘴不帶多少情緒。一道疤痕從他的太陽穴牽到下巴。

他盯著我，我盯著他。他在原處站了一會，然後他笑了。他只有幾顆泛黃的殘破牙齒。他拖著腳步緩緩接近，橫越水泥地面。他蹲下來，臉湊到我面前。「嗨，史蒂芬。」他的聲音很低很沉。

我的啜泣被破布堵住。

「你不知道我是誰。可是我認識你。我知道你很傷心。你沒有半個朋友，對吧？」他撫摸我的——**史蒂芬的**——頭髮。

天啊。

「那些都過去了。現在我是你的朋友。你只需要我這個朋友。」

這些事都沒有發生。我才——不是——

「你會喜歡這裡的。我們會玩很多很多遊戲。你喜歡玩遊戲吧？」

都是假的。只是透過電腦傳來的神經刺激。

他站起來。「來聽聽音樂吧？」

一臺看起來很舊的陌生機器擱在角落，長得像灰色的盒子，前方的透明窗口裡頭有幾個圈圈。他走到機器前，按下按鈕，窗口裡的小輪子開始轉動。喇叭中傳出女性的歌聲，唱的是法文。

史蒂芬沒聽過這首歌，可是我知道歌名是〈村莊鐘聲〉，一瞬間，我又變回蓮恩·費雪。接著，她化為碎片，溶解消失。

機器播放出模糊刺耳的歌聲，男子隨著歌曲吹口哨。我沒有動。我沒有發出聲音，甚至沒有呼吸。

他吹著口哨走向我，直到我被他的陰影淹沒。

第九章

當我終於摘下頭盔，精神與身體都麻木了，像是從一場漫長黑暗的夢境中緩緩甦醒。喉嚨渴得發痛，我嚥嚥口水。酸臭味逗留在口腔深處。

瞄了一眼時鐘。我已經在史蒂芬的思緒中待了三個小時。

我緩緩坐起來，刺痛竄過我的肌肉，我縮了一下，揉揉一邊僵硬的肩膀。感覺渾身都是瘀青，痛到爬不起來，彷彿被人從貨車拋下，丟在路旁等死，全身上下都在流血。「我想今晚就到此為止。」我的聲音出奇平淡，聽在自己耳朵裡好陌生。

史蒂芬脫掉頭盔，放到旁邊。他沉著毫無血色的臉。「好。」汗水在他前額發亮。他用舌尖舔舔嘴唇，呆滯茫然的雙眼移向我。「妳都看到了？」

「對。」

史蒂芬閉上眼睛，用掌根搓揉眼窩。

「你還好吧？」我得要說些什麼。

「超讚的。」史蒂芬低語。

我的喉嚨裡塞了個腫塊，被我硬是嚥下去。我不會哭出來。「我很遺憾。」

他聳聳肩。「不是妳的錯。」

我想要伸手，給他一點安慰。然而我們之間宛如隔了一片海洋，像是分別處於不同的星球。沒什麼好說的。他在艾梅特．派克手中承受的酷刑超乎我的想像。面對那樣的痛楚，言語全都失去了意義。

「妳之前說要做幾次療程？」她問。

我努力凝聚注意力。房間好冷。還是說只有我覺得冷？「可能四次，可能六次。不會超過六次。」我揪住手環。「比較久的記憶要花更多時間標記。」

他用袖口抹抹汗溼的額頭，溜下躺椅。

我也站了起來，膝蓋有些發軟，只能撐著椅子扶手。儘管虛幻的身心痛楚開始消退，倦怠感和暈眩依舊填滿全身。「你需要什麼嗎？」

他搖搖頭。

我想到史蒂芬縮在黑暗房間角落的模樣。那麼地孤單。那麼地害怕。

我按住臉頰，來不及阻止從眼角滑落的淚水。我已經很久沒在融合療程後哭泣了。平常我的控制力沒有這麼差的。我馬上抹掉那滴淚水，但已經太遲。他注意到了。

「蓮恩……」他訝異地柔聲呼喚。

我把手臂環在胸前，試圖隱藏不停顫抖的雙手。「別為我擔心。」

他瞪大眼睛盯著我，血色緩緩離開他的臉頰。「妳不只是看到。妳還感覺到了。全部的事情。」

我別開臉，不想承認也無法否認。

「我不知道。」他輕聲說，「蓮恩，我……我不知道會是這樣。我以為對妳來說只是像在看錄好的影片。」

我搖搖頭。「如果是這樣就好了。」我對他歪嘴微笑，不過笑容很快就散去。「大部分的菜鳥撐不過一年是有原因的。」

他一副要吐的模樣。「我不希望妳經歷那些。我不能……」

「史蒂芬。」我將五官調整成淡然的面具。「是我答應了這件事。我知道會碰到什麼狀況，而且我也接受過處理情緒反彈的訓練。如果我做不來，那我就永遠當不了巡心者。我們要有始有終。」

沉默籠罩在我們之間。我看得見他眼中的痛苦。他是為我而痛。真正經歷過那場夢魘的人是他，懷抱著那些記憶度過這些年的人是他，但他卻反過來關切我，讓我好心疼。我只能維持冷靜的表情。

他終於垂下腦袋，輕輕點頭。「我只是……」他的嗓子啞了，抖著手耙梳頭髮。「早知道會這樣，我絕對不會找上妳。我再怎樣也不能要求別人為我承受那些。」

「喔，我很高興你來找我。我很想幫忙。」幸好我的語氣幾乎和平常一樣。我甚至擠出一點點笑容。他沒有回應我的微笑。

我們走上階梯，回到起居室。他穿上外套。「那麼……」他告辭的方式有些笨拙，重心在雙腳之間換來換去。

「我們明天還可以見面。」我說，「我把手機號碼給你吧？如果你需要什麼可以打給我。」

他的嘴脣勾起類似微笑的弧度。「女生通常不會急著給我手機號碼。」

或許開玩笑只是他處理壓力的方式，但我的臉還是紅了。我一邊念出號碼，一邊努力忽視臉頰的熱度。他把號碼輸入自己的手機，將手機收進外套口袋。「妳可以送我到最近的單軌車站嗎？」

「當然。」我想到他大吃魷魚的模樣。「你要帶點吃的回家嗎？」

他瞇起眼睛。「幹嘛？」

我一愣。如果他以為我是在可憐他，說不定就不會接受了。「喔，我每次都買得太超過，一個人根本吃不完。」

他咬咬下脣。我看見他眼中的企盼與飢餓。但他搖搖頭。「妳已經免費幫我做了這麼多了。我覺得收下妳給的食物實在是很不恰當。」

「史蒂芬……」

「我沒事的。」他勾起一邊嘴角。「真的。日子還過得下去。」

「拜託啦，你至少拿一樣東西吧。」我脫口說出。

他一臉訝異，聳聳一邊肩膀。「既然妳這麼堅持的話。」

進了廚房，他打量流理臺上的水果盆，挑了一顆亮紅色的蘋果，塞進口袋。看到我疑惑的眼神，他說：「已經有一陣子沒吃這種東西了。我是說真正的食物，不是學校供應的基因改造垃圾。」

一顆蘋果填不滿他的肚子，但總比沒有好，我想。

我開車到單軌車站，巨大的水泥建築外牆架設閃閃發亮的廣告螢幕。人們穿過旋轉門進進出出，我們站在外頭的人行道上。「放學後老地方見？」我問。

他點頭，猶豫片刻，從口袋裡掏出一張折好的紙，遞給我。「給妳。」

我接下來。「這是什麼？」

「妳想看我的畫，我就帶來了。」

我訝異地攤開紙，鮮明的墨水痕跡在白紙上畫出乾脆的黑色線條。人面獅身獸以後足站立，挺起上身，展開翅膀，每一根羽毛以及覆蓋毛皮的肌肉都細膩而清晰。我看得更仔細一些，一股電流沿著我的脊椎往下竄。「是我的臉。」

他沒有回應。

真是厲害，只靠著簡單幾筆，他就完美地勾勒出我的五官。不過他把我美化了些。我的眼神沒有這麼堅定吧？雖然堅定，卻心事重重又帶著脆弱，像是面對說不出口的恐懼的孩子。他眼中的我是這副模樣嗎？

我害羞地拉高視線。「為什麼是人面獅身獸？」

「沒有為什麼。」

我用指尖輕輕劃過那對翅膀。「好美。我可以留著嗎？」

他有些慌亂。「當然。隨便妳。」

「謝謝。」

我們在落日餘暉中凝視彼此。我想對他說些什麼，卻又不知道那個什麼是什麼。或許是別走。

他的視線退開。「醫生，明天見。」說完，他從口袋裡掏出那顆蘋果，咬下一大口汁水淋漓的果肉。接著他轉身走向車站，消失在旋轉門內。我在原地多待了幾分鐘，手中抓著那幅畫，看著單軌電車進站又離站，將史蒂芬帶走。

派克淫穢的臉龐突然閃過我心頭，我的肚子一抽，膽汁湧上喉嚨。我把那口嘔吐物嚥下去，閉上眼睛，做一輪身分確認練習。我想像自己將那些記憶塞進木箱裡，牢牢鎖上。我相信派克的面容會趁隙溜進我的惡夢，不過現在它暫時消失了。

為了轉移注意力，我繼續打量那幅畫。在神話故事中，人面獅身獸通常會向旅人出題，吞掉答不出來的人。儘管史蒂芬不願承認，我想他選擇這個主題確實是有原因的——可能是下意識的選擇。但也有可能是我過度分析。

這麼一個古怪、複雜、迷人的男生。看過他的大腦之後，我想幫助他的決心更加堅定。可是不只是如此。我想起在我離開他的記憶後，他眼中的關切。我還記得他心中那股想要懲罰傷害他朋友的人的兇狠欲望。我的指尖拂過筆跡，輕輕觸摸。他說他多半會把作品燒掉。為什麼？他為什麼要隱瞞這份天賦？無論有什麼理由，我很榮幸他願意讓我看見他的畫。

我小心地重新折好那張畫，塞進口袋裡。

比起心靈創傷，他身上還有好多好多謎團。我想更了解這個殘破不堪、變化莫測的年輕人。我想知道剝除了這些痛苦與黑暗，他究竟是個怎樣的人。

在我的腦內法庭中，精神倫理學老師不悅地碎碎念。

「政府把我們當畜生養！」一名男子的吼叫把我帶離思緒。「他們把人民當畜生在養！」

我猛然抬頭。一名眼神狂亂的消瘦男子站在單軌電車站外，他衣衫襤褸，頭髮翹得亂七八糟，燈光照亮他脖子上的項圈。他向路過的女性遞出傳單，對方閃過，快步離開。「你們看不出來嗎？」即使站得這麼遠，我還是看得見飛沫從他嘴角噴出。「我們都是畜生！」他的視線對上我，我渾身僵硬。

他迅速走向我，遞出一張傳單。我盯著他瞪得老大、佈滿血絲的雙眼。「加入反抗軍吧。」他說。

「不用了，謝謝。」我低聲回應，轉身往我停車的地方走。

他跟了上來。「要開戰了。」他說，「妳要做好準備。一切都會崩塌，路上到處都是血——」他僵住了，抬起頭，鼻翼輕輕顫動，像是嗅聞空氣中有沒有狩獵者氣味的兔子。夾在他腋下的整疊傳單滑落，紙張散在濕答答的人行道上。

光鮮亮麗的警車停到路旁，一名手持神經阻斷器的員警下車。

「沒事的。」我馬上說，「他沒有要攻擊我。」

「別擔心。」員警輕觸帽緣向我致意。「只是要帶他去治療。我們已經接獲抱怨說他又來這裡擾民了。」

男子眼角陣陣抽搐。他從口袋裡掏出某樣東西——看起來像原子筆——瞄準員警。「別逼我用這個。」

員警翻翻白眼，用近乎和善的語氣說：「馬福，少來了。」他向前一步，伸出一手。「走吧，經過治療你會好很多。」

男子——馬福——抖著手緊握原子筆。「我警告你！**我要用了！**」

「你要做什麼？在我身上寫字？」員警輕笑。

淚水滑過馬福長滿鬍渣的臉頰。「屠夫！你他媽的屠夫！你們都是！你——」他的雙眼失去焦點，腳步搖搖晃晃，往前癱倒，原子筆滑出他鬆開的手掌。

員警扶住他，把他像大件行李一般塞進車裡，替他扣上安全帶。他撿起那支筆，回到駕駛座上，對我點點頭。車子揚長而去，留下我不安地看著車屁股。

項圈能夠感應攻擊行為並啟動，即使佩戴者手中拿的不是真正的武器。我幾乎沒遇過這種狀況。

我再次轉身，發現傳單散了滿地。我彎腰撿起一張，上頭全是一派胡言，許多語焉不詳的句子間塞滿驚嘆號跟大寫字母。**加入反抗軍吧**，他是這麼說的。當然了，根本沒有什麼反抗軍，黑風衣集團已經滅了——我提醒自己，這是件好事。在過去，這個人可能會裝設炸彈，或是拿機關槍掃射無辜民眾，現在只能對員警揮舞原子筆，然後被送去接受倫理上有些問題，不過沒有半點痛苦的人道治療。

我試著忽略卡在喉嚨裡的結，上了車，輕聲說：「載我回家。」

第十章

回到家，葛瑞塔——史汪醫師幫我請的管家——正在擦拭起居室的咖啡桌。我愣住了。她今天不該來的。史汪醫師是派她來突襲檢查嗎？「呃。哈囉。」

她對我笑笑。「嗨，蓮恩。今天在學校過得如何啊？」

「很好，謝謝妳。」

「小心點，我才剛吸過地板。」

我脫下鞋子。我們一向處得不錯，但這只是表面工夫。她問我恰當的問題，我給出恰當的答案。她是來當間諜的，她也知道我知道這件事，所以我們沒有必要太過親近。

「欸，妳剛才去了哪裡？跟朋友出門嗎？」她的語氣很隨興，可是眼神突然變得好銳利。

「自己一個人。我去水底咖啡喝茶。」

「還沒吃飯嗎？」

我搖搖頭。

「我幫妳煮點東西吧？」

「不用了，謝謝。」我擠出微笑。「我想今天晚上我自己弄點東西吃就好。」

「那些冷凍食品嗎？」她抿起嘴唇表達不滿。「那種東西裡面都是化學物質。連真正的肉都沒有。我在紀錄片上看到他們在實驗室裡培養假的牛肉。跟妳說，我絕對不會碰那種東西。」

我左眼窩傳來陣陣輕微的刺痛。「我會弄沙拉來吃。」走吧。妳快走。拜託。「不過還是謝謝妳的心意。」

「好吧。別太晚睡。」她收起清潔用具。等到她離開屋子，我熱了一份冷凍食品，躺在沙發上。我撕開盒子上的薄膜，人造沙朗牛排、紅蘿蔔、布朗尼冒出熱氣。這一餐簡直就是一幅抽象畫，不自然的鮮豔色彩，模子印出來的食物外型太過精確，不像是自然產物。

史汪醫師為什麼今晚會派她過來？他懷疑我跟史蒂芬見過面？

我累到沒精神多想這些。我打開電視，自動轉到新聞頻道。

「下一則新聞。」主播說，「一名女性決定求死。眾議員卡洛琳・麥奇是歐羅拉倫理委員會的成員，多年來，她與不斷衰退的健康奮鬥。現在她控告她的醫師拒絕開索那多給她。該名醫師宣稱她沒有嘗試過所有的治療方式，可是麥奇表示他只是將己身的道德判斷強加在她身上。」

鏡頭轉向坐在桌邊的中年女性身上，她的雙手在身前交疊，頭髮剃得精光，頭皮上滿是疤痕，與她身上那套優雅的藍色套裝形成強烈對比。「這是我的生命，我的決定。」她直視鏡頭，臉頰凹陷，表情冷峻。「我已經評估過所有選擇，找不到脫離持續痛苦的現實可能性。我已經準備好自願死亡，我不認為哪個醫生有辦法阻止我。」

決心與絕望，這個組合真是微妙——明明只要一把剃刀、一瓶安眠藥就能解決的事情，有些人卻要費盡心思才能如願。不過呢，要是某個人自願死亡，他的家人可以獲得終身保障。這跟非法自殺的後果完全不同。

「麥奇的案例獲得正反兩方的關注。」主播繼續說下去，「索那多再次掀起爭議，激發反對聲浪。」鏡頭切換到示威活動，人們揮舞標語，上頭寫著**不要傷害**，以及**死亡絕對不是答案**之類的標語。

我有些反胃，切掉電視。史蒂芬申請他的索那多的時候，那些反對者都跑哪去了？

當然了，儘管麥奇的身體很差，她依然屬於第一型——身為眾議員，她必須是第一型。沒有醫生會想摧毀健全的心智，卻像發糖果一樣將藥丸開給第四型，利用各種宣傳手段淹沒媒體，告訴大家對那些受到無法挽回的傷害的人，索那多是符合倫理道德、負起責任的選擇，這樣一來，社會就能變得更祥和安定，因為這是合法的行為。沒有人想花心思修復支離破碎的人，特別是那些沒錢接受真正治療的人。放他們去死簡單多了。

有時候我恨透了這個國家。

我戳戳食物，把一塊切片紅蘿蔔推著滾來滾去。食慾離我而去，史蒂芬的記憶不斷在我腦海中重播——那幾個月的地獄，只有在監禁他的犯人造訪時才會打破的漫長恐懼與孤寂。那些哭著度過的夜晚，用骯髒床墊悶住自己的啜泣聲。

不知道其他孩子怎麼了。我在他的記憶裡沒有看到他們。他們是關在不同的地方嗎？還是說派克找到史蒂芬的時候，他們已經死了？

或許這都不算什麼。等到最後一次的療程結束，那些記憶都會從史蒂芬的腦海中消失。他會輕輕睜開眼睛，有些困惑，像是從漫長黑暗的夢境中醒來。他也會忘記我。他將會離開，宛如新生兒一般純淨，所有的恐懼和悲傷都被刷洗消除。

但是那股恐懼會留在我心底。我永遠不會忘記那間小黑屋裡發生過的事情，也不會忘記那個驚恐男孩的眼淚。

我把膝蓋抱在胸前。

如果父親在的話，他會擁我入懷，知道該跟我說什麼。他會幫我釐清腦中的混亂。我願意做任何事只求能再跟他說說話，五分鐘就好。

我知道今晚是睡不著了，於是我下樓，回到鋪滿磁磚的貧瘠地下室，開啟巡心門。我看著硬碟，在感應器前面揮揮手，啟動投影螢幕，上頭顯示出不斷旋轉的立體大腦影像。史蒂芬的大腦。我發現自己正盯著它看，被緩滿轉動的影像催眠。

房間裡光線昏暗——我沒有打開天花板上的日光燈——唯一的照明來自黯淡的螢幕。我重播了療程紀錄，看神經電波在他的灰色腦細胞上流動，好像氣象報告的天氣雲圖。我一點都不意外他的杏仁核活動旺盛，這個杏仁形的小區塊與恐懼和記憶緊緊相連。

人類的一切恐懼和悲傷——還有喜悅、驚嘆、愛——全都能濃縮成這一團活像花椰菜的器官上的化學變化。有時候我覺得這點讓我好安心，然而有時卻覺得好空虛。

我點了點螢幕上的幾個地方，放大又放大，直到看得見神經元的網狀構造泛著半透明的淡淡藍光。我眨眨眼。

好奇怪。

沒有受過訓練的人一定看不出其中端倪。但是在我眼中，明顯又詭異的差別簡直像是在《最後的晚餐》畫中看到門徒之間坐了隻卡通小鴨。我又看了一遍。沒錯——他的神經網絡模式相當異常。既然看到了，我就不能視若無睹。我按著螢幕，滑過神經元構成的密林，循著異常模式往下、往深處追蹤，沿著海馬迴的彎曲脊梁進入他的大腦核心。那裡有一道疤痕，就埋在他的神經組織裡頭。

我把影像放大又縮小。稍微後退一點，我的腹裡一陣空洞。

疤痕不只一道，那是層層疊疊、相互交纏的線條，像是被地雷跟手榴彈轟出的坑疤戰場。是派克對他下的手嗎？一定是的。但他是怎麼做到的？看起來不像酷刑或是傷害的結果。事實上——我瞇著眼研究影像——如果不知道前因後果，我會以為這是巡心門的傑作。模式很相似，不過巡心者沒有這麼草率。這是屠殺。反胃感在我肚子裡翻騰。

我關掉程式，叫出另一組紀錄——電影一般的記憶本身。錄下的影像畫質很差，顏色斑駁，是神經衝動的片段影像，不過我能看出地下監獄的輪廓，還有派克猙獰的笑臉。我不想再看到這些東西，但我得要這麼做。

我湊上前，看得更仔細一些。

有什麼東西變了。影像閃爍變形，沒有消失，只是在一瞬間，我穿透它們看見另一組影像，有點像隔著霧氣濛濛的玻璃看東西。在沾滿髒污的水泥牆後頭，還有好幾面白牆，上面什麼都沒有。一瞬間，派克的臉變成另一張臉。令我不安的熟悉感，可是那張臉消失得太快，我來不及辨認那人的五官。黑暗的地下室回來了，我楞楞地看著，不停發抖。

那到底是什麼鬼？

第十一章

化學筆記一片模糊，字跡在紙張上飄來飄去，無論我多努力集中精神，它們就是拒絕乖乖站好。我發誓我聽見它們就像壞孩子一樣對我咯咯嘲笑。

通常化學課都很好應付。

我的視線在教室裡亂晃，這間教室跟格林堡高中的其他教室沒有兩樣——灰沉沉的寬闊建築，擠滿了課桌椅，遭到持續不斷的監視，無精打采的學生早已接受這個事實，因為這是他們所能做的。我揉揉缺乏睡眠的乾燥雙眼。老師說個不停，可是講課內容直接溜過我的腦海，不留半點痕跡。

昨晚，我花了好幾個小時重看史蒂芬融合療程的紀錄，可是那個一閃而逝的影像——在記憶後面看到的另一段記憶——沒有出現在影片中的其他地方。可能是電波干擾吧。但他腦中的傷疤毫無虛假。

該跟史蒂芬說什麼？我甚至不知道這有什麼意味，要如何跟他解釋呢？

口袋裡的手機開始震動。我染上了偷帶手機上課的危險習慣，怕他會傳簡訊給我。簡直就是談戀愛的女生。不過我提醒自己，我對他沒有那種意思。我是在幫他。就這樣。

我看看手機，點開他傳給我的簡訊。

嗨，醫生，妳還好吧？

嗯。

當然了，這是謊話。

妳確定？

他怎麼會知道？是我的表情？姿勢？總之我要好好掌控情緒。史汪醫師大概不時會調閱我課堂上的錄影。要是我的情緒明顯低落，他一定會注意到。

我迅速打出回覆。

放學後跟你說。

我聽見腳步聲靠近，渾身緊繃，抬起頭，看到警衛走了過來。他伸出一隻手。「妳知道關於手機的規定。」

他沒有生氣，態度卻很堅定。警衛總是在沒收學生的東西。這是例行公事。

「好啦，妳晚點就能拿回來。」他的語氣幾乎算得上和善。他微笑著說：「別擔心。妳知道的，不會因為上課傳簡訊就給妳做精神鑑定。」

我不情不願地交出手機。

就算少了手機，我依然無法專心聽課。我的思緒飄回昨晚。

發現史蒂芬記憶中的雜訊之後，我回房間叫出克洛伊。她憑空現身，用愉快的高亢聲音問我：「蓮恩，要我幫妳做什麼嗎？」

「給我妳能找到跟艾梅特．派克有關的所有資訊。」

她花了幾秒鐘理毛，眼睛閃爍，淺綠色虹膜亮起一行行深綠色文字。最後，她的眼睛在空中投射出明亮的方形飄浮螢幕，上頭顯示的資料少得出奇。除了幾篇文章，什麼都沒有。

「打開第一篇。」我對她說。

影像一變，我對上一名男子的臉龐，畫素不高，他的輪廓很深，黑色的小眼睛，一道疤痕劃過他的左臉頰。他呆滯地盯著相機鏡頭，面無表情。我打了個寒顫。就是他——在史蒂芬的夢魘中盤據十年的男人。不過文字內容很簡短，都是我已經知道的東西。「往下捲。」我對克洛伊說，「我要看其他的搜尋結果。」

她的尾巴晃來晃去。「不好意思，只有這些了。」

「就這樣？怎麼可能？」

「抱歉，蓮恩。」她的耳朵跟尾巴垂落。

「沒關係。我相信妳的能力。我只是嚇了一跳。」

她的耳朵豎了起來。「妳還需要什麼嗎？」

我搖頭。「就這樣。」

克洛伊消失後，我清醒地思考先前看到的種種。或者該說是沒看到的事物。

根據少得可憐的資訊，艾梅特．派克來自奎德倫東北部一座與世隔絕的小鎮，離其他大城市都很遠。他在少數僅存路上沒有架設監視攝影機的地方長大，所以沒有他過去活動的影像紀錄，也沒有其他與他相關的人存在。沒有親戚，沒有朋友，至少在報導中沒有提到。當然了，殺過小孩的神經病大概不會有朋友，但即便如此，他的資訊少到有點刻意的地步。彷彿他從未存在。

我想起派克面容下閃過的臉龐，冰水滴滴流過我的血液。

抵達水底咖啡廳時，史蒂芬坐在熟悉的包廂裡，雙臂抱在胸口。「所以說今天還要再做一次療程嗎？」沒等到我的回答，他皺起眉頭。「怎麼了？」

我的手指纏在一起，解開，又纏在一起。掌心又熱又溼。「史蒂芬，之前你有接受過任何神經修改治療嗎？」

他的臉蒙上一層困惑。「這是陷阱題嗎？我的意思是，記憶被修改之後，一般人不是會忘記嗎？」

「你說得對。」其實這件事有點爭議性。如果他的記憶確實遭到修改，他的檔案中一定會留下紀錄。除非……

記憶矯正技術受到嚴格控制，但一直有謠言指出非法巡心者為了錢私下執業，無論多麼不符合倫理的案子都接。過去，我對這些謠言不怎麼在意，可是如果真的有這種人呢？史蒂芬的記憶有沒有可能是在非法狀況下遭到修改？甚至是違反他的意願？

我清清喉嚨。「只是我在療程以後，又看了你的讀心紀錄，發現你的神經網絡中有一個異常模式。你的皮質跟海馬迴上頭有很多小傷痕。」

「醫生，請說英文。」

「你的大腦有點問題。」

不安的陰影掠過他臉龐。「應該不是癌症之類的吧？」

「不是，不是那種東西。看起來像是療程的結果。」

「嗯，會不會是調整留下來的？」

我搖搖頭。「調整不具備侵入性。效果只是暫時的。」

「所以？」

「老實說我也不清楚。」

史蒂芬皺眉，一手梳過那頭像玉米鬚的頭髮。我瞥見他頭皮上那塊圓形的小疤痕。

一段記憶閃過我的腦海。我回到那間小小的地下室，手腕被繩子磨破。「求求你。」我邊啜泣邊說，「拜託，我發誓，我絕對不會再逃走了。」

派克聳立在我面前，手中拿著轉動的電鑽。「我知道你不會。」他的聲音很低，幾乎稱得上溫柔。「你在這裡可以得到你需要的一切，怎麼會想逃呢？你又不是瘋了。」他的雙眼在微弱的光線中閃閃發亮。「你知道在黑暗時代，他們是怎麼對付發瘋的人嗎？」鑽頭愈來愈近，嗡嗡聲響有如大黃蜂。「他們會在那個人的腦袋上鑽一個洞，讓惡魔跑出來。」

鑽頭貼上我的頭皮，眩目的痛楚燒遍整顆頭。我放聲尖叫。

「醫生？喂！醫生！」

我驟然回到現實，渾身顫抖。我叫出聲了嗎？我迅速看了咖啡廳一眼，不過沒有人盯著這裡看。我鬆了口氣。「抱歉。」我喃喃低語，手指按住頭。

會不會是那件事……？不對，當然不是。簡單的電鑽不會造成這種傷痕。而且派克在鑽入史蒂芬的大腦之前就收手了。

要是能跟IFEN的上司談談，問他們正確的應對作法，事情會簡單許多。不過照這個情況來看不可能這麼做。我也沒向史蒂芬透露一切。他的記憶中藏了其他影像，派克的臉後面還有一張臉。

「現在到底是怎樣？」他問。

我咬咬大拇指指甲，腦袋像引擎一般轉動。當記憶遭到刪除或是修改，原本的記憶有時會留下一些痕跡。就連技術最高超的巡心者都難以去除一切。可次那些痕跡不會浮上客戶的意識，它們只是在龐大、黑暗的空間中飄移的神經殘骸。要是有辦法更深入他的思緒，說不定我可以接觸到那些殘破的訊息。說不定我可以——

我用力甩頭。目前資訊不足，如果告訴他這些毫無根據的理論，只會引起他不必要的戒備。

「看你囉。」我說，「我們可以繼續治療，或者是……看能不能知道更多。」

他別開臉。「我只想忘記。」

安慰與失望混在一起，將我淹沒。「那我們就繼續療程吧。不過我們可能要等到明天，葛瑞塔今天下午會來我家。」

他點點頭。

我付了印度奶茶的錢，雖然我沒喝幾口。我們多待了一會，看立體投影的海龜在餐廳裡緩慢而沉重地打轉。當它游過，史蒂芬伸手想碰，不過當然是什麼都沒摸到。

我的手機嗡嗡作響，把我震醒。是簡訊：

今晚見？

我的臉皺成一團，一手按住臉頰。「伊安！我都忘了！」

「誰？什麼事？」

「我跟他說我會出席。」我咬咬嘴裡的軟肉。

我不怎麼想去。我拿派對這種場合沒輒。上回參加派對時，我十三歲，那是某個女生的生日。我全程站在角落，有個男生想找我聊天，我一開口就是神經解剖學，他馬上溜了。

可是今晚對伊安來說很重要。他非常希望我能到場。或許我需要稍微離開這團混亂，想辦法恢復專注。派對說不定能幫我甩掉蒙在腦海中的迷霧。

「妳該去的。」史蒂芬說，「妳看起來需要休息。」

我想到史蒂芬可能就帶在身上的死亡藥丸。就算今天不做療程，我也不想放他一個人。

我的思緒攪成一團。接著，解決之道浮現了：既簡單又魯莽的作法。「你想跟我一起去嗎？」

他張大嘴巴。就算我邀他在桌上裸體跳舞，他也不會這麼驚訝。「妳是認真的嗎？」

「當然了。不然呢？」

「好，首先呢——」他豎起一根瘦巴巴的手指。「我不是什麼交際花，這點妳應該很清楚。再來……」另一根手指豎起。「學校裡每個人都超級討厭我。」

「我不認為他們討厭你。感覺比較像是你讓他們很緊張。」

他翻翻白眼。「喔，你真會安慰人。」

「他們會緊張是因為他們不了解你。」我補充道，「因為他們只能從謠言來判斷。如果他們有機會跟你來往……」

「他們會對我傑出的人格讚嘆不已，忘記其他一切？」

「呃，這個嘛……」

他發出毫無幽默感的笑聲。「謝謝妳的邀請，不過我想我待在家裡就好了。少了我像隻流浪貓一樣跟在妳後頭，妳會玩得更盡興。」

我想像他坐在公寓裡，只有記憶陪伴。「嗯，你不去我就不去。我不喜歡一個人參加派對。」

他一副摸不著腦袋的模樣。「妳真的想要我跟妳一起去？」

「對。我問伊安看可不可以。」我傳出簡訊：

我可以帶一個朋友去嗎？

當然。我有見過她嗎？

沒有，我想沒有。

人愈多愈熱鬧囉。:)

我告訴自己這不算撒謊——我只是沒有糾正他的假設。我可不想透過簡訊解釋這個棘手的狀況。我們直接出席比較簡單。「他說可以。」

史蒂芬眉間的皺紋更深了。

「好啦，一定會很好玩的。你上回參加派對是什麼時候？」

「我沒有去過任何派對。」

突然間，我覺得自己也不是什麼怪咖了。我咧嘴一笑。「好吧，凡事總有第一次。」

他從嘴角吐了口氣，臉頰膨起，手臂又抱到胸前。「好吧。」

參加派對的史蒂芬。我一定要好好見識一番。

第十二章

那天傍晚，我站在房間的全身鏡前面，試了幾套不同的穿搭。我轉來轉去，展示身上的淺綠色細肩帶連身裙。這是幾個月前衝動購物的成果，在商店櫥窗看到就買了，一直沒有機會穿出去。「克洛伊？」

她出現在我床上？「怎麼了？」

「妳覺得這套如何？會不會太暴露了？」

克洛伊歪歪腦袋。「不知道耶。妳覺得呢？」

「胸口開太低了。」我又沒什麼東西給人看。我不像班上其他幾個女生那樣有料。「顏色呢？」

「今年比較流行紅色。不過綠色跟妳的膚色很搭。」

我的電腦比我還了解時尚潮流。我嘆了口氣。在這樣的時刻，我好希望有個女性朋友在身旁，有血有肉，而不是依據數位演算提供意見。

我梳開頭髮，讓髮絲散在肩膀上。或許今天該把頭髮放下來。我塗上一點粉紅色唇蜜。我往鏡子裡又看了一眼，幾乎認不出我自己。在這一刻，我不是巡心者，只是個要出門找樂子的普通女生。這種感覺格外舒坦，讓我胸口暖洋洋的。

克洛伊露出調皮的微笑逗我。「要跟特別的對象出門嗎？」

我一愣。這大概只是程式中的固定問題，分析我的表情跟姿態，綜合出的應對，但有時候她敏銳到詭異的地步。我張開嘴巴想說不是，接著稍稍一頓。「差不多啦。」在她追問下去之前，我又說：「妳可以關機了。我要出門啦。」

「玩得開心點！」克洛伊點頭，化為一陣微光消失。

我走下樓梯，葛瑞塔正在起居室裡吸地板。說得更準確一點，她是坐在沙發上看書，一顆籃球大小的黑色球體發出嗡嗡聲，在地上四處清掃。她抬起頭，關掉投射螢幕。「妳要去哪？」她的語氣有些訝異。

「派對。在伊安家。」

她挑眉。她八成會向史汪醫師報告，而醫師一定很高興聽到我做出跟普通年輕人一樣的事情。不過呢，如果他知道我要跟誰去，應該不會這麼開心。

我開車到水底咖啡廳，史蒂芬坐在店外的長椅上等我，手臂環在胸前。我下了車，朝他揮手，他站起來。「喂，妳準備好——」他僵住了，嘴巴微微張開。

我有些慌張。「是不是太超過了？」仔細想想，或許我打扮得太過頭了。大部分的人只會穿T恤跟牛仔褲吧。

「滿好的。」突然間，他似乎無法直視我。「走吧。」

伊安住在大廈頂樓。這幢大廈的外觀像是時髦的黑色方柱，尖尖的頂端鑲了顆巨大的透明寶石。當然了，那顆由塑膠玻璃構成的寶石就是伊安的屋頂公寓。晚間，外牆通常會亮起透明的白光。現在是一片黑暗，只有一道道來自屋內的紅色藍色霓虹燈光閃過。

史蒂芬走在我身旁，雙手插在口袋裡，跟我一起走進前廳。四處都是打磨過的粉紅色大理石。他吹了聲口哨。「這傢伙一定很有錢。」

「他母親是非常富裕的藥物研究學家。」

「她答應讓他在家開派對嗎？」

「她去工作了。而且她是獨立撫養伊安。喔，我想他有父親啦，只是——」我尷尬地聳聳肩。「我不太清楚他家的狀況。」

史蒂芬哼了聲。「說不定他是複製人。」

我的肩膀一僵。

「天啊。」他繼續說，「這幾年只要走進購物中心，想不看到那些新試管的廣告都不可能。『嗨，先生女士，各位有錢的第一型！你們明明可以複製自己完美的ＤＮＡ，為什麼要拿基因當樂透，冒著會蹦出一個小殘廢的風險呢？只要改變性別或是眼睛顏色什麼的，就很有個性啦！』太荒謬了。還以為人類都忘記要怎麼——」

「你批評的人是我朋友。」我狠狠打斷他。「就算他是複製人——他根本不是——這些話還是非常不恰當。」我直視前方，下巴緊收。

他眨眨眼。我以為他還會發表高見，但他只說：「抱歉。」

我深吸一口氣，努力冷靜下來。「別在意。」我喃喃說著，踏進跟一般人的浴室一樣大的電梯，每一面牆都是鏡子。電梯往上滑向頂樓，樓層數字一一亮起，我開始對自己的反應感到羞愧。我真的應該要好好控制自己。

「我很抱歉。」史蒂芬說，「有時候我講話不經大腦。我是說，我覺得那些廣告真的很蠢，可是我不反對複製——該怎麼說比較好？」

「其實沒有什麼政治正確的用詞。」我低聲說，「雖然我真的很討厭複製人這個詞。實在是太……沒人性了。」

「那我就不說了。」

我的肩膀放鬆下來。「謝謝。」

電梯繼續上升。

「可以借用妳的圍巾嗎？」

我困惑地將圍巾交給他，他馬上圍住自己的臉跟脖子，遮起嘴巴和鼻子，還有他的項圈。我這才察覺他不想被認出來。

硬帶他來這裡是不是太殘忍了呢？

伊安讓我進屋，電梯門滑開，我看見起居室滿滿的都是人，端著飲料轉來轉去，四處說笑。重低音喇叭轟然作響，震動地板和我的骨頭。我沒有穿得太隆重，只是跟這裡風格很不搭。我看到好多皮革、網狀衣物、短到我覺得幹嘛擔心自己穿得太暴露的迷你裙。在這些服裝旁邊，我穿得跟修女一樣端莊。越往屋裡走，封閉的空間讓我愈來愈不舒服。狠狠襲來的感官刺激讓我的腦袋燒得像是過熱的引擎。

伊安就喜歡這樣。這是他對付壓力的方法。我會縮進內心，隔絕外在世界——他則是拿群眾和音樂淹沒自己。

一個男生撞上我，差點把飲料灑在我衣服前襟。「哇。」他大笑。「抱歉。」

「小心點。」史蒂芬對那個男生低吼，接著他一手環上我身周，表現出接近佔有的保護慾。我們擠過貼在一起的身軀，他淺藍色的雙眼留意左右狀況，掃過周圍眾人。

我前方有個頭戴灰色狼頭的男子在跳舞，嘴巴咧得老大。我倒抽一口氣。

「妳還好吧？」史蒂芬問。

半秒鐘後我才回過神來；那是投影面具。這種東西在派對上非常熱門，至少我是這麼聽說的，不過我第一次看到有人穿戴。「沒事。」我有些喘不過氣，也覺得有點尷尬。我看看四周，旁邊的女生戴著白色兔子頭，端著啤酒說笑。面具的嘴巴開開合合，逼真到詭異的地步。她在我面前掏出一顆藥丸，配著一大口啤酒吞下去。

我看到伊安人在廚房裡，手中拿著一個瓶子。「他在那裡。」我跟史蒂芬說，「我去打聲招呼。」

「我去找廁所。」史蒂芬低喃。

當然了，他不會想跟任何人說話。這我不能怪他。不過至少在這裡，在這麼多人的包圍之下，他應該不會自殺。「在走廊盡頭。」我抽出手臂，走進寬闊的現代化廚房，每塊磁磚都是鍍上金屬花樣的大理石材質。一張桌子上擺滿瓶子——各種尺寸跟顏色都有——一大盆潘趣酒，還有一個托盤，上頭是沾滿橘色黏膩起司跟酪梨醬的玉米片。「伊安！」我招手。

伊安轉向我。「蓮恩。」他微微一笑，但那雙眼還是一片呆滯——我記得前天他也是這副受到驚嚇的眼神。「妳覺得怎麼樣？」

「派對嗎？還滿……熱鬧的。」

「是啊。」他前後搖晃，又從瓶裡喝了一大口不知名的飲料。「跟妳說，通常派對能幫助我放鬆，可是今天晚上沒有用。無論我把音樂調到多大聲，我還是聽得見自己的思緒。」

我皺眉。可以看見他脖子上的脈搏跳動。「怎麼了？」

「沒什麼。」他繼續搖擺，前額浮起一層亮晶晶的汗水。

「你最近還滿反常的耶。」

「妳不懂啦。」他哈哈大笑。這不是他平時溫暖的笑聲——太尖銳、太刺耳了。接著他湊向我。「我真的很高興妳今晚能來。」他低語。我聞到他口中的酒氣。他發出像是嗆到的怪聲。「妳知道嗎？妳是我唯一真正的朋友。」

我渾身緊繃。我不知道這是什麼狀況，但我不太喜歡這樣。「怎麼說？你有很多朋友啊。」

「他們都不懂。」他的棕色雙眼泛起水光。他又發出一陣刺耳的笑聲，一手掌根按住額頭。「我甚至沒辦法看著他們。我沒辦法看著任何人。」

「伊安……到底——」

「我再也忍不住了。」瓶子從他指間滑落，撞上地板，帶著氣泡的琥珀色液體濺在磁磚上。他朝我前進一步，我想後退，想遠離他，肩膀卻撞上牆壁。他雙手撐在我的左右兩側，將我困住，湊了上來。「幫我。」他低語，「幫我忘記。」

我抓住他的手腕。「你喝醉了！你別再——」

他的嘴脣堵住我的嘴，讓我發不出聲音。他的吻又重又兇狠，但其中的絕望多於激情，好像他快要窒息了，而我是唯一的空氣來源。我悶聲抗議，把他推開。他踉蹌後退。

「伊安，不要亂來！」

他看著我，神情茫然。他眨了幾次眼，雙眼恢復清明，像是從恍惚中清醒過來。「蓮恩。」他柔聲呼喚，語氣驚慌。「我——對不起。我——」

我眼前一花，史蒂芬像是一顆白金色的鐵球似地撞上他。伊安跌跌撞撞地往旁邊退去，史蒂芬揪住他的衣領，把他舉起來壓在牆上。他的拳頭打中伊安的下巴，伊安的腦袋倒向一邊，表情從震驚轉為恐慌。他大吼一聲，推開史蒂芬。「別碰我！」他揮出拳頭，被史蒂芬低頭躲過。史蒂芬抓住伊安，手臂從背後扣住他的頸子，用力擠壓。伊安張嘴喘氣，眼珠凸了出來。

「史蒂芬！」我戒備地大叫，「放手！」

「別碰她。」史蒂芬咬牙擠出聲音。「不准再碰她。」

玻璃啪嚓裂開。有人尖叫。伊安張大嘴巴，臉色轉為危險的紫紅色。他用手肘頂史蒂芬的肚子，史蒂芬咕噥一聲，可是沒有鬆手。伊安揮舞雙手，手指握住流理臺上的鋸齒刀柄。

我衝上前，抓住他的手腕跟史蒂芬的頭髮，試著分開兩人。

史蒂芬身體一抽，伊安一動也不動。一瞬間，兩個人都僵在原處。史蒂芬茫然地盯著半空中，往後翻去，身軀頹然倒下，砰地一聲趴在地上。伊安的刀子從手中滑出，鏗鏘落地。音樂依舊隆隆作響，碾壓著空氣，可是所有的人都閉上嘴巴。伊安站著喘氣，按著喉嚨，臉頰緩緩恢復原本的顏色。史蒂芬沒有動彈。

伊安瞪著我，眼睛睜得好大。「他怎麼了？」

「項圈。」膽汁湧入我的喉嚨，被我吞下去。

「他是……」

「他只是昏過去了。」我不想多說。甚至無法直視伊安。我的思緒太亂，受到太大的衝擊。

史蒂芬動了下，低聲呻吟。

「欸，是他耶。」有人輕聲說。

低語橫掃整個房間。人們從史蒂芬身旁退開。另外幾個人朝他接近。他們的表情陰沉，恐懼化成輕蔑。有人朝他的肋骨踢了一腳，他縮了起來。

「住手！」我大喊，「你們都離他遠一點！」

「干妳屁事？」一個女生問。

我狠狠瞪她。「他是我朋友。」

「妳朋友？」這個概念似乎對她很陌生。

「對！」我說得斬釘截鐵。

史蒂芬試著起身，腳步一晃，又跪倒在地。我得帶他離開這裡。我扶他起來，他雙腳無力，搖搖晃晃，我一手抱住他的腰。我們緩緩朝電梯移動的路上，沒有人說話，不過我感覺得到他們的視線。有人竊竊私語。女生依偎在她們男朋友胸口，像是在尋求保護。

離開大廈，踏入清涼的夜風中，史蒂芬還是站不太穩，但至少他能走路了。我扶他坐進副駕駛座，上了車，甩上門。「載我們回家。」我說。

車子駛離停車格，我的手機嗡嗡震動，是伊安的語音留言。我聽都沒聽就刪掉了。罪惡感戳刺我的心臟，因為我感覺伊安跟我一樣悲慘又困惑，可是我現在沒辦法面對他。在今晚之前，他沒有透露他對我有半點興趣，連些許暗示都沒有。我告訴自己一個趁著酒意的強吻不一定有任何意義。

史蒂芬靠在他的座位上，胸口隨著沉重的呼吸起伏。藥物似乎還留在他的循環系統中，他的眼神恍惚，臉上滿是汗水。不知道項圈是不是也會造成疼痛。

「你不需要攻擊他的。」我低聲說，「他不會傷害我。他只是……」只是什麼？我甚至不知道要怎麼說完這句話。

「妳很害怕。」史蒂芬輕喃。

我吞吞口水，喉嚨繃得好緊。他說得對，我真的很害怕，但不是為了我自己，而是為伊安感到恐懼。我想他應該是失去了理智，可是我不敢說出口，因為要是這麼做，我感覺我的恐懼就會成真。

為了他好，我應該要向IFEN報告他的舉動。他不適合替客戶進行療程。但我很排斥這種背叛他的行為。要是現在掃描他的心智，大概會被歸為第二型，甚至更糟，這會影響他身為巡心者的未來。然而我不能坐視不管。下次見到他，或許我會鼓勵他接受治療。

我閉上眼睛。「抱歉。」

「妳為什麼要道歉？」他的聲音很輕，很沙啞。「是我打輸了。」他虛弱地輕笑一聲。「妳後悔帶我參加派對了吧？」

「才沒有。可是我不希望這種事情再度發生。你可以承諾不會攻擊其他人嗎？就當作是為了我？」

「醫生，我不知道能不能承諾這件事。」

「史蒂芬，我是認真的。我可以好好照顧自己。而且我不想看到你傷害別人，或是惹上麻煩。」

他沉默好一會。

「史蒂芬？」

「現在妳怕我了嗎？」他悄聲問。

「沒有。」

「妳怕我是應該的。我不會怪妳。我確實有勒住他的脖子。」

我猶豫了下，接著，緩緩伸手蓋住他的手。「我不怕。」

他看著我，表情費解。

他的指節擦傷了，正在流血。我的雙手都沾上他的血，可是我不在意。我緊緊握住他的手。

車子滑過街道，廣告在四面八方閃耀，燈光在建築物外牆流動，在空氣中飄浮。路西德的投影標語懸在半空中。

解放大腦的潛力

這串字句浮在身穿商務套裝的微笑女性影像上頭。這一區都是購物商場跟高級公寓。比較不光鮮亮麗的區域——像是治療機構跟收容住所——都設置在都市外圍。

「蓮恩？」

「嗯？」

他吞吞口水，喉嚨的肌肉上下移動。一縷縷頭髮黏在他汗溼的額頭上。「等這些都結束了，等妳消除了我的記憶，我就不會記得這些事情了吧？我不會記得妳。」

我盯著窗外，無法看著他的臉回答。「對，你不會記得我。」這是巡心者不該與客戶擁有太多情緒接觸的原因之一。到頭來只會引發痛苦。「記憶與神經叢綁在一起。在你心中，我跟你的綁架案相互連結。消除痛苦的同時也會把我刪除掉。」

「一定會這樣嗎？」

我握緊他的手。然後，逼自己鬆手，十指在大腿上交纏。「就是這樣。」

我送史蒂芬回他的公寓：毫無特色的龐大灰暗建築，街道狹窄，兩旁全是同樣毫無特色的龐大灰暗建築。這一區幾乎都是政府的收容居所。每棟公寓裝滿了數百個小房間，層層疊疊，只有住不起其他地方的人才會待在這裡。像史蒂芬這樣的孤兒到了十八歲，通常會住進收容居所。

真想知道來這裡之前他住在哪裡。國宅？還是說他大半輩子都住在治療機構裡？

建築物之間被枯黃的草坪分開，地上滿是碎玻璃。陪他走到門口的路上，我聽見警笛聲在遠方響起。我們站了一會，尷尬的沉默懸在空中。「感覺應該要由我來送妳到家門口。」他說。

「我不在意。」我微微一笑。

微弱的月光奪走他眼眸的色彩，讓他的虹膜接近黑色。他的凝視好專注。他到底看到了什麼？在史蒂芬眼中，我到底是誰？「妳穿綠色很好看。」最後他這麼說。

我的呼吸一窒。

「醫生，再見囉。」他的大拇指往指紋鎖的掃描器一按，門喀嚓開啟，他消失在屋內。

我在門外多待了一會，仰望一排排小窗戶。

那天夜裡，我清醒地躺在床上，盯著天花板，想起與他手指交纏時，那股溫暖的壓力。我的胃裡有什麼東西輕輕翻騰，帶來陌生的擾動。

我抱住納特，以胎兒的姿勢蜷在他周圍。

我當然不希望史蒂芬忘記我。我不想被拋下，可是這樣比較好。對他比較好。

我漂進半睡半醒之間的幽暗水沼，在夢境裡外徘徊。細碎的訊息在我腦海中浮起，宛如浮上湖面的沉澱物，然後消失無蹤。

史蒂芬。派克。七個孩子。一個生還者。

一道傷疤，隱藏在玉米鬚般的髮間。

一張照片。從夢魘中召喚出來的男子。

孩子的聲音從樹林的陰影中呼喚我。**找到我。**

我在樹林裡奔跑，撥開灰色的細枝，接著驚覺那些根本不是樹枝。是神經元。圍繞在我身旁的是蜘蛛網般的灰色細線，黯淡的光芒一明一滅。我沉得更深、更深，朝著一道不斷鼓動的灰色微光前進。

第十三章

小時候，我從沒想過長大以後要做什麼。我早就知道了。其他小女孩拿玩偶扮家家酒，我則是假扮自己是巡心者。我把納特或是青蛙佛瑞迪放在高腳椅上，跟他們聊起他們過去的創傷，然後拿塑膠茶杯扣在他們頭上，假裝那是巡心門。到了十歲，我會跟父親還有他的朋友坐在餐桌旁，加入他們關於神經科學的討論，拿酒杯喝葡萄汁，那時我的腳還碰不到地板。我念不好海馬迴或是杏仁核之類的字眼，把他們逗得笑成一團。

當時，IFEN還沒開始訓練巡心者，至少沒有公開招募。神經矯正療法的領域還是一塊處女地，只處於實驗階段。專家四處爭辯利弊，像是玩玩具的貓兒一般。儘管如此，我父親已經找到合作的客戶，他們大多是治療機構的志願者。第四型。在他們來訪期間，他總是要我待在房間裡，不過有時候我會溜到樓梯中間，偷看起居室，看爸爸跟他們說話，那些帶著傷疤和苦悶眼神的男男女女。他秉持敬意和善心治療他們。平等對待他們。

有時我會想——如果我度過不同的童年，擁有普通的家人，我還會想成為巡心者嗎？不過這就像是自問如果我是別人，那我會想要過怎樣的人生。我無法切割我的過去。

有一天吃早餐時——我大概十一歲吧——父親對我說：「小恩，妳知道嗎？妳跟我都很幸運。我們擁有那麼多，像我們這樣的人，很容易把健康幸福視為理所當然。」

我咀嚼一大湯匙的穀片，看著沐浴在陽光中的父親。他身材高大，肩膀寬闊，棕色鬍鬚修得整整齊齊，眼角嘴角帶著細紋。我什麼都沒說，只是豎起耳朵等待。

「其他人就沒有這麼好運了。」他喝了一小口咖啡，凝視半空中。「幾年前，有一個……我認識的人。那個人跟我很親近。」他的嗓子突然啞了。他放下咖啡杯，敲出輕響。「她被一群男人攻擊，受到很大的傷害。幾個月後，她自殺了。在她留下的信件裡，她告訴我只有死亡才能讓她忘記。」

我不知道要說什麼。我知道他年輕時過得不太順利，但他一直到現在才提起。我想擁抱他，想做些什麼，可是我本能地知道要讓他說完。

「我覺得好殘酷。」他說，「經歷過那麼龐大的恐懼，那個人得要帶著那段回憶度過餘生，被它拖累，一次又一次地體驗那股痛苦。我想……如果啊，如果有辦法抹去那場意外，好像它從未發生，這樣就好了。在腦中鎖定記憶的技術已經存在，研究者正在想辦法將神經活動轉譯成其他人看得見的影像。我想，要是可以再跨出一步——要是我可以創造出一套裝置，使用者不只是看見，還可以改變記憶——我就能給予人們從過往創傷中解放的力量。」

「你做到了，不是嗎？」我有些害羞地說。

「是啊。那很……困難。不過託伊曼紐的福，我製造了巡心門。當然了，目前還在志願者身上研究它的效用。還沒獲得治療社會大眾的許可。但我有信心，任何需要的人遲早都能接受這種療法。人們將會擁有從過去中解放自己的力量。巡心者就是給予他們那股力量的人。這是很重要的角色——很棒的角色——同時也很危險……這股力量不但容易遭到濫用，使用者也要付出極大的代價。」他拎起土司，好像要咬下一口，可是又放回原處。「小恩，妳還想當巡心者嗎？」

我熱切地點頭。「我想幫助別人。跟你一樣。」

「即使會很痛苦？」

他把我問倒了，不過我還是馬上回答：「對。」

他慢慢深吸一口氣，雙手緊緊交握。他指甲周圍的皮膚被壓得發白。「我要給妳看一樣東西。最近我在一個叫做羅文丘收容所的地方幫助一些很棘手的患者。我想現在該讓妳了解我這份工作的性質和目標了。」他稍一停頓。「之後，如果妳要改變心意，我可以理解。」

「我不會的。」我用力回應。

他對我微笑，眼中卻蘊藏著無邊的哀傷。

我們上了車——當時大部分的車子還需要手動操控——他載我到羅文丘收容所。他跟我說那是一間收容無處可去的病患的機構。那些人已經被世界放棄。

關於那個地方，我什麼都記得。每一個影像、每一道聲響、每一股氣味。

一名女性幾乎把自己的臉都抓爛了，只剩下沒眼睛、纏滿繃帶的腦袋。有個男人光頭上滿是疤痕，從一扇灰色門板上的小窗戶往外看，咧著嘴角，輕聲說出他想對我做的各種事情。另一個男子蜷縮在房間角落，扯下一把把頭髮。有人在一間空牢房的牆上寫出一串大字：

我們都死了，這裡是地獄。

回家的車上，我沉默不語。過了一會，父親低聲說：「對不起，讓妳看到那些人，不過妳遲早都會看到。」

我沒有回話。

「這個世界充滿了苦難。」他繼續說，「我們有義務照顧其他人，不過還有很多方式可以幫助別人。蓮恩，妳有選擇的權利。」

「爸爸，我懂。」我的聲音似乎來自好遠的地方。

接下來的幾個禮拜，我不時做惡夢，尖叫著醒來。最後父親帶我去看醫生，那個醫生給我一些白色小藥丸，讓我睡得更熟，不會做夢。父親不斷道歉，可是我不懂他為什麼要這麼做。他只是讓我看見真相而已啊。我身處的幸福環境只是特例，不是常態。

到頭來，羅文丘收容所之旅只是讓我的決心更加堅定。

等到惡夢跟焦慮的侵襲淡去，我開始操作巡心門的訓練。父親很不情願。畢竟我才十三歲——太年輕了，還沒辦法治療客戶——可是我想開始學習。於是他讓我在幾個創傷比較輕微的志願者身上試用巡心門。沒多久，我成了他的學徒。因為我，他發現了一個改變一切的事實——比起成人，青少年掌握巡心技術的速度更快、能力更好。尚在發展之中的年輕大腦具有可塑性，能夠更有效率地吸收資訊以及新的技巧。在短短幾個月內，我控制調整他人記憶的能力已經超越父親。我最重大的成就是名叫湯瑪士的年輕男子。這個第三型患者小時候遭到嚴重虐待，他的雙親常把他鎖在小小的木箱裡面，關上好幾天。在接受治療之前，他的人生是一場永無止境的掙扎，不斷與憂鬱、藥癮、自殘搏鬥。那些回憶一消失，那些痛苦全都結束了。他成功創業，結婚，生了兩個小孩，過去的他大概永遠無法擁有這樣的人生。

我還記得他那雙溫柔而哀傷的棕色眼睛。

IFEN發現我的成就，開始招募更多青少年。父親有些不安，可是他沒有阻礙同僚的研究，因為他深信這種療法的潛力。所以我繼續訓練，IFEN推行這套計畫的力道也愈來愈強。

父親變了。我看得出來。他看起來好累，好空洞，彷彿體內有什麼東西正在啃蝕他的精力。他跟史汪醫師還有其他同僚爭辯，當時他們還會交談。他不再跟客戶見面，卻無法解釋理由，還把他的巡心門藏起來，不然有可能會被徵收。他跟史汪醫師說他把機器毀了。

有一件事格外清晰。有天晚上我翻來覆去睡不著，最後下樓打算喝杯水，聽到父親人在廚房裡。我僵在門外，憋住呼吸。我看見他來回踱步，電話貼在耳邊，用低啞兇惡的嗓音說話，陰影投在牆上。我聽不清他說了什麼，可是看得出他在生氣。非常生氣，非常害怕。

我有點想進廚房問他怎麼了，可是我好怕。我從來沒有聽過父親這樣說話。於是我溜上樓，回房間，把納特抱在胸口。

不到幾個月，父親過世了。在接下來的幾年間，我常想——要是我做了什麼，告訴其他人，是不是就可以救回他？

第十四章

手機鬧鐘響了。我呻吟一會，翻過身，伸手摸索，把它從床頭櫃上敲落。手機陷入沉默。過了一會，我坐起來，撥開臉上糾結的頭髮，瞇眼看向時鐘。腎上腺素在全身奔流。

遲到了。徹底遲到。

我連忙爬下床、沖澡、刷牙，以創紀錄的速度穿上制服。出門前，我拎了一根營養穀片棒，湊到嘴邊，另一手扣起外套鈕扣，用肩膀撞開門。一陣颯爽的寒風直直擊中我的臉。

我停下腳步。有人站在我的車道上：身穿粉紅色外套的女生，頂著蓬亂的黑色長髮。我馬上認出她。穀片棒從我牙齒間滑落，掉到地上。

她來這裡做什麼？她應該連我都記不得了。

我小心翼翼地上前，像是在接近野生動物一般。「黛博菈？」

她站得僵硬，雙臂抱著身軀，在冰冷空氣中吐出白煙。「妳是蓮恩．費雪？」

「我是。」我對她微笑，但她的表情依舊緊繃僵硬。我清清喉嚨，換上巡心者毫無情緒的冷靜表情。「請問有什麼——」

「妳讓我忘記了什麼？」

我腹部肌肉一縮，揪成一團。

我聽說其他巡心者遇過這種事——客戶拼湊起蛛絲馬跡，發現他們的記憶遭到修改，追蹤到是誰幹的好事，上門要求解答。可是也才過了兩三天，她怎麼找得到我家？

「妳讓我忘記了什麼？」她提高音量，又問了一次。

我不安地變換重心。「我不能告訴妳。」

「喔，我認為妳可以。」我幾乎感覺得到從她眼中射出的怒火。

我吸了口氣，想起訓練的內容。沉住氣。「抱歉，即使妳現在不記得，但我們達成了協議。妳想要忘記一切。」

她朝我跨出一步。「昨天，有個女生來我家，她想跟我說話。我媽想把她趕走，可是我溜出去見她。她問我最近怎麼都沒參加互助團體的活動。一開始我以為她找錯人了，可是她叫得出我的名字。我問她是什麼互助團體。那是受虐倖存者的團體。」她的肩膀輕輕顫抖。「一開始，媽媽說那個女生把我當成別人了。但是我不斷追問。問了一遍又一遍，直到她告訴我真相——我的記憶被消除了。她不會告訴我哪些記憶消失了，可是我找到一些線索。」她垂下頭，拉著外套緊緊包住自己。「是我的繼父，對不對？」

我的胃一沉。既然她已經知道這麼多，那也沒有必要隱瞞了。「是的。」我輕聲說。

她緩緩點頭。「我只是想聽妳說出來。我想知道。」

接下來的幾秒鐘，沉默在我們之間築起一道牆。「妳怎麼找得到我？」我低聲問。

「我記得在那個地方醒來的時候看過妳的臉。有點模糊，像是夢境。不過那樣就夠了。」平淡苦澀的嗓音從她口中逸出，裡頭的眼淚多於笑意。「我猜大家都覺得這樣最好。我過了好幾年悲慘的生活，對不對？現在我不記得了，不過我大概試過很多方法。心理治療、藥物，甚至還有調整，全都沒有用，不然我現在就不會在這裡了，對不對？把所有的壞事抹去，這樣簡單多了。只是現在……」她的呼吸在沉默中迴盪，她纖細的手指按住太陽穴。「我記得怎麼算數學、開車。我記得巴黎是法國首都，我記得那些超蠢的廣告歌跟流行音樂。可是當我試著回想我是誰、我是怎樣的人，腦中只有一團迷霧。那個女生，那個互助團體的女生……她說只有我真正懂她。經過治療，我連她的臉都記不得了。」

一股刺痛穿透我胸口。我閉上眼睛一會，整理思緒。「妳的記憶埋得很深，我得要拿掉很多。在療程開始前，我都跟妳解釋過了。」當然了，對現在的她來說，這沒有半點意義。「我知道這很困難，可是治療給了妳新的機會。新的開始。」

「所以我就該假裝那些事情都沒有發生過嗎？」她緊緊握拳，緩緩抬起頭，儘管臉上掛著淚水，她雙眼目光灼灼。「這不是治療。這是謊言。」

這句話像是一個巴掌，狠狠打中我。我往後退了一步。

「沒關係。」她口中低喃，轉身走向停在路旁的轎車，腳步又快又急。

「黛博菈，等等。」我追了上去。「妳現在心情很不好，這我能理解。不過這是妳想要的。」我一手按住她的肩膀。「這是妳為自己做的選擇——」

她掙脫我的手，迴身面對我。「我不想做這個治療。想要的人是我媽媽。」

我愣住了。「什麼？」

「互助團體的女生告訴我了。把記憶消除不是我的主意。我媽逼我參加，因為她沒辦法繼續面對我的眼淚、那些藥丸，還有惡夢。她沒辦法面對我。」她抹抹臉，搖搖頭。幾滴淚水落在人行道上。「妳刷掉我腦中的一切，想把壞東西解決掉，但現在什麼都不剩了。」

周圍的世界彷彿正在緩慢旋轉。「黛博菈——」

「我不是黛博菈。我不知道我他媽的到底是誰。」她別開臉。「我甚至不知道為什麼要來這裡。不是妳的錯。妳只是照他們說的去做，對不對？這只是工作。」她的語氣是那麼的決絕，那麼的苦澀，聽起來像是詛咒。只是工作。

「不對，不是那樣的。」

她用手背揉去眼中的淚水，看著我。她僵硬的表情稍稍軟化，憤怒崩塌下來，露出包在裡頭的疲憊與悲傷。「我得走了。」她上車，開車離去。

世界突然沒有半點聲息。沒有風聲，沒有力量翻攪還攀在枝頭的幾片枯葉。一切看起來跟往常一樣，屋子乾淨又整齊。可是當我轉身走向車子，地面似乎在我腳下移動。我踉蹌幾步，身體開啟了導航模式，鑽進車裡。

我的胸口好痛。呼吸愈來愈困難。暈眩朝我襲來，理智學術的人格察覺這是恐慌發作。我閉上眼睛。吸氣。吐氣。我默念標準臺詞——沒有人死於恐慌發作，它會在十分鐘內結束，我會好很多，只要讓身體做它需要做的事情就好。壓在胸口周圍的鐵箍漸漸鬆開，空氣自然流入肺內。

看了看後視鏡，又戴上了冷靜的面具。可是黛博菈憤怒的字句依舊在我腦中迴響。

神經倫理學教授乾巴巴的冷酷嗓音浮上檯面：如果客戶對你發脾氣，你必須記住她不是在氣你。她的目標是自己，或是傷害她的人。客戶通常會將怒氣導向我們，因為我們是安全的發洩管道。別放在心上。

即使在某些個案中這個理論合理，感覺起來還是個太簡單、太方便的藉口——一個合理化的咒語。不是我，不是我的錯，絕對不是我。

重點是這真的是我的錯，至少我要負擔一部分的責任。我不該消除黛博菈的記憶。我應該察覺到她不是真心想接受治療，她其實是遭到操控。應該要問更多問題。應該要找其他人一起確認。但我都沒有。現在她失去了大半個人生。

我還算是合格的巡心者嗎？

我渾渾噩噩地混過上午的課。史蒂芬又缺課了。到了午休時間，我坐在老位置。學校餐廳就跟整個校園一樣龐大而貧瘠，沒有窗戶的水泥方塊裡擺滿窄窄的長桌，回音此起彼落。在餐廳一端，有一排戴著髮網的婦人盛裝假牛肉小餡餅加肉湯，還有一堆黏答答的起司通心粉。我戳戳食物，它們的吸引力不如以往。

「嗨。」

聽到熟悉的聲音，我僵住了。

伊安坐到我對面。「可以談談嗎？」

我不想談。現在我心裡塞了好多其他的東西，但我不能一輩子躲著他。「好吧。」我低聲說。

他緩緩深呼吸。「聽好，我知道我搞砸了，對不起，只是……前一次的融合療程對我影響很大，那天晚上我的腦袋亂成一團。我知道這不算藉口。我只是想讓妳知道，如果我精神狀態正常的話，絕對不會做出那種事。」

我反覆思考他這番話。所以說其實他對我沒有意思囉？還是說正常的他會比較克制？我不敢問，不敢知道答案。那實在太難以承受了。

「對不起。」他又說了一次，嗓音壓得更低沉了。

「沒關係的。」我說。但我還是無法對上他的視線。「抱歉，史蒂芬攻擊你。他反應太大了。」

他發出毫無笑意的笑聲。「還用妳說嘛。」

「不過我希望你能了解他不是個壞人。」

漫長的沉默。

「所以謠言是真的囉？」他的語氣突然變得好冷淡。

我皺起眉頭。「什麼謠言？」

「妳真的在跟他交往？」

「什麼？才沒有！」熱氣衝上我的臉頰。「他是我的——」我咬住舌頭。不能說出**客戶**這個詞，說真的，他不該是我的客戶。「我的朋友。就這樣。」

「喔。」

我對他皺眉。我不喜歡他的語氣。「就算我們**真的**在交往，那也不關你的事。」

他拱起肩膀。「明明就有關。妳是我朋友啊。」

「就算是這樣，我跟誰交往也不需要經過你的同意。」

「喔，如果我什麼都沒說，我這個朋友可就要被當掉啦。他……」伊安垂下雙眼。

「他怎樣？」

他嘆了口氣。「他……妳知道的。他有病。當然了，那不是他的錯，可是跟一個精神有問題的人結交絕對不會有好下場。你也看到他在派對上幹了什麼好事。如果沒有項圈，他可能會宰了我。」

憤怒在我胸中燃燒，熱得像岩漿。紅色的熱氣在我的眼窩悶悶鼓動。我把塑膠叉子戳進一塊假牛肉，力道大到一根叉齒斷在盤子上。「他是想要保護我，你忘了嗎？是你把我推到牆上，開始發瘋，不是他。」

他瑟縮了下。「蓮恩——」

「沒有人仔細想想史蒂芬會這麼生氣，是因為大家都把他當成瘟疫看待嗎？根本沒有人想搞清楚他為什麼會戴上項圈。大家怕得要命，馬上就在他這種人身上貼了危險、缺陷、有病的標籤。如果是這樣的話，我想有病的是我們的世界！」

伊安的下巴掉了。

我抓起托盤，站起來。要是繼續待在這裡，我會說出讓自己後悔的話。「我得走了。」我離開位置，將托盤重重放在一張空桌子上，剛好是史蒂芬平常坐的位置。整個午休時間，我自己一個人興致索然地戳弄盤子裡的假肉。我幾乎感覺得到黑暗的毒氣籠罩在我身旁，讓其他學生退避三舍。

吃完午餐，一名警衛在走廊攔住我。「請跟我來。」

我猶豫了下。他就是之前沒收我手機的警衛，頂著淺棕色頭髮，表情愉快，一張大眾臉，不過他跟其他警衛一樣身材壯碩。

我跟著他離開。

他帶我進入行政區，這裡幾乎沒人，走廊更寬，天花板更高，牆面是單調的米色。我們的腳步聲在沉默中迴盪。「怎麼了？」發現他沒打算主動提供訊息，我終於開口提問。

「過去幾天來，有五名學生匿名檢舉妳行為可疑。」他說。

我咬牙吸氣，發出驚恐的嘶嘶聲。

一兩次的檢舉可能不被當一回事。學生整天都在檢舉其他人。通常只是想爭取注意，或者是滿足小小的妒恨。可是呢，如果一個禮拜內出現超過四次針對同一個人的檢舉，校方就有權力把那個人帶去掃描。

「只要妳配合，事情就好解決啦。」他接近同情的語氣相當從容。「如果妳反抗，我就得要在妳的報告裡加註，這樣會搞得很難看。」

「我當然會配合。」反正我也沒什麼好隱瞞的。

他打開門，小小的水泥牆房間裡除了兩張椅子和一張桌子，沒有其他東西。熱呼呼的燈泡在頭頂上怒目而視。我坐了下來，察覺到汗水沿著我身側滑落。他隔著桌子坐在我對面，在我面前來回揮舞一根黑色短杖。儀器嗶嗶作響，黃燈亮起。我的心跳加速。通常亮起的是綠燈。

警衛看了看神經掃描器，點點頭，似乎是滿意了。「妳可以離開了。」

我準備起身。

他再次開口，我停下腳步。「我沒有義務通知妳，但我認為妳應該要知道這件事。最近妳被重新歸為第二型。」

我的嘴巴發乾。我站在原處，雙腳在地上生了根。

第二型的症狀閃過我的腦海：**不滿。持續的不適、對社會產生不理智的憤怒或是怨恨、被害妄想、反社會傾向**。第二型不算罕見。他們的權益跟第一型幾乎一樣，只是不能從事某些高階工作。像是巡心者。

我花了一點時間才找回聲音。「我——不對。一定是搞錯了。我只是心情不太好。」

「掃描器會考量暫時性的情緒波動，我相信妳也很清楚。而且啊，一次的掃描結果不會導致分類變動。妳被盯上了。」他放下掃描器，雙手抱在胸前。他的表情平靜而嚴肅。「換作是我，我會騰出一點時間，接受一些紮實的治療，回歸正軌還不算太遲，我不想看到像妳這樣聰明的女生放棄自己的未來。」

我後頸的寒毛直豎。他的語氣跟史汪醫師好像。

「謝謝。」我反射性地低喃，走出門外，沿著走廊離開，身體毫無知覺。

跟第三型、第四型相比，第二型的治癒率很高，只要努力就可以恢復。不過呢，選擇不接受治療的人往往會惡化，分到更嚴重的類別。到了那個地步，是否接受治療的選擇權就不在你手上了。

我現在就可以做。我可以走進IFEN，要求進行調整，再以第一型的身分走出來，一切的社會權益恢復原狀，檔案裡只會留下小小的記號。可是我知道調整是怎麼一回事。我記得那種平靜的感覺，成天像羽毛一樣輕飄飄的，所有的憂慮似乎都彈出腦袋了。那種感覺可以持續好幾天。接受治療之後，我還會想幫助史蒂芬嗎？可能會，可能不會。我甚至不該幫他的。

還有其他事讓我心神不寧。這件事發生的方式，警衛使用的字句——感覺像是警告。會不會……

不對。太荒謬了。不會因為某個人的命令就把人重新分類。資料得要經過幾名教授的審閱與分析，他們會看過那個人過往的紀錄，還有包括掃描在內的整體行為模式。

我停下腳步，靠上牆面。如果我強迫自己客觀看待，我最近確實行跡詭異——破壞校規、鬼鬼祟祟、離群索居。說不定就只是如此。說不定我真的生病了，所以我才會有這些被害妄想。

跟黛博菈的對峙、跟伊安的爭執、警衛的警告——所有的事情在我腦中旋轉，攪成一團混沌。我已經不知道什麼是對的了。我可以信任自己的決定嗎？我可以信任任何人事物嗎？

第十五章

放學後，史蒂芬在停車場等我。他打量了下我的臉，皺起眉頭。「怎麼了？」

我擠出微笑。「沒什麼。」這句謊話薄弱得毫無說服力，但我現在還沒辦法提起那件事。開車回家的路上，我保持沉默，陷入思緒之中。一進我家的起居室，史蒂芬解開外套上的一條條緊帶。他枯瘦的手指動作輕快，顯然已經很熟練。他在外套裡面穿了件黑色T恤，上頭印著綠色骷髏和交叉的骨頭，再往下是「危險：有毒」的警語。「那麼，要直接開始呢，還是要怎樣？」

我閉上眼睛。

這是他想要的。不會太難。輕輕鬆鬆，啪地擠破痛苦的小泡泡是很有成就感的事情。

這不是治療，黛博菈在我腦海裡低語。這是謊言。

我想擺脫這些字句，然而它們已經滲入我的皮膚。我急著幫她，忽略了心中的微小疑慮，一頭熱地做完療程。這跟我現在對史蒂芬做的事情有什麼兩樣？

「醫生？」

我睜開眼睛。「史蒂芬，我……我不認為我該做這件事。」

他的額頭皺了起來。「妳在說什麼？」

我別開臉。

或許史蒂芬是普通的客戶……但這件事一點都不普通。我不知道該做什麼。我不能只是把他介紹給更有經驗的巡心者。畢竟，他在法律上已經死了。不過，要是IFEN知道我在他大腦上看到的東西，狀況說不定會有轉機。他們可是神經科技倫理研究中心，調查這類狀況就是他們的工作。

我深吸一口氣。「我必須告訴你一件事。」

「喔？」

穩住。深呼吸。我要以專業人士的身分處理這件事——一名向病患說明棘手病情的醫師。「直接讓你看應該會比較清楚。」

他困惑地跟著我下樓梯。我打開巡心門，重播他記憶的錄影。他的背脊僵直。我沒有看螢幕上的模糊影像，而是盯著他眼中的倒影。他一直板著臉，努力控制自己。「為什麼要讓我看這個。」

「等一下。」

來了。那個疊影。迅速閃過的另一個房間、另一張臉。

史蒂芬茫然的臉上滿是疑惑，但在表情之下，恐懼的黑影愈來愈濃。「這到底是什麼鬼？」

我停下影片，轉向他。「一開始我以為是雜訊，可是這跟我遇過的雜訊不同。」我的語氣冷靜又平穩。我依然無法直視他的雙眼。「你還記得我提到的疤痕嗎？我想跟這個有關。」

沉默。等到他開口，他的聲音好輕，幾乎聽不見。「妳在說什麼？」

我逼自己對上他的目光。「我很希望可以告訴你更多，不過顯然你的狀況複雜到超出我的能力範圍。我的推測全都是猜測。你必須直接去找IFEN。」

史蒂芬呼吸加速，愈來愈接近換氣過度。他的雙眼失去焦距。

「史蒂芬？」

「他們幫不了我。」他低語。

「如果他們知道這件事，我想他們會幫你的。而且只有他們有資格幫你。我——」我的聲音有點啞。「我以為我做得到，可是我太高估自己了。我從一開始就不應該答應修正你的記憶。」

沉默。

「抱歉。」我虛軟地繼續說，「但我真的相信只要給他們機會，IFEN一定會幫你。你想要的話，我可以聯絡他們。」

他搖搖頭。「算了。」我看到他的表情收了起來，像是雙眼拉下了百葉窗簾。他轉身準備離開。

我擋在他面前。「史蒂芬，等等。」

「我要回家了。」他的語氣毫無起伏。如果他生氣的話，狀況可能沒那麼糟；接近機器人的空虛嗓音好恐怖。他走向門口。

恐慌在我胸口翻騰。我抓住他的袖子。「我們來談談吧。」

他扯回袖口，轉身面對我。「沒什麼好談的。我不會去那裡。理由已經跟妳說過了。」

「因為你認為他們會給你洗腦？」

「對。」

「你想太多了。」回應衝口而出。「已經跟你說過了，沒有那種事情。你從哪裡聽來的？謠言？陰謀論網站？」

他的表情緊繃，轉向出口，走了過去，我擋在他前面。「別擋路！」他怒吼。

「我不能讓你離開！」

「為什麼？」

我停下來深呼吸。「我——我知道你手上有索那多。」

他瞪大眼睛，臉上肌肉一抽。「什麼？」

「我看過你的檔案了。」我乖乖托出。

他的臉上閃過各種情緒，太快太多，無法解讀。他抽離視線。「喔，妳弄錯了。」

我眨眨眼。「什麼？」

「我沒有自殺藥丸。」

我的腦袋轉個不停。他說的是真話嗎？所以他檔案裡的紀錄只是輸入錯誤？

他瞇細雙眼。「妳幫我只是為了那個？因為妳以為不幫我，我就會自殺？妳沒辦法擔負那樣的罪惡感？」

我僵住了。「不是這樣的。」

「不重要了。」他的語氣軟化，聽起來有些傷心。「現在都不重要了。」

「拜託，聽我——」

他走了出去，關上門。

我想要追上去，但或許這只會讓情況更加惡劣。就算追上去了我還能怎麼樣？假如他不想去IFEN，我也不能逼他。我一動也不動地呆站好幾分鐘，心裡好失落。我不知道要思考哪件事。我感覺自己失去依靠，在大海上漂流，找不到任何能夠攀附的支點。

我傷害了他；我只知道這個。在他眼中，這簡直就是背叛。是遺棄。我不知道自己是不是鑄下什麼大錯。

不知道還能怎麼辦，我開車到史蒂芬的公寓。這一帶的景觀灰沉沉的，不知道為什麼，白天更讓人精神沮喪。到處都沒有綠意，監視攝影機明目張膽地架設在每個街角。我把車停在公寓旁，走向出入口。門上有一個小型觸控式螢幕，沾滿油污跟塵土。我輕輕一點，螢幕上亮起一串名字。我往下瀏覽，尋找史蒂芬的住處。他住在十樓的一〇一二號房。

我按下他房間的對講機。「史蒂芬？我是蓮恩。」

劈哩啪啦的雜訊。沒有回應。

我甚至不知道他是否在家，但還是繼續說下去。「我知道你在氣我。可是請相信我，我只是想幫你。」

更多雜訊。一瞬間，我似乎聽見了呼吸聲，不過沒辦法確定。

「**說話啊**。說一個字也好。你高興的話可以叫我去死。讓我知道你有在聽就好。」

毫無反應。

我搥了門板一拳，這才發現自己無能為力，覺得像是沉入水裡。只要他不讓我進門，我就無法接觸他。挫折感炸開，我踹了公寓的牆一腳，轉身走回車上，腦海裡一片空白。無論踩在哪裡，地面彷彿在我腳下傾斜崩塌。我上了車，沒有發動引擎。

我現在要怎麼辦？我該直接去找史汪醫師，告訴他我發現了什麼？那我就得要說出實情——試著對一名未經許可的客戶進行不受監督的記憶修正治療。說不定這是最好的選擇。說不定我現在就該坦承，然後解決這件事。如果我答應立刻接受治療，或許他能原諒我。我的行為將被視為突發病徵。如果隱瞞事實，最後還是會爆出來——在這個充滿神經掃描技術的世界，根本不可能完全隱藏任何事情——到時我將失去一切。

那史蒂芬呢？他會有什麼下場？

我在公寓門外多待了一陣子，試著打他的手機兩次。沒有接通。最後我開車回家。在我的房間裡，我坐在床緣，緊盯著牆壁。**快去IFEN**，大腦如此催促。**告訴他們實情，妳靠自己什麼事都做不到**。

依然有什麼疑慮絆住我的腳步。

這就是身為第二型的感覺嗎？猶豫不決、心頭蒙上迷霧、無法相信任何人？所以那麼多人不願意接受治療？

我在床上縮成一團，納特從枕頭上跌落。我把他撿起來，塞進懷裡。接著，我打開床頭桌的抽屜，取出一個小瓷盒。裡頭是一小張紙片。我掃過那簡單的幾行字。我早就看過好幾百次了。

十二月十六日下午兩點二十五分，神經修正療法的先驅者萊恩．費雪醫師被人發現死於家中。死因是自殺——這個結果令許多人深感訝異，因為費雪醫師對於自願死亡的公開批判相當知名。他的同僚表示，費雪醫師死前幾個月，他們並沒有注意到他有任何情緒或心理方面的問題。

他的同僚，神經科技倫理研究中心的伊曼紐．史汪醫師回應：「這個世界失去了一個聰穎又充滿熱情的人。我無法透露他為什麼要這麼做，但我們將永遠緬懷他。」

費雪留下了他的女兒，十三歲的蓮恩．費雪。

一滴水珠落到紙上。我摸上手腕的銀色手環——他在過世前幾個禮拜，我十三歲生日那天送我的最後一份禮物。

為什麼我沒有出手？為什麼我不告訴任何人他正在承受折磨？

我眨掉眼淚，又讀了報導一遍。

史汪醫師的發言總讓我覺得好奇怪。不是我不知道他為什麼要這麼做，而是我無法透露。我知道我讀得太深，想要找出不存在的言外之意。就像是遮住雙眼逃避現實的小孩，我不斷尋找相信事實並非如此的理由——爸爸並沒有真正拋棄我。

手機在我睡著時響起。我摸起手機，對著發光的小螢幕瞇眼。突然間，我整個清醒過來。是史蒂芬的號碼。

我坐起來，踢掉被子，打開燈，將手機按在耳邊。「史蒂芬？」

「嗨，醫生。」他的聲音好啞。

我呼了口氣，一手按住高速跳動的心臟。「你還好嗎？」

「不太好。」漫長的停頓。我靜靜等待，不敢說話，不敢呼吸。恐慌爬過我的肚子跟胸口。

「我不該跟妳說話的。」他低語，「我沒有權利。可是我好怕，不敢獨自面對。我需要一點聲音。我還能打給誰呢？」他發出嘶啞痛苦的笑聲，宛如炸開的水泡。「我只有妳這個朋友了。」

冰冷的恐懼擴散到我的四肢，流入我的指尖跟腳趾。「等等。獨自面對什麼？」

沉默。

「史蒂芬，我這就去你的公寓。我想我們該當面談談。」

「來不及了。」

一瞬間，我懂了。我知道他做了什麼。

我抓起外套。「聽我說。史蒂芬？還來得及。再幾分鐘我就到你家。撐著。」

「別擔心我。」他的嗓音變了，變得含糊混濁，像是喝醉一般。「現在我很好。已經不會痛了。我很快樂。因為我遇見了妳。」小小的嘆息。「現在我懂了。這樣可以解決一切。妳也會更快樂。」

「不要，不要這樣。你敢就試試看。」我套上鞋子。我還穿著睡衣，外頭好冷，但我不在意。我披上外套，跑下樓，手機還湊在耳邊。「你不會死。」這句話被我說得像是魔法咒語，彷彿只要說出來，就會成真。「你有沒有聽見？你不會死。」

吃力的輕柔呼吸聲填滿我的耳朵。「蓮恩，沒事的。」他的聲音好虛弱，好像正在緩緩消失。「請不要傷心，我不想讓妳傷心。」

「那就撐下去。等我。我快到了。史蒂芬，你懂嗎？」沒有回應。「史蒂芬！」

只有沉默。

第十六章

我一拳搥上儀表板。「快啊！快開！」

「這裡的速限是每小時四十五哩。」

我的上下排臼齒互相碾壓。「我的朋友快死了！別管什麼速限了！」

「抱歉。我無法處理這個要求。請重說一次。」

「你這個會說話的白痴鐵盒！如果我來不及，都是你的錯！」

「抱歉。我無法處理這個要求——」

我的拳頭再次敲中儀表板，不過當然沒用。天啊，我真是蠢到爆。為什麼要放他走出去呢？為什麼我會相信他說他手中沒有索那多？

看了看手機的時間。我出門十分鐘了，應該能在五分鐘內抵達史蒂芬的住處。要是可以通報醫院就好了，不過他們當然不會幫他。他在做的事情完全合法——而我**正在**做的事情——試著阻止他——則是於法不容。

我壓下驚慌，逼自己思考。索那多藥丸總共有三層，會緩緩溶化，一個階段一個階段地作用。第一層是鎮靜劑，引發平靜的陶醉感。第二層讓服用者喪失意識。第三層停止他的心跳。整顆藥丸要花一個小時才會溶光。不知道史蒂芬是幾點吃的藥，不知道他服藥多久才打給我。或許我還有半個小時，或許已經來不及了。

來到他住的公寓門外，我按下房間對講機的按鈕。「史蒂芬？」

只有一陣斷斷作響的雜訊。

我的心跳加速。「讓我進去。」沒有任何反應。我一拳搥上門板。「史蒂芬！如果不讓我進去，我就——我就打破這扇門！」

更多雜訊。我聽見他虛弱不穩的呼吸。接著是輕輕的嘟嘟聲。門往旁邊滑開。

謝天謝地。如果他還有意識，那我就不算太遲。

我搭電梯上十樓，衝過鋪著磁磚的狹窄走廊，頭頂上的燈光劈啪明滅。他一定是想要獲救，我告訴自己。他一定是在最後一刻改變了心意，不然他不會讓我進門。我攀附著這個想法，尋找一〇一二號房，找到那扇門，轉轉門把。沒有鎖。

我用力推開門，心臟跳得像打雷。燈沒開，電視開著，不過轉到靜音，螢幕上播放著黑白恐怖片，吸血鬼從棺材裡冒出來，斗篷蓋住他的臉。閃爍的沉默灰色光芒是黑暗公寓裡唯一的照明。「史蒂芬！」

我聽見呼吸聲，非常微弱。他在哪裡？

我沖進屋內，差點被什麼東西絆倒。一開始還以為是成堆的髒衣服。接著我仔細一看。是他。蜷縮在地上。彷彿有冰冷的鐵絲緊緊纏住我的腹部。他好蒼白，好安靜。

我蹲下來，兩根手指按上他的頸子，探探他的脈搏。跳動很慢，不過還很強勁。

他脣間冒出微弱的呻吟。我扶他坐起來，他的眼睛微微睜開，又緩緩閉上，腦袋開始垂落。

「張嘴。」我說。

他乖乖照辦，神智迷糊到只能聽從命令。

我將手指塞進他嘴裡，壓往他口腔深處。他的喉嚨一陣痙攣，我在他開始嘔吐時抽手。膽汁灑在地毯上，那顆藥丸也掉了出來，白色的圓形小顆粒，粉紅色外層已經溶穿了。他彎下腰，又喘又咳，接著緩緩抬起頭，隔著濃密的瀏海看著我。「蓮恩。」他啞聲低語，「妳不該來的。」

「閉嘴。」我抖個不停，淚水溢出眼眶。「給我閉嘴。」我不知道到底是想揍他還是想抓著他用力搖晃；或者是抱住他，永遠不放手。

我只花了幾秒鐘就做出決定。我把他拉進懷裡，緊緊地、狠狠地抱住。他先是一僵，然後很慢、很慢地抱上我的腰。他摸起來好脆弱，彷彿隨時都會裂開，身上滿是尖角，肋骨和腰骨凸得不合常理。他的心臟跳得又重又快，宛如撞向籠子欄杆的驚惶鳥兒。不知道他有多久沒被人擁抱過了。

我的臉頰貼著他汗溼的額頭。「答應我你不會再做這種事情。」我輕聲說。

他在我耳邊嘶啞喘息。「跟我來往，妳只會受傷。」他的聲音虛弱而沙啞。「妳會失去一切。我不能成為讓妳拋棄一切的人。我不值得。我消失是最好的結果。」

「沒聽過這麼蠢的話。」我把他抱得更緊。「失去你才是最痛苦的事。」

他的呼吸一窒。

電視依舊默默播放，在黑暗中散發微光。我摸摸史蒂芬的頭髮，引起他一陣輕顫。他不穩的呼吸輕輕撲上我的頸子。「答應我你不會離開我。」

他點了一次頭，臉龐埋在我肩上。

我們待在原處，擁抱彼此，直到淡淡的曙光照進屋內，灑在地上。

第十七章

我沖了馬桶，看著那顆溶化一半的索那多旋轉消失。終於擺脫它了。

我回到起居室，史蒂芬坐在沙發上，肩頭披著毯子，捧著玻璃杯小心翼翼地小口小口喝水。窗外的陽光愈來愈亮，早晨的氣息緩緩瀰漫整個房間，照亮空蕩蕩的牆面，還有拼拼湊湊的掉毛地毯。房間好狹窄。除了電視，裡頭只有一張沙發、搖搖晃晃的咖啡桌、電熱板。沒有廚房，沒有臥室——只有一個房間和衣櫃大小的廁所，裡頭裝設馬桶跟水槽。他要怎麼洗澡？

將這份思緒擺到一旁，我坐在他身旁。沉默如同一堵牆，擋在我們之間。只要有人清清喉嚨，另一個人就會嚇一跳，像是聽到槍聲似的。我抱著他半個晚上，上衣都被他的淚水浸濕了，光是並肩而坐應該沒有這麼尷尬吧。

「跟你說，你把我嚇死了。」

他的視線飄開。「我知道。」他的神情好疲憊，好蒼白，充滿了掙扎。「我跟自己說我不會吞下那顆藥。只是……」

「不用跟我解釋。」我低聲說，「你腦袋不太清楚。如此而已。」

他抬起頭，眼中突然充滿奇異的決心，下顎也隨之緊抽。「不對。妳不用幫我找藉口。」他的表情軟化。「抱歉，讓妳遇上這種事。」

我點點頭。不過我知道無論他怎麼說，那並非全出自他的本意。如今，史蒂芬只有我了。明明答應要幫助他，我卻喪失了勇氣，打算把他送走，交付給那個完全辜負他的體系。我告訴自己這麼做沒有錯，但其實我只是在害怕。我深陷自己的情緒，被是非對錯的疑問困住，沒有發現這會帶給他多少傷害。「我也很抱歉。」我輕聲說，「如果你要我繼續治療，我可以做。」

他的額頭浮起一道皺摺。他垂頭打量自己的腳板。

「史蒂芬，你希望我這麼做嗎？」

「不知道。現在我真的什麼都不知道了。」他深吸一口氣，揉揉臉。「妳給我看的那個，影片裡面派克後面那張臉，妳覺得那有什麼意義？妳有什麼想法嗎？」

我猶豫了下。「有是有。」

「告訴我。」

我侷促地轉移身體的重心。我怕自己想錯，甚至更怕這個推想是正確的。「感覺像是記憶修正的結果。」

他瞪大眼睛。

「不過這個可能性很低。」我馬上繼續說，「IFEN那邊沒有紀錄，也沒有其他人會做這種事。」

「妳確定？」

我想給出肯定的答覆，但事實上我什麼都不確定。「沒辦法。」我的手指纏在一塊。「還有一件事。我查過艾梅特．派克的資料，幾乎什麼都查不到。我不知道這代表什麼，只是覺得很……

可疑。」

他盯著我，表情茫然。看得出他正在拼湊線索，試圖得出跟我一樣的結論。「妳的意思是沒有派克這個人？有人在我腦袋裡面植入被綁架、凌虐的記憶？」

「不，我不認為那是移植的記憶。」我低聲回應，「不可能偽造完整的記憶；目前還沒有這個技術。我認為你確實有過恐怖的遭遇。但是如果我想得沒錯，事實可能跟你的記憶不太一樣。某些細節被修改過了。」

他的臉色灰白。「比如說凶手的身分？」

我想起在網路上找到的些許資訊。一張照片——我猜那可能是用影像軟體做出來的臉——少數幾篇報導，全都以綁架案為中心，感覺派克就這樣憑空出現，輕輕鬆鬆靠著一顆子彈抹去自己的蹤跡。「看起來是如此。」

他緩緩闔眼。眼皮顏色好深，幾乎像是兩團瘀青。等他再次開口，聲音彷彿來自遙遠的地方。「我去過派克的墳墓一次，只是想跟自己證明他真的死了。但我甚至不敢踩上他的墓地。我嚇死了。以為他會伸出手抓住我。」他的手指握緊玻璃水杯。他睜開眼睛，卻找不到焦點。「在這個世界上，我最恨的就是他。但如果他根本不存在，那就更糟了。好像我這一輩子，我所有的痛苦，全都是一場變態的大笑話。」

「不是笑話。」我說，「無論你遇上的是什麼事，你的感覺都是真實的。」

窗外那一小塊蒼白的天空亮了起來。一群烏鴉飛過，化為白雲前的小小黑點。

史蒂芬慢慢放下杯子，靠上椅背，疲憊嵌入他臉上的每一道線條。「多虧了我，妳已經犯法啦。雖然妳知道不該這麼做，妳還是救了我。」

「跟你說，不是這樣的。人們總會盡力阻止別人死去，就算那個人想要自我了結。」

「我想他們到最後就會膩了，幹嘛努力逼我這種可憐蟲活下去呢。讓我們死掉還比較合理。」

「如果這算『合理』，我才不想要這種合理。」

他的嘴角一抽。不算是微笑，但跟平常的表情不一樣。「那接下來會發生什麼事？我的意思是，既然我知道有人惡搞我的記憶，我要怎麼辦？」

「不是你。是我們。」

他的眉頭打結，眼中的疑惑讓我心揪。他太習慣孤單了，到現在還無法相信我會在他身邊。我微微一笑。「想擺脫我可沒有這麼容易。現在我們都在同一條船上啦。還記得嗎？我已經承諾過了。」我收起笑容，因為我知道他不會喜歡接下來這番話。「我想我們應該要去找相關當局。就算不是IFEN，至少也要報警。總有人得知道這件事。」

嚴峻的光芒潛入他的雙眼。他搖搖頭。「要是這麼做，妳會惹上麻煩。只要被他們發現妳未經許可治療我，妳就會失去一切。」

「就算這樣，我也不會停手。他們得要知道你身上發生過什麼事。這是我的責任。」

他眼中的執拗愈來愈堅定。「最好是。是我的腦袋在作怪。」他敲敲太陽穴。「那我的答案是：不行。妳不能丟了工作，不能為了我這麼做。」

我有些尷尬地垂眼，發現自己又在玩髮尾，連忙將雙手收到膝上。「這件事不只跟我們有關。無論事實是什麼，都超越了我們的掌控。十年前，死了六個小孩。這部分一定是真的。但假如殺了他們的不是派克……」

「那就是別人。」他幫我說完。「那個人有辦法改變我的記憶，捏造出一個空氣殺手。」

他的話緩緩進入我的腦海，我們面對的龐大力量潛入我的骨髓。

「我知道這件事不能忘記就算了。」史蒂芬繼續說，「可是我不會去找警察，或者是IFEN。我不想讓穿白大衣的有錢傢伙刺探我的記憶，我也不想害妳因為幫助我而受到懲罰。我們會靠其他的方法知道真相。」

他的語氣好篤定。跟我昨晚擁抱的崩潰男孩截然不同。為什麼會變這麼多？是哪裡變了？只是因為他知道自己不再孤單嗎？「我不知道還有什麼辦法。」我說。

「那個到處打廣告的路西德呢？那個玩意兒不是會增強記憶力嗎？」

我想了會。「路西德的效用是增進平時的心智功能，它還沒有強大到能夠挖出改變過或是遭到刪除的記憶。如果有辦法借用IFEN的資源，我們可以弄到更有效的藥物，只是——」我閉上嘴巴。一個念頭閃過。

伊安的母親是藥物研究員。根據過去的談話，我知道她把工作和興趣結合在一起。她碰得到各式各樣的實驗物質，無論是否合法，而他也間接受惠。

最後一次見到伊安是昨天的午休時間，當時我狠狠訓了他一頓，甩頭就走。現在我無法拜託他幫忙。可是我還能找誰呢？其他人都無法信任。我意識到儘管發生了那麼多，我依然信任伊安。至少，我相信他不會背叛我。

「蓮恩？」

我抬起頭。「或許會是很難面對的真相。」我說，「不過如果真的有一種藥可以幫你想起來，你會想吃嗎？」

他咬住下唇，上下扯動。這個舉動讓他看起來年紀小了幾歲。「我想知道是誰幹的好事。沒有搞清楚我的腦袋裡究竟裝了什麼東西之前，我不能白白消除那些記憶。」

「那我要聯絡伊安。」

史蒂芬嘴巴大張。「等等。找他？妳在開玩笑吧。」

「他是我朋友。」我說。

「他攻擊過妳。」

「他只是親了我。」

「他把妳往牆上推——」

「我沒說他沒做錯，可是他已經道過歉了。那種事情不會再發生。」

史蒂芬眉頭緊鎖。

「史蒂芬。」我直視他的雙眼。「如果我們想查下去，那就要請他幫忙。」

「妳覺得他有辦法幫我們。」他提出重點。

「值得一試。我只是要打電話問問他。」我抽出手機，開始撥號，沒理會史蒂芬的臭臉。來電答鈴響到第二輪，伊安接起電話。我們都沒有開口。我聽見他微微加速的呼吸從線路的另一端傳來，突然間，我腦中一片空白，只能盯著自己的腳板，尋找字彙。

伊安打破沉默，他的嗓音低沉又謹慎。「蓮恩，是妳嗎？」

「對，是我。哈囉，伊安。」又是一段漫長尷尬的沉默。我要怎麼提起這件事？總不能直接說**我要跟你拿一些藥**吧？

「我不知道竟然還能再聽到妳的聲音。」他說，「我的意思是，之前妳好像很氣我。」

罪惡感輕輕刺痛了我，我臉一皺。「那時候我心情不好。有很多事情要煩惱。我跟你說了一些不該說的話。」

「喔，妳說的對。就算妳**真的**跟史蒂芬交往，跟我也沒有半點關係。我又不是妳的男朋友。」是我的幻想嗎？還是他的語氣真的帶了點酸味？「沒什麼。」我笨拙地回應，「你只是關心我而已。」

「是啊。」又是一段尷尬的沉默。「好啦，妳需要什麼嗎？」

「你怎麼會以為我需要什麼東西？」

「我說錯了嗎？」

熱氣滲入我的耳朵。「沒有啦。」我用舌尖舔舔乾燥的嘴脣。「你對路西德了解多少？」

「那種藥？」我聽見他的聲音裡添了一絲興味。「我媽最近參加那方面的研究。幫助神經退化的人恢復失去的記憶之類的。」

「跟目前市面上買得到的藥一樣嗎？」

「一半一半。他們正在試驗的版本藥效強大很多，沒辦法合法上市。」

「也是。」我想起在生物心理學課堂上讀到的路西德介紹，當時它還是一串長長的化學名稱，之後配方經過稀釋，變成商品。「它到底有什麼效果？」

「滿怪的。少量服用，它只是溫和的興奮劑，要是劑量夠高，效果幾乎跟K他命一樣。在藥物的影響下，你的腦袋開始混亂，感覺像是記起你以為自己忘記的事情。阿茲海默症患者突然又認得他們的家人——之類之類的。很厲害。不過也可能把你搞得亂七八糟。」他稍稍停頓。「等等——妳想拿來用用看嗎？」

「對。或者該說我認識想要試用的人。」

又是長達幾個心跳的沉默。等他再次開口，他的嗓音很沉，很嚴肅。「蓮恩，發生什麼事了？」

我咬住嘴裡的軟肉，心想我能透露多少。我意識到史蒂芬正盯著我。「事情很複雜。」

「妳會惹上麻煩嗎？」

「如果我夠小心的話就不會。」

他緊繃地吐了口氣。「或許我沒資格說什麼，不過妳最近還滿反常的。」

「伊安。」我放柔語氣。「請相信我。這可能不符合那些規定，但我必須要做，這件事很重要。」

他笑了聲，發出硬梆梆的清脆聲響。「妳不會對我透露任何線索，可是妳認為我會幫妳？」

「我知道我要求太多了，但——」

「是他，對吧？史蒂芬．班特。這件事跟他有關。」

大概是我表現得太明顯了。畢竟最近我大部分的時間都花在史蒂芬身上。一瞬間，我想像如果立場顛倒——如果伊安突然不理我，跟某個我幾乎不認識的女生黏在一起——我會怎麼做。我對伊安從沒起過那種心思，但這個想法讓我好不舒服。我**真的**對他要求太多了。「沒辦法在電話裡跟你解釋。」我低聲說，「之後我再私下告訴你更多細節。」

我靜靜等待，血液在我耳際呼嘯。

他放棄似地嘆了口氣。「答應我一件事就好，可以嗎？」

「嗯？」

「小心點。」他的語氣很溫柔，充滿關切，一瞬間，聽起來就跟以前的他一樣。「別做我不會做的事情，好嗎？」

微弱的笑意扯動我的嘴唇。「這樣一來，我能做的事情還滿多的嘛。」

「那就別做**妳**不會做的事情。」

我吐出小小的笑聲，微微一驚。「好啦，就聽你的。」

「我在家等妳。」他掛斷電話。

車子開進伊安住的大樓外的停車場，天空是一片清澈單純的藍，點綴幾片棉花似的雲朵。單軌電車沿著城市上空的軌道來回奔馳。我停好車，開口：「我馬上回來。」

「不行。」史蒂芬說，「我要跟妳進去。」

「史蒂芬……」

「他做出那種事，妳以為我會放妳一個人去找他嗎？我不信任他。」

我迎上他的目光，嘴唇抿成頑固的線條。「伊安不是危險人物。我得自己去處理。」

他下顎緊收，雙眼閃過光芒，看得出他準備要跟我爭辯。

我伸手按住他的手臂，他渾身僵硬。「史蒂芬。」我把聲音放得更低。「伊安出了一些事。他有過很痛苦的經驗，那件事對他的影響超出我的預期。我得要跟他認真談一談，要是你在我背後晃來晃去，用眼睛對他射出雷射光，那就談不成了。」

史蒂芬下巴的一條肌肉抽了下。「好吧。我在這裡等十分鐘。如果超過十分鐘，我就進去。」

「我不知道要花多少時間。」我的語氣裡添了點不悅。「十分鐘以後你打算怎麼做？破門而入？」

「如果有必要的話。」

我翻了個白眼。他執意要小題大作。「聽好，不然你跟我進公寓，在屋子裡等呢？伊安跟我在別的房間談話，我們還能有一點隱私，不過你可以在旁邊。」

他楞了下——接著用力點頭。

我們穿過寬闊的雙開玻璃門，進入大廳，搭電梯到頂樓。電梯門滑開，伊安就坐在起居室的沙發上。看見史蒂芬，他僵住了。「沒關係的，他只是要在這裡等我。」

兩人互瞪好一會，史蒂芬瞇起眼睛。我幾乎聽見他們之間的空氣冒出劈啪火花聲。我壓下嘆息。

出乎我的意料，伊安笑了。看起來好真實——坦然又溫暖，像是他以前常露出的笑容——可是我還看得見他眼睛周圍那些疲憊的線條。「有人要喝咖啡嗎？我剛才煮了一壺。」

史蒂芬眨眨眼，皺起眉，眉毛擠成一團。他抽抽鼻子，像是在嗅聞有沒有陷阱。「好啊。」他低喃回應，讓我微微一驚。

伊安盯著我看。「不用了，謝謝。」我說。咖啡太苦，不合我的口味。

伊安進廚房，端出兩個冒著煙的馬克杯，一個遞給史蒂芬。史蒂芬則是細細打量杯子，像是裡面可能下了毒，接著小心翼翼地喝了一小口。

「我一直沒有好好自我介紹過，對吧？」伊安問。他伸出手。「伊安．韋利克。」

史蒂芬微微往後退，細細觀察伊安伸出的手。接著他握住那隻手，用力晃了下。「史蒂芬．班特。」他鬆手，將手塞進口袋。「抱歉，之前差點勒死你。」

「抱歉，差點捅了你一刀。」他又勾起嘴角，喝了一口咖啡，轉向我，「所以說，妳需要一些路西德？」

我點頭。

他領著我踏進一扇門，走進一間臥室——從梳妝臺上閃閃發亮的鑽石項鍊，以及掛在衣櫃門上的輕薄黑色晚禮服來看，是他母親的臥室。「我們能進來嗎？」我緊張地詢問。

「沒關係啦。」他把杯子放在梳妝臺上。「她這個禮拜都不會回家。」

「你確定？我不想害你惹上麻煩。她會不會注意到藥物的庫存短少？」

「我不認為會。現在她腦袋裡塞滿其他事情。」他拉開一個抽屜，往裡面翻找。接著他抽出一面亮晶晶的黑色藥盒，啪地打開。

我湊了過去。裡頭分成三格，各放了一顆藥丸——嶄新的白色圓片，正面印上小小的卡通圖案。一個是藍色兔子，另一個是微笑蘑菇。第三顆藥丸上印著的是表情猙獰的中國龍。

他啪地闔上藥盒。「好啦，妳打算跟我聊聊那個受損的記憶了嗎？」

我猶豫了下。「那是很私人的事情。牽涉到史蒂芬小時候發生的事情——心靈創傷。我不知道他願不願意讓我透露細節。」

伊安的手指扣住藥盒。「跟妳說，剛才我查過他的資料了。」他的視線閃遠。「我很想知道他為什麼會想記起那種事情，不過妳應該不會回答吧。」他下顎的肌肉繃緊又鬆開。他把藥盒遞給我。「小心使用。妳還記得我提過的研究嗎？他們在其中一名受試者身上搞錯劑量，讓他吃了太多藥。他整個人彈起來，想跳出大樓。幸好被他們阻止了。之後，他完全記不得為什麼要做那種事。」

慌亂和緊張湧入心頭。「有同樣效果，可是比較安全的藥物嗎？」

「沒有。」

我開始深思究竟該不該這麼做。但我都走到這一步了，藥丸就在眼前。之後我可以跟史蒂芬討論，再來確定要不要服藥。「我要怎麼確保不會出事？」

「拉長服藥間距。」伊安說，「二十四小時內不要吃超過一顆。如果是我的話，我會從藍色兔子開始。如果沒有用，再試試蘑菇。龍呢——嗯，把它當成最後手段吧。」

我的拇指摸過藥盒光滑的表面。「你有沒有吃過？」

「沒有，不過我媽吃過藍色兔子。在研究期間，她決定親自試用新產品。」他又往抽屜裡翻了翻，抽出一本小小的筆記本，翻動紙頁。「她跟我說她打算寫下整個過程——妳知道的，為了科學研究——可是她只留下這個。」他翻到一頁，上頭有她隨手寫下的兩個句子：

老家後頭的玫瑰花叢　一碗奶油棕色的冰淇淋。

往下幾吋是一排顫抖的字跡：

綠色泡沫從我的肛門噴出。

天啊。

「我猜她在服藥後沒多久出現幻覺。」他說，「我說過了，這種藥有迷幻作用。」

「要怎麼分辨哪些是幻覺，哪些是真正的記憶？」

他聳聳肩。「很重要嗎？」

「當然重要。幻覺只是大腦創造的東西，沒有任何意義。」

「我可不會把話說得這麼死。」他的雙眼失去焦距。「以神經學的角度來看，真實與幻想的經驗沒有差別。妳是否真正遭遇某件事情並不重要。在腦袋裡面全都一樣。」他眨了幾次眼，甩甩頭，像是終於回到現實。「對了，別把這些藥弄丟了。我手邊只剩這些，不知道還能不能弄到更多。」

我坐在床緣，握著藥盒，細細打量伊安。他看起來很自制，那種讓人不安、接近瘋狂的眼神離開了他的雙眼。可是他的臉頰比以往還要消瘦，嘴脣乾裂。「你最後一次的融合療程中發生了什麼事？」我低聲詢問。

他沒有回答。

我繼續以冷靜溫和的語氣問下去，「我知道當時的客戶是性侵受害者，那種事情總是很難面對。可是你從來沒被客戶影響這麼深。你一直都很堅強——堅強到可以面對我無法面對的事情。我不知道這次你看到了什麼，不過一定很恐怖。」

他肩膀一垂，發出沙啞的笑聲。「堅強。對，我想那是我想讓妳看到的樣子。」他搖搖頭，露出我從未看過的悲傷笑容。「事實上我一直在作弊。」

「作弊。」

他垂頭，修長的手指攤開，按住頭皮，就這樣捧著腦袋。「我讓人消除我的記憶。」

我瞪大雙眼。「治療完每個客戶之後？」

「不是每個客戶。只有遇到真的很糟糕的記憶才會。」

他的回應讓我頭昏眼花，摸不著腦袋。我從沒想過有辦法選擇忘記我們自己的巡心經驗，可以消除我們在其他人腦海中看到的事物。記憶修正一點都不容易，總是存在一些風險。接受多次的記憶修正實在是太不可思議了。「他們讓你這麼做？」

「他們不鼓勵這種作法，不過確實可行。我是在陷入絕望的時候第一次嘗試，後來就變成習慣了。我現在記不太清楚，不過顯然我常常去找史汪醫師，一直求他幫我。我請他不要告訴任何人，所以他沒有說出去。」他的嘴脣扭成苦澀的笑容。「大家都覺得我很有韌性。遇到那麼多棘手的客戶都沒有崩潰，這讓他們佩服得不得了。」他吐出空洞的笑聲。「當然了，我早該知道不能一直這樣下去。上回我去清理記憶的時候，他說我得停止這麼做，要是繼續下去，我會毀了自己。修正某個人的記憶有一定的次數限制，不然他的腦袋會變成一灘爛泥。現在我就是這種狀況。」他盯著牆面，似乎是沒辦法直視我。「感覺像是被人活生生扯開。」

「伊安……」字句在我喉中卡死。我能說什麼呢？

他對上我的雙眼。「妳從來沒有刪除過任何記憶對吧？我是說融合療程的記憶。」

「是的。」我的聲音好小聲。我坐在床緣，握住藥盒。

他雙手的掌根按住閉起的眼睛。「我不知道妳怎麼能承受，妳怎麼能每天背負那些痛苦。」我嚥嚥口水，喉嚨好緊。「我沒有那種能耐。第一次我碰上你經歷過的那種事情之後，在精神病房待了一個禮拜。」

「可是妳復原了。妳繼續這份工作。蓮恩，我——我不知道還能不能做下去。妳看看我。」他放下雙手，看它們不斷顫抖。「看看我現在的模樣。我睡不著。吃不下。我的成績正在退步。我的人生要崩潰了。」

我把藥盒滑進外套口袋，站起來，走向他，握住他的雙手。「你有跟其他人說過這件事嗎？」我問。「至少跟你母親談談？」

他的喉結上下滑動。「我不能告訴她。她——她正在接受一個禮拜的特殊密集治療。他們逮到她在工作的時候大量服用某些藥物，掃描她的心智，把她歸為第二型。如果她沒辦法恢復，她就會丟了工作。我到現在才知道她欠了一堆債，還有其他有的沒的事。」他眼角的淚光閃動。「我不知道我們到底是怎麼了。」

「噢，伊安。」我的心好痛。我只顧著關心史蒂芬，幾乎沒想到伊安遇上了什麼事，以為他跟平常一樣會好起來。「我很遺憾。」

他緊閉雙眼。「蓮恩，我好怕。」

我抱住他。

他先是渾身緊繃，然後癱向我身上。「妳一定覺得我好可悲。」他低語，「好弱。」

「你一點都不弱。」我收緊雙臂。「不會有事的。你要放下。」

他的胸口抽動一次、兩次，口中冒出介於呻吟與啜泣之間的聲音，那是垂死動物的哀號。他坐倒在地，像是雙腿突然被砍斷。我們一起坐下。

房門碰地打開。史蒂芬站在門口，眼神慌亂。「蓮恩，我聽到——」他僵在原處。我坐在角落，抱著伊安前後搖晃，讓他在我的肩上輕聲哭泣。

第十八章

回家的車上，史蒂芬跟我一言不發。他沒問發生了什麼事，我也沒告訴他。我的上衣還沾著伊安的淚水，我突然想到，在二十四個小時內，有兩個男生在我懷裡崩潰。我開始猜測自己身上是不是會散發某種費洛蒙，專門吸引情緒受創的男性。

等到伊安控制住情緒，我們又多談了一會。他要我別擔心，他不會有事的，他跟他母親還有一些存款，足以撐到她找到下個工作。他也說他會努力讓自己的心理狀態恢復穩定。他說他只是累了，只是有些承受不住。我不知道該不該相信他。

我掏出藥盒，打開盒蓋。「就是這個。」

「路西德嗎？」史蒂芬捏起藍色兔子的藥丸。「這個圖案是什麼意思？」

「我猜是不同劑量的記號。伊安說應該要從兔子開始。」

「他還說了什麼？」

「這個藥會帶來幻覺。」

「那我們怎麼知道看到的是記憶還是幻覺？」

「我問過伊安同樣的問題，他也無法回答。」我對著史蒂芬微笑。「如果追著我們的紫色巨型蜂鳥開始發光，那大概可以把它歸為幻覺。」我努力忽略揪緊的胃袋，還有試著撞破肋骨的心臟。「你以前有沒有吃過這種藥？」

「沒有。或許我吃藥吃得很兇，不過我盡量避開迷幻藥。我腦袋裡面可不是什麼遊樂場。」疑慮再次湧現。「跟你說，這些藥有危險性。伊安說過去研究中曾經有受試者想跳樓。」

「那只要離高樓大廈遠一點，應該就不會出事了吧。」

我狐疑地看了他一眼。

他冷笑。「都已經走到這一步了。」他的手指包圍那顆藥丸，看得見他頸子上脈搏的跳動。「現在我不會回頭。」

「可能還有別的方法。」我說。

「比如說呢？」

我沒有答案。我知道他說得對——如果我們打算自行尋找真相，就要願意接受風險。這條路一點都不安全，旁人無法接受，也沒有標準程序可以遵循。

我到底把我們捲入什麼樣的風暴？

一回到我家，我們鑽進地下室。巡心門正等著我們，頭頂上的燈光照亮兩張皮躺椅。突然間，寒氣深入我的骨髓。我不知道他服藥之後會發生什麼事。理性試著要我安心，沒有什麼事情比我曾在他腦中看過的情景還要恐怖，可是我的直覺堅持告訴我，是的，有可能會很恐怖，一定會更恐怖。

他坐上躺椅，戴起頭盔，用右手扣上繫帶。他的左手還緊緊握著那顆藍色兔子。另外兩顆藥丸還在圓形的黑色藥盒裡，塞在我的外套口袋。他抬起頭，擠出虛弱的微笑。「準備跳進兔子洞了嗎？」

我的手擱在巡心門的硬碟上，機器在我掌心嗡嗡作響，像是活生生的動物一般帶著暖意。

「你確定要這麼做？」

史蒂芬攤開手指，露出汗溼掌心上的藥丸。他的手輕輕顫抖。「妳會一直陪著我，對吧？」

「對。」我坐進我的躺椅。「而且我不會受到路西德的影響——至少不是直接的影響——我應該可以提供一些指引和理智。」

「希望能這麼順利。」他把藥丸丟進嘴裡。

我戴上頭盔，雙腳擱上椅子，啟動巡心門，泡綿隨著我的頭皮變形。我望向史蒂芬。他又笑了笑，抿著嘴脣的小小笑容，裡頭有勇敢、有害怕、有決心、有脆弱。讓我心痛。

電流戳刺我的頭皮，沿著脊髓往下傳遞，泛過我全身的皮膚。連結開啟。史蒂芬舔舔嘴脣，我感覺粗糙乾燥的舌頭滑過乾燥的皮膚。他的脈搏在我頸間跳動。

「藥效應該開始了。」他說，「我覺得我在往下沉，或者是漂起來。」

我也感覺到了——奇異的失重感，宛如身處水底或是無重力的空間。史蒂芬的呼吸在我耳邊迴盪。眼罩下的黑暗扎實而完整，像是一層黑色絲線構成的繭。我再也感覺不到背後腿下的椅子。我以慢動作墜落，沉入地板，穿透土地。我動動腳趾，試著穩固自己與身體的連結，好奇怪，這個動作似乎與我無關，彷彿我的腳趾自己決定要晃動，還騙我以為這是我的想法。

「好怪。」史蒂芬低喃。

「這些事情只是發生在我們的腦袋裡面，沒有任何危險。」我不確定這些話是想說服誰。

我們之間和周圍的空間像太妃糖一樣延展。我吞了口氣。

「感覺妳要漂走了。」他說。

「我哪裡都不會去。」

我感應到他想橫越我們之間的空間，他的手在半空中抓握。我也伸出手。我的手指碰到他，握住，抓緊。

我沉入濃稠的灰色霧氣。漂浮。流動。無法攀附任何東西，無法定位。驚慌在我胸中鼓翼。

呼吸。我不斷下沉。

愈來愈深。

愈來愈沉。

第十九章

我沿著陰影幢幢、模糊歪斜的走廊一邊奔跑，一邊踉蹌。我氣喘吁吁地繞過轉角。我推開一扇門，跌跌撞撞地摔進去，用力甩上門，將一張椅子塞在門把下。我的心臟不斷敲打肋骨。

腳步聲在走廊上迴盪。「你以為你能逃到哪裡去？」一道聲音呼喚著。不知道為什麼，聽起來像是兩個人一起講話。「你還能逃去哪？」

我瑟瑟顫抖。汗水讓上衣黏在我後背。

「希望你可以理解。」迴盪著的雙重聲音這麼說著，「這些恐懼只存在於你的腦中。我們只是想幫助你。」

房間角落有一張床。我爬到床底下的黑暗空間，縮成一團。刺耳的呼吸聲填滿沉默。塵土和樟腦丸的氣味刺痛我的鼻腔。離我的臉不到幾吋的地方，一隻肥胖的黑色蜘蛛盤踞著，將一隻蟑螂纏入牠的網中。蟑螂還在動，六條腿虛弱地揮舞。

腳步聲停在門外。男子試著開鎖，喀啦喀啦。「史蒂芬。」低沉粗啞和高亢的兩道聲音說，「讓我進去。」

我緊閉雙眼，憋住呼吸。有什麼東西搔過我的臉。另一隻蜘蛛，爬過我的臉頰。我沒有動。

門把晃了晃。先是碰的一聲，接著是清脆的啪嚓，門開了一縫。「這是必要的治療。」兩道聲音說，「不管你是否相信，事實就是如此。現在你可以跟我一起出來，讓自己好過點；或者是繼續逃跑、躲起來，不過這只是稍稍延後不可避免的結果。」

腳步聲靠得更近了。啪、啪、啪。我還是憋住呼吸，稍稍睜開眼睛，看見一雙亮晶晶的黑色鞋子。那道人影靠了過來，露出一張臉。影像搖晃模糊。兩張臉，一張疊著另一張。

「我要回家。」我輕聲說。

「這裡就是你家，史蒂芬。聖瑪莉就是你家。」

一隻手伸向我，我咬了下去。男子慘叫一聲，抽回他的手。鮮血落在地板上，畫出大大的紅色圓點，好像油漆。我從床底下爬出來，衝向門口。一隻手揪住我手臂，把我往後拖。我尖叫。一根針刺進我的手臂，我突然開始墜落。我想要抵抗，然而黑暗箝制著我，拉著我沉沒。

我慢慢清醒，撥開一層又一層夢境。我漂浮了好一陣子——可能是幾分鐘，可能是幾年——像顆氣球似地上下跳動。我鑽進尖叫聲不斷的黑暗地下室。然後又漂過清澈的白色霧氣，銀色的刀刃在霧氣間滑動，圍繞在我身邊，發出森森光芒。刀刃之森。

我看到許多東西破碎崩解。機器解體，玩偶被撕成一半，棉花掉出來。有人拿著剪刀戳入破碎玩偶的頭部，扭轉刀刃。啪嚓。玩偶的頭掉了下來。

聲音在霧氣間漂浮。

「該停止了。如果繼續下去，他也會跟其他人一樣。」

「你是要我示弱？」

「示弱？承認我們犯了錯就等於脆弱嗎？」

「那我們該怎麼做？放他出去？」

各種聲音爭執不休，吼叫咆哮，那些人彷彿漸漸變成惡犬。

我記不得我的名字。為什麼我記不起來？

我往下沉沒。陰影和土壤包覆著我。接著我又像隻鼴鼠般往地面鑽，刨抓鬆動的土壤和小石塊，推到旁邊去。我無法呼吸。泥土填滿我的口鼻，我的腦袋是爬滿蜜蜂的蜂巢，只要我動得太快，牠們就會生氣，用針扎我。我感覺得到牠們的毒針正刺入我眼睛後面那塊腫脹的軟肉。但我得要繼續挖下去，不然那些穿著白大衣的野狼會逮到我。牠們的嗥叫在我耳中打轉。我刺耳的呼吸聲幾乎淹沒了那些聲響，可是牠們正在接近。我感覺得到。

野狼喜歡把我支解。牠們的牙齒是鋼鐵利針。牠們的眼睛好亮，我無法直視。

你需要我們，他們如此呼喚。

我不要再聽到他們的謊言了。

我鑽破地面，大口吸入冰冷乾淨的空氣。我麻木的雙腿一軟，跌坐在地，地板傾斜，擦破我的掌心，但我還是撐地站起來。我跑過灰沉空蕩，滿是蜘蛛網的走廊。烏鴉在我頭頂上盤旋，嘲笑我。**哈！哈、哈、哈！**

幾道閃光照亮灰暗。

好冷。好冷、好亮、好開闊。

我在這片白色世界裡跌跌撞撞地走著，腳掌灼熱。我的腦袋是一片紅色的痛楚沼澤，我的舌頭是硬梆梆的肉塊。黑暗的形體聳立在我四周，以尖銳的手指抓破天空。地面刺痛我的腳底，冰冷熾熱又尖銳。

一個棕色的東西在附近的樹枝上監視。**耳朵、尾巴、皮毛**之類的字詞從黑暗中冒出。那個東西發出一種聲音。**洽─洽─洽**。

我不知道自己身在何處。我不知道我是誰。可是我**自由**了。那些野狼無法到這裡抓我。

我跌了一跤，眨眨眼。我腳下不再是冰冷的白色地面，換成光滑的黑色。一條長長的黑色物體往各個方向延伸，將白色劃成一半。我滿心困惑，大拇趾搓搓黑色物體。我沒穿鞋子，腳掌狹窄而蒼白。

兩道明亮的光束射破黑暗。我抬起頭楞楞地盯著，嘴巴張開。亮光填滿我的腦袋。好痛。我舉起雙手遮住眼睛，尖銳的聲響劃破空氣。低沉的嗓音大叫。我聽不懂那些字。大手抓住我的手腕，將我的手從眼前扯下，我抬起頭，對上一張蓋著紅色針織帽的棕色臉龐。

那道低沉的聲音說了些話。我幾乎聽得懂，只是沒辦法拼湊在一起。

「──怎麼了──你爸媽？──你有辦法──名字──」

名字。我不是有個名字嗎？我將意識延伸過去，但它一溜煙就不見了。挫折的淚水刺痛我的眼角。我仰望天空，看著那個在黑暗中發光的東西，我的嘴裡冒出一個詞：「月亮。」

那張臉疑惑地盯著我。

著臉頰滑落。

「月亮。」我重複說，「月亮。」我只有這個，我只能給他們這個。「月亮。月亮。」

我想看他們對我笑，稱讚我還記得這些。然而他們看起來好沮喪。溫暖的淚水湧入眼眶，沿

那些男子互看一眼。其中一人溫和地說了些話：「——送你回家。」

家。家在哪裡？我有家嗎？

幾隻手輕輕推我走向巨大的紅色物體。車子，我想。字彙漸漸回流。那些黑色的東西是樹木。白色的東西是雪。

我閉上眼睛，努力從黑暗中挖掘記憶。有東西閃過。那個東西——一張臉，嘴巴跟鼻子都被白色口罩蓋住，一隻套著白色手套的手握著發出嗡嗡聲響、沾滿鮮血的東西。

「不要插進來。」我說。

兩名男子困惑地看著我。其中一個人脫下針織帽，抓抓一頭亂髮，說了一些話，最後幾個字是「——會痛嗎？」

「不要插進來。」我的呼吸加速。兩名男子戴著手套的手伸過來，可是我往後躲開，氣喘吁吁。

其中一人手中拿了個東西。電話這個詞從我頭殼裡迷茫的黑暗中冒出來。男子按下幾個按鍵，嘴裡冒出更多字句，太快了，我聽不懂。

視線愈來愈模糊。膝蓋放棄使力，我倒在路上，雙手抓著腦袋。「不要插進來。」我用手掌

按住臉頰，放下。淚水滴入掌心。不是透明無色，而是混濁的紅。我流的是血淚。
世界化為棕色與白色的漩渦，我打著轉，被吸進黑暗之中。

第二十章

我的意識慢慢恢復，身體處處刺痛。我彎彎手指和腳趾。

我覺得大腦整個腫起來，軟綿綿的，大到顱骨無法容納。我不敢動得太快，怕頭會裂開，讓裡面的東西撒了滿地。我的思緒支離破碎，不知道剛才看到了什麼，也不知道那代表了什麼。我把那些影像碎片像是拼圖般留了下來，可是找不到相互拼合的圖案。

我緩緩扯下頭盔，放到一旁。

隔壁的史蒂芬凝視天花板，他的眼睛瞪得好大，失去焦點。

「史蒂芬？」我擠出沙啞微弱的聲音。「你還好吧？」

他的腦袋慢慢轉向我，隔了幾秒才回應：「好到不行。」

既然還能說笑，我想他大概沒事。大概吧。

我坐起來，尖銳的痛楚劃過我的頭部，紅色星星在視網膜上炸開。我呻吟幾聲。宿醉就是這種感覺嗎？如果是的話，那我這輩子一點都不想碰到半點酒精。一手按著汗水淋漓的額頭，我試著抓回剛才看到的影像，但它們已經溜走了。影像閃過我眼底——積雪的樹林、陰影幢幢的走廊、男子閃亮的黑皮鞋。我努力回想他的臉，另一道銳利的劇痛滑過我的雙耳之間。

「嗯。」史蒂芬低喃，「感覺有人在我的腦袋裡跳舞，每個人都穿了高跟鞋。」

他把我的感覺形容得入木三分。「你記得什麼嗎？」

「不多。妳呢？」

我閉上眼睛，繃緊神經。一個名詞像閃光般跳過我的腦海，我用力睜眼。「聖瑪莉。」看到史蒂芬滿臉問號，我繼續說，「你曾經待過一個叫做聖瑪莉的地方。」他的表情依舊一片空白。「你沒有印象嗎？」

「沒有。」

在搜尋艾梅特．派克的訊息時，我看過幾篇針對綁架案的報導。我想起史蒂芬是在東北象限區的樹林裡被兩名男子尋獲，那附近有一座名叫狼奔的小鎮。我們所處的城市歐羅拉位於中央象限區，是人口最密集的區域。我沒有去過東北部，那裡幾乎都是農田和荒野。

沒有一篇報導提到名叫聖瑪莉的地方。

我揉揉抽痛的腦袋。愈是回想剛才看到的東西，它們就逃得愈遠。或許跟夢境一樣。說不定只要我專注在別的事物上，那些影像就會不經意地回到我腦中。「我想我們需要休息。要不要吃個晚餐？」

「我不確定現在能吞下什麼東西。」

「我懂你的感覺。」我拋給他顫抖的微笑。「不過至少要試試看。今天我們幾乎什麼都沒吃。」

「隨便妳。」他站起來，抓著躺椅穩住腳步。我們撐著顫抖的四肢回到樓上。

進了廚房，我隨便炒了一些之前剩下的雞肉跟麵條，煮下一壺咖啡。我很少喝咖啡，但現在我需要一些熱呼呼的東西。咖啡流過濾紙，史蒂芬分用平底鍋翻炒麵條，我在旁邊切菜。菜刀一滑，我咬牙痛呼，頭有點暈，眼前發黑，過了一兩秒，那片黑色霧氣才散去。我像是被催眠似地看著鮮血溢出，滴在砧板上。

不知道這有什麼好看的，但我就是覺得鮮紅液體滴落的景象看上一整天也不會膩。

史蒂芬輕輕握住我的手臂，我驀然驚醒。「用冷水沖一沖。」他說，「妳的急救箱在哪？」

「浴室裡。」我低喃。

他打開水龍頭，我把大拇指湊在水流下。好多血。這一刀一定切得很深。染上粉紅色的自來水在排水口周圍打轉，我想到路西德帶來的夢境中的血淚。我想起鴉群，想起陰影幢幢的走廊。說不定那一段只是幻覺。感覺好不真實。

史蒂芬拿著白色小盒子回來。「我看看。」

我關上水龍頭，他檢查我的傷口。已經暫時止血，但傷口的模樣還是讓我胃部翻騰。傷口邊緣是白色的，裡面則是深紅色。我閉上眼睛。

「醫生，沒想到妳這麼怕血。我的意思是，妳在別人腦袋裡看過那麼多……」

「我知道，實在沒什麼道理，可是我對刀傷就是沒辦法。一直都是這樣。」

他幫我塗上消毒藥膏，包好大拇指。他的動作好輕，好小心，我幾乎沒有感覺。等我睜開眼睛，傷口已經蓋起來了，我鬆了一口氣，對他微笑。「謝謝。」

他揉揉後頸。「沒什麼。」

我握住他的手，翻到背面，看著他修長蒼白的手指。儘管指節上留了幾道細細的交錯疤痕，他的雙手幾乎可以用細緻來形容。「你有當醫生的天分。」

他的呼吸稍微加速，抽回他的手。「是喔。」

「我是說真的。」我抬起頭，探看他的臉。「上次送你回家以後，你還有畫別的作品嗎？」

「幾張吧。」

「之後可以讓我看嗎？」

他的雙頰泛起血色。他清清喉嚨。「不知道該不該給妳看。」

這個反應真怪。我不確定要如何應對。

空氣中瀰漫煙味。「哎呀！麵要煮焦了。」我衝到爐子前，抓起鍋鏟。

一切搞定，我們坐在餐桌旁。我的肚子對食物沒有興趣，但還是逼自己吞下。過了幾分鐘，我發現史蒂芬還沒吃。一塊花椰菜穩穩插在他的叉子尖端。他盯著花椰菜看，眼神飄到遠處。

「史蒂芬？」

他緩緩放下叉子。「昨晚我差點死了。真的只差一點點。要不是妳來找我……」他的聲音顫抖，慢慢吸了一大口氣，從鼻子呼出來。他的雙眼帶了點水氣。「可惡。」他喃喃低語，用袖子抹抹眼睛。他沒有垂手，用肘彎掩住臉龐。

我想告訴他哭出來沒關係——不用尷尬——但他這種人就是覺得任何外顯的情緒代表脆弱。從某些角度來看，我們兩個很像。所以我等著，等他恢復控制。

最後，他放下手臂，眼白帶了點血絲。「妳應該遇過很多跟我一樣的人，對吧？」

「跟你一樣的人？」

「別裝傻。」他勾起嘴角。「就是鬧自殺的可憐蟲。」

「我不會用這個詞來形容那些人。不過，你說得對。我有很多客戶曾經試圖自殺。一般人如果不是走投無路，不會想要嘗試記憶修正。」

「妳恨過我們嗎？」

我眨眨眼。「當然沒有。為什麼要恨你們？」

「我是說……真的，妳有沒有想過我們只是一群自私的小鬼，想要逃避自己的痛苦？我不會怪妳。天啊，有時候我覺得我就是這種人。」

我搖搖頭。「認為這是自私或懦弱行為的人，只是運氣夠好，沒有遭遇過那種痛苦。」我握緊叉子。「心理狀態很糟的時候，你會被消耗殆盡，會覺得什麼都不重要了。你動不了、吃不下，甚至連呼吸都快要做不到。死亡感覺是唯一的出路，逃離地獄的唯一出口。我絕對不會責怪有這種感覺的人。」

「等等……妳也有過那種感覺？什麼時候？」

我咬住嘴巴內側的軟肉。

「抱歉。妳不想回答也沒關係。」

我移開目光。「沒關係的。」我端起盤子，拿到水槽沖水。沾上醬汁的麵條碎屑被沖下，消失在排水孔內。我一邊刷洗盤子，一邊等待嘴脣停止顫抖。史蒂芬跟我，我們真是天生一對。壓抑二人組。

等到我控制好情緒，我轉向他。「總之，你已經回心轉意了。你選擇活下來。」

他皺起眉頭。「其實沒有。如果妳沒有來，我早就死了。」

「可是你打電話給我。你讓我進門。如果你不想活下來，你就不會做這些事了。」

「大概吧。」他漫不經心地推著一團麵條在盤子上打轉。「我不該申請那顆該死的藥丸。可是到了最絕望的關頭，看到那些廣告說這是輕鬆又舒服的解脫……嗯，真的很吸引人。」

「太可惡了，藥廠靠著人民的絕望賺錢。」我作嘔地搖頭。「總有一天，他們會修正法規。大家的態度會轉變。使用索那多會變成我們歷史上羞恥又野蠻的一頁。」

史蒂芬挑眉。「妳很確定嘛。」

「我就是無法理解為什麼我們的社會能容忍這種事。」我抓起廚房毛巾，狠狠擦乾盤子。「索那多的存在暗示著有些人毫無希望，他們死掉比較好，放棄他們沒關係。我最最最討厭這種態度。更糟糕的是他們鼓勵人們去死。說這是負責任的選擇。大家竟然可以接受！」

史蒂芬的眉頭擰成一團。「這跟妳自己的遭遇有關，對不對？」

熱氣升上我的臉頰。我清清喉嚨，放下盤子。「總之，我們應該要查查那個地方的資料。」

「哪個地方？」

「聖瑪莉。」

「喔。對。」

「跟我來。」

他跟著我上樓。「要去哪裡？」

「我房間。」

「呃……房間？」他的語氣有些緊張。

我差點笑了。「克洛伊在樓上。她是我的電腦。」我打開門，坐上床緣。「坐吧。」我朝書桌前的椅子點點頭。

史蒂芬拉開椅子，坐下來。他坐立難安，環視淺粉色的牆壁、我床上的花朵圖案毯子，還有一排排填充玩偶。「比我想像的還要像女生的房間。」

「嗯，希望你有打過抗噁心的疫苗。我滿喜歡粉紅色的。」仔細想想，我可是第一次讓男生進我的房間，就連伊安都沒上樓過。一股羞赧沖過我心頭，我扭了扭。我從小就住在這裡，一直沒有換過裝潢，說來真是害羞。他對這些動物玩偶有什麼想法？*對啊，這個在你的腦袋裡執行超專業醫療行為的女生其實晚上都跟松鼠玩偶一起睡。*

我輕輕推開枕頭旁的納特，決定要小心一點。

史蒂芬沒有注意到我的動作。他正盯著床頭櫃上的照片看，照片裡，我父親抱著四歲的我。不過他什麼都沒說。

「總之……」我的手指頭在膝上緊扣。「克洛伊？」

克洛伊在床腳現形，史蒂芬嚇了一跳。

我歪歪頭。「妳沒看過立體投影電腦？」

「大部分都沒有這麼逼真。」他靠近一些，瞇起眼睛，戳戳她。他的手指穿過她的背脊，像是摸到一團煙霧。

克洛伊哼了聲。「真沒禮貌。」她起身走到一旁，四隻腳沒有踩亂被單，除此之外，她的外表和動作就跟真正的貓沒有兩樣。

「克洛伊，這位是我的朋友史蒂芬。史蒂芬，她是克洛伊。」

「你好嗎？」她伸出一隻爪子。

他小心翼翼地握上去，當然只抓到空氣。「呃，還可以。」

克洛伊轉向我，輕快地說：「好啦，要我幫妳做什麼嗎？」

「幫我查『聖瑪莉』。」

她的耳朵抖了抖，眼睛變成淺綠色，一排排文字滑過去。「『聖瑪莉』的搜尋結果有好幾百萬筆。請稍微縮小目標。教堂？醫院？學校？」

「不知道。不過應該離一座名叫狼奔的小鎮很近。」

史蒂芬似乎認得這個名字，視線投向我。

「這座鎮位於東北象限區？」克洛伊問。

「是的。沒錯。」

她的耳朵前後擺動。「我只有在狼奔鎮外五十碼處找到一筆資料。」
「那是什麼地方？」
「廢棄的瘋人院。」
史蒂芬皺眉。「什麼？」
「瘋人院是精神病房的舊稱。」我說。
克洛伊點點頭。「這座精神病院是舊美國時代的機構，已經超過一個世紀無人使用了。你們看。」她眼中射出光芒，螢幕在她身體上空浮現，發亮的長方形飄在半空中。
史蒂芬湊上前，整張臉沐浴在蒼白的光線裡。
螢幕上滿是黑白照片，有傾倒的石牆、空房、破了大洞的天花板。我心一沉。這不是我在史蒂芬記憶中看到的地方。我可以把搜尋範圍擴大到整個東北象限區，可是天知道哪一筆搜尋結果——如果有的話——會是正確答案？只有這個名字還不夠。
「還有別的需要嗎？」克洛伊問。
「不用了，謝謝，就這樣。」
克洛伊縮成一團，消失無蹤。
史蒂芬嘆了口氣。「所以我們回到起點了。現在要怎麼辦？」
我閉上乾澀刺痛的眼睛，揉揉眼皮。這幾天我幾乎沒睡，疲憊正漸漸追趕上來。我的四肢像沙包一樣無力。「或許我們應該要先睡一下。」

「妳知道的……我們還有兩顆藥。」

我從口袋裡掏出圓形黑色藥盒，打開盒蓋，剩餘的兩顆藥丸——微笑蘑菇跟中國龍——在裡頭滾來滾去。「伊安說要注意服藥間隔。在一天以內吃超過一顆會有危險。」

「那就是明天囉？」

我打量發亮的小藥丸，可愛的卡通圖案只是假象。我真的想帶史蒂芬再經歷一次那些事嗎？我真的應該逼他重現童年的恐懼嗎？

我提醒自己，這是他的選擇。他也想知道真相。「好吧。」說著，我闔上藥盒，放回口袋裡。「那就明天。」

他站起來。

我知道我們都需要休息，可是我發現我不希望他就這樣離去。在我腦海裡，我看見他躺在公寓地板上，一動也不動，安安靜靜。我想起胸中那股擰成一團的驚慌，不知道他是死是活的極度恐懼。我想要抱著他，感受他身軀的暖意和實在，心臟和肺部的運作節拍——再次確認他的存在。「史蒂芬……我……」

他看著我，靜靜等待。

我可以邀他今晚住下來。沙發拉開來就能給他睡。可是我已經跨越太多條界線了。

精神倫理學教授的幻影在我腦中低語：同情和移情是值得敬佩的特質，然而過度的移情作用帶有危險性。只要失去分際與客觀，妳就無法順利達成目標。就算看起來並非如此，就算他自己沒有完全意識到，客戶其實是希望妳可以保持距離。他期待妳這麼做。

我搖搖頭。「沒事。」

第二十一章

我在灰茫茫的森林裡奔跑。樹木是黑色的刀刃，枝枒銳利參差，將天空切成碎片，灑落在我周圍。地上滿是碎玻璃，像固體的雨水一般發亮。四周樹上有許多烏鴉監視著我，黑眼珠一眨也不眨。我光著腳，玻璃劃破腳掌，劇烈的刺痛傳遍全身。我在流血，每走一步就留下一灘紅印。

有什麼東西在追我，某種巨大的野獸，一邊喘息一邊低吼。我不能停下，甚至不能轉頭探看。要是稍有遲疑，牠就會逮住我。我跑得更用力、更快。每一步都讓雙腿的疼痛宛如痛苦的尖叫，可是我沒有停。我不敢。

烏鴉嘎嘎叫著，瘋狂鼓翅。牠們飛向殘破的天空，在我頭頂盤旋。一隻烏鴉降落在旁邊的枝枒，看起來像在微笑，跟匕首一樣銳利的鳥喙張開，露出紅色的口腔。

「轉過來面對吧。」一千道聲音悄聲呼喚。或許是烏鴉的聲音。「轉過來。」

可是不行，我做不到。

那頭野獸幾乎撲到我身上，沉重沙啞的吐息在我耳邊迴盪。眼前是一條死路，陰影築起高牆。我轉身，發現我與自己四目相接。

我驚醒過來。臥室好亮，鳥兒在窗外吱吱喳喳。當然了，只是一場夢。我呼了口氣，翻身趴下，把臉埋在枕頭裡。

一夜好眠真的只是奢求嗎？

我坐起來，一手梳過亂七八糟的頭髮，往鏡子裡瞄了一眼，不由得瑟縮了下，抓起梳子，努力馴服奔放的棕色鬃毛。等到頭髮梳理得差不多，我紮起馬尾，換上衣服，踏著沉重的步伐下樓。腦袋一陣陣悶痛——路西德的影響還沒消散。

真是精彩的一夜。

我泡了杯蘋果肉桂茶，將葡萄柚切成兩半，坐到餐桌旁。在開動之前，我的手機嗡嗡作響。我以為是史蒂芬的簡訊，從口袋裡掏出手機。沒想到傳訊的人是史汪醫師。

馬上到我辦公室報到。

就這樣。沒有解釋。只有清楚的命令。

我當然知道他是為了哪一樁。他發現我被歸到第二型，自然會想找我討論。還是說……

他透過某種管道，發現我跟史蒂芬的事了？

我甩開這個想法。

沒空吃我的葡萄柚，我直接開車去IFEN總部，踏進史汪醫師的辦公室，努力忽略在耳邊隆隆作響的脈搏。我坐進扶手皮椅，他的表情沒有透出半點端倪。他隔著辦公桌，盯著我看了好一會兒。「我想不需要由我來說妳為什麼會來這裡吧。」

「是的。」我發現我握起拳頭，逼自己放鬆，雙手交疊在大腿上。「我發現自己被分到第二型了。我相信一定有什麼誤會。」

「大家都這麼想。這點妳很清楚。不過我找妳來是為了別件事。」

我費了好大的工夫維持茫然的表情。

放鬆。他不可能會知道那些融合療程，或者是路西德的事情。說不定他從監視攝影機看到我跟史蒂芬在一起；說不定他知道我們相處了不少時間，不過僅止於此。「那麼是什麼事呢？」我小心翼翼地控制語氣。

「我沒打算跟妳玩遊戲。我只是要給妳最後的警告。離那個男生遠一點。」

怒氣在我胸中灼燒，熱浪湧現。我已經聽膩了。「我快要十八歲了。你不能規定我跟誰來往。你沒有權力——」

「我有的是權力。妳還沒成年。就算是，我依然是妳的監護人，妳受到我的保護。」

我狠狠瞪著他。「如果我拋下史蒂芬，現在他早就死了。你知道他手邊有索那多，對吧？為什麼不告訴我？」

他的表情依舊僵硬而封閉。「他透過正當程序，自己提出申請。我們沒辦法插手。」

「那我就只能坐視他去死嗎？」

他閉上眼睛，似乎是在失控邊緣掙扎。「如果有人選擇死亡，也依照法律途徑，我們一定要尊重他們的選擇，無論是否認同。蓮恩，妳無法拯救每一個人。我說過很多次了，妳父親把妳託付給我——」

「別在我面前提起我父親。」我狠狠打斷，手指頭嵌入椅子扶手。「你不是我父親。」

他眯起雙眼。「妳不知道是怎樣的處境讓他走上絕路，對吧？」他的語氣活像是在閒話家常。

我渾身緊繃。

「我相信妳很清楚他是一個同情心旺盛的人。換個角度來看，那是他的弱點。身為巡心者，他承擔許多負荷，超出他的能力範圍。在他過世前不久，他的心理健康開始下滑，被重新分類。從法律上來說，他再也不能治療客戶。我試著說服他對外求助，可是他拒絕了。妳也知道如果被歸到後面的類型，人就會變得疑神疑鬼，有被害妄想，就連最親近的人也不相信。到最後，他完全被疾病打倒，選擇自我了斷，而不是接受治療。」

我努力壓抑表情。我提醒自己我又不知道史汪醫師說的是不是真相。可是如果他沒說錯的話呢？

他細細打量我的臉，彷彿他可以看穿我的想法。「我猜妳沒有多想這件事對我有多大的影響。畢竟我只是他的朋友。可是我真的很關心他，無論妳是否相信，我也很關心妳。看著他一點點崩解，我的心都要碎了。妳可以想像嗎？那就像是看著自己也走在同一條路上。」

我的胸中有一團堅硬灼熱的球，喉嚨好緊。「這跟史蒂芬有什麼關係？」

「如果妳繼續跟他牽扯不清，他會毀了妳。憤怒和偏執具有感染性，妳愈是跟他相處，他扭曲的思維就愈會傳染給妳。妳已經受到他的影響了。我看得出來。」他的嗓音變得柔軟。「從妳父親的錯誤中好好學習吧。」

我的指甲戳進掌心，一片灼痛。

「蓮恩，妳有大好未來。妳的成績非常優異，妳的表現紀錄毫無缺點。只要現在接受治療，妳的心理狀況一定會恢復，這整件事只會在妳的檔案裡留下幾個字。認真想一想——妳想要賠上這一切嗎？為了什麼？為了一個幾乎不認識的男生？」

「我比你還了解他。」

「我可不會把話說得這麼死。」

「這是什麼意思？」

他搖搖頭，迴避這個問題。「妳只是在頂撞長輩，追著別人要妳不准接近的男生跑。妳會被他吸引只是因為他是禁忌。如此而已。」

「你對史蒂芬一無所知。你以為你知道他有過怎樣的遭遇嗎？才怪。」

他嘴脣繃緊，默默打量我好一會兒。我沒有動也沒有說話。接著他湊過來，直視我的雙眼，聲音低得像是在說悄悄話。「有時候，讓過去安眠會比較好。」

寒氣在我體內泛起漣漪，手臂和雙腿冒出雞皮疙瘩。

他知道。他知道我這段時間在做什麼。不只是這樣，他還知道史蒂芬的記憶遭到竄改。他要我別再四處尋找答案。「我不知道你在說什麼。」無論我如何控制，聲音就是抖個不停。「如果你要說的話只有這些，我先告辭了。」

「蓮恩，只要四個字。在妳的檔案裡添上四個字——情緒不穩之類的——妳就再也無法踏進IFEN一步。」

一滴汗水沿著我的頸子流下。「這是威脅嗎？」

「請妳理解，我是為了妳好。」

我轉身。炙熱苦澀的氣味像膽汁般充滿我的嘴巴。「跟你說，這句話我真的已經聽膩了。」

我走出門外。

回到家，我檢查屋裡哪邊藏了竊聽器。我抽下起居室書架上的書本，往家具底下探看，檢查牆壁跟天花板。什麼都沒有。我按部就班地搜尋整間屋子，排除每一個房間的疑慮，最後來到我的房間。徹底翻過每一個角落之後，我站起來，啃著指甲。他一直透過某種方式監視我。我知道的。

我看著梳妝臺上那一排動物玩偶。粉紅兔子，綠色克蘇魯，戴著眼罩的泰迪熊。那隻泰迪熊閃亮的黑眼不太一樣。我緩緩將它抱起來檢查。在半透明的塑膠球深處，我看到一絲銀光。我抖著手，抓起剪刀，將那顆眼睛割開。一條可以彎曲的細細銀色管子接在眼珠後面，簡直就像視神經。針孔攝影機。握住泰迪熊的手指不由得縮緊。

一定是葛瑞塔裝的。只有這個可能性。可是她是什麼時候動的手腳？史汪醫師監視我多久了？他看到多少？只有影像，還是說連聲音都錄了下來？

我扯掉攝影機，將泰迪熊丟到房間另一端。它在牆上一彈，臉部朝下栽在地上。

我的呼吸加速，視線開始模糊。尖叫從我胸中湧出，想要爬出我的喉嚨，卻被我嚥了下去。

我不會讓史汪醫師矇混過去。我不會讓他打倒我。

第二十二章

「妳要解釋一下我們為什麼會來這裡嗎？」史蒂芬問。

我們並肩走在一棟建築物——高達百樓的巨大購物中心——的長廊上。這裡大概是歐羅拉市區最知名的景點，店鋪全都設置在圓柱狀大樓的邊緣，中央全部打通，無論在哪一個樓層都可以直接往下看到一樓，讓顧客享受開闊的視野。電梯在透明的電梯井裡上下升降。

我湊向他，嘴唇離他的耳朵幾乎不到一吋，悄聲說：「我不確定我家夠安全。」

他停下腳步。「妳在說什麼？」

「繼續走。」我一手勾住史蒂芬的手臂。我們經過一間玩具店，櫥窗內擺了一座閃閃發亮的精緻歐羅拉模型。

無趣的喧鬧聲和腳步聲填滿空氣，混雜著附近五六間店面播放的音樂。當然有監視攝影機，不過沒有錄音設備。就算有也沒用，根本不可能從一片混亂中分離出特定人士的聲音。不過我還是壓低嗓音，生怕被人聽見。「史汪醫師——你知道吧？就是IFEN的主任——叫我去他的辦公室，要我別再跟你來往。我在我房間裡找到針孔攝影機。他一直在監視我們。」

史蒂芬一僵。

「剛才我檢查整間屋子，看有沒有竊聽器，什麼都沒有找到，但這並不代表沒有。現在我覺得在這種地方講話比較安全。」

「克洛伊呢？」他問。

「她怎麼了？」

「我是說，他會不會利用她監視妳？比如說駭進她的資料庫什麼的？」

我微微一縮。怎麼不可能？「有可能。」他是不是也在追蹤我的搜尋紀錄？我在心裡默默記下一筆，除非是緊要關頭，否則絕對不再使用克洛伊。如果要啟動她，那也是為了清除快取記憶體。雖然我不確定到了這個節骨眼，這麼做還有沒有意義。

我們走過一間服飾店。充滿摩擦敲打的音樂從店內傳出，立體投影模特兒在櫥窗裡擺姿勢，展示各種商品。它們的身體是人類，卻套上絕種動物的頭。上圍豐滿的老虎穿著閃耀的綠色連身裙，一隻肌肉壯碩的斑馬身穿黑色正式西裝，某種外表奇特、長著彎曲長喙的白色鳥類套上了兩截式泳裝。

史蒂芬走得很快，表情嚴峻。「他可以為了妳，毀了一切，對吧？」

我勉強點頭。

「光是走在妳身邊，我就會害妳身陷危險。」

冰冷的恐懼在我腹部深處抽動。我想到歐羅拉貧困區域的遊民，一群群擠在火堆旁——那些人因為自己的心理類型，找不到工作。要是繼續挑釁史汪醫師，就算不會落入那樣的境地，我也絕對無法繼續治療客戶。

新生的憤怒在我心中翻騰，火熱明亮，凌駕在恐懼之上。他以為他能靠著威脅來操縱我？他以為他可以監視我、恐嚇我，期待我照著他的想法改變？「我才不管他要做什麼。」我說，「現在我不會退出。我們已經涉入太深，沒辦法回頭了。」

「蓮恩……」

「我們繼續執行計畫。」

史蒂芬沒有回答。

我們離開購物中心，走向最近的單軌電車站。等車的時候，我注意到有人正在洗掉水泥牆上的塗鴉。還看得出來原本寫了什麼：

黑風衣集團。

革命即將來臨。

我打了個寒顫。

我靠向史蒂芬，指著那片塗鴉，壓低嗓音：「你覺得是不是真的有什麼祕密反抗行動？」

他探尋似地看著我好一會。「妳覺得呢？」

IFEN曾經發表聲明，說那些反抗軍的謠言都是假的，黑風衣早已成為過去，不管是誰，只要提起任何地下反叛活動，那他就是神經病。有問題的人常會試著激發恐懼與不安，因為他們想要其他人跟他們一樣煩惱。他們在我受訓期間的心理學課堂上一遍又一遍地讓這個論點深入我們心中：恐懼會傳染。身為巡心者，你將會面對許多有被害妄想的人。最危險的就是把他們說的話當真。

或許他們說得沒錯，但我突然發現，對於想要維持現狀的人來說，這是非常方便的咒語：質疑我們這套智慧又完備的系統的人一定有病，要是太關注他們，你也會被傳染。不知道起了這種念頭是不是代表我已經被傳染了。史汪醫師的警告不正是如此嗎？我是不是跟父親一樣，朝著瘋狂的境地愈陷愈深？

想到那個眼神狂亂，在街角發傳單的男子。加入反抗軍，他說。要是現在我撿起一張語意混亂、充滿驚嘆號的傳單，說不定真能看得懂。或許那些字句會自動重組，變成傑出的人權理論，還加上各種註解。

單軌電車停穩，我們上車。我發現我還沒有回答史蒂芬的問題。我沒有答案。只有愈來愈多的疑問。

回到裝設了巡心門的地下室，我坐上椅子，打開藥盒，捏起蘑菇藥丸。我望向史蒂芬。「準備好了嗎？」

「隨時都可以。」他微微一笑，不過臉色有點蒼白。「搭上蘑菇火車吧。」

我把藥丸遞給他，他的手指環上藥丸，緊緊握住。我想起他吞下藍色兔子藥丸後的感覺——

噁心，腦袋像打鼓一樣脹痛——我努力吞下恐懼。不過呢，肉體上的痛楚是最不需要擔心的部分。突然間，我的掌心一片溼滑，喉嚨緊縮。「你確定嗎？」我忍不住問了。

「有更好的作法嗎？」

「沒有。」我承認。聖瑪莉顯然是一條死路，我們親眼看到那裡什麼都沒有。這些藥丸是揭開真相的唯一關鍵。可是……「你知道的，這顆藥比之前那顆還要強。」

「怕了嗎？也不能怪妳啦。換作是我，我也不會想回到我的腦袋。」

「我只是想對等一下看到的影像有個底。」

藥丸在他的食指跟大拇指之間滾動。「妳有沒有讀過但丁的《地獄》？我想就像那樣。我想我的腦袋就像那樣。妳愈深入，就愈恐怖。不知道妳願意進入多深的地方。」

我對上他的目光。「直到第九層地獄的底部。」

他回望我好半晌，表情肅穆。然後他勾起一邊嘴角。「醫生，妳嘴巴挺利的嘛。」

這句話出乎我的意料，我忍不住哈哈大笑。「那是你用的比喻。別怪到我頭上。」我吞下笑聲。「不過我是說真的。無論有多糟糕，我都會在。」

「妳知道嗎？妳有點被虐傾向。」他挑眉。

「你還有臉說。」

我們繼續凝視對方，一動也不動，陷入沉默的戰爭，看誰能忍笑最久。然後我們又笑成一團。輕快的愉悅像是一串銀色泡泡，在我腦袋裡漂流。「一點都不好笑。」我氣喘吁吁，愉快的淚水從眼角漏出。

「我知道。」他一邊哈哈大笑，一邊回應。

等到瘋狂的笑意終於平息，我挺起肩膀說：「好啦，來吧。」我戴上頭盔，扣好下顎的繫帶。史蒂芬也戴起頭盔，直接吞下蘑菇藥丸。我拉下護目鏡，融合過程中熟悉的震顫擴散到全身，接著我感覺到藥丸滑下史蒂芬的喉嚨。

我咬牙忍受失去方向的眩暈，感覺四周的空間往外延展。不過這回不是如此。

我的胃部傳來尖銳紐絞的抽搐。史蒂芬倒抽一口氣，背脊在椅子上拱起。他的手指抽動，握起，彎曲，像是坐在電椅上似的。藥物進入他的血液，我的身體和大腦跟他一起發燙。我的心臟狠狠撞擊胸骨。電流在頭顱內嗡嗡作響。我的肌肉抽搐，鎖緊，彷彿有人打開我腦中的某個開關，關閉一切隨意動作。我只能躺在原處，努力呼吸，心跳不斷加速。

我面前的空氣中突然開了個洞。

洞裡是完完全全的黑，不斷膨脹的虛無圓圈。模糊的邊緣讓房間整個扭曲，好像整個空間的基質都被它改變了。我聽見洞裡傳來低沉的嗡鳴。不對，不是嗡嗡聲——是人聲，輕柔的合唱。可是沒有字句，介於呻吟與歌唱之間，隨著時間愈來愈響亮，黑洞也繼續膨脹。我想要尖叫，卻叫不出聲。我無法動彈。

我的身體往前傾倒，落入那個洞，黑暗將我吞噬。

有好一陣子——可能是幾秒鐘，也可能是幾世紀——空無一物。接著我走在沙漠裡，沙子往四面八方蔓延，在星斗點點的廣闊夜空下翻起白色的波紋。感覺我已經走了很久很久。說不定有好幾年。

我停下腳步。一隻用黃沙色的岩石砌成的巨大人面獅身獸聳立在我面前。她的臉跟我一模一樣。

這裡是哪裡？我為什麼在這裡？剛才我還知道的，可是現在我忘了。

在人面獅身獸的雙爪之間，我看到一個黑色的方形。一個洞。

我緩緩靠近，來到洞的邊緣。聲音在我四周膨脹，以不存在於人世間的和諧顫音高唱。一道石階往下延伸，通往黑暗。

我不想進入那個洞。我深深確信有什麼恐怖的事物在裡頭等我。在我夢境的某個深處，我還意識得到肉體躺在椅子上。如果我努力的話，說不定可以醒過來。*回去*，我的直覺尖叫。

我走下樓梯，沉默將我包圍。陰影愈來愈濃，唯一的聲音是我急速的呼吸。我摸摸牆面，手指沿著冰涼乾燥的石塊滑動，沿著漫長的隧道摸索著往下，微弱的光芒在我背後縮小。接著我看到眼前有另一道光，微弱，帶了點紅。隧道接上一個寬廣的石穴，裡頭滿是血紅色的光芒，從四面八方照過來，卻又找不到源頭。石穴的一個角落裡，有個白金色形體像貓一般蜷縮著。不過牠好大，比我家還大。

一頭龍。

牠的鼻子擱在長了鱗片、跟車子一樣大的爪子上。藍色的雙眼盯著我，一眨也不眨，尾巴末端輕輕拍動。牠緩緩抬頭，嘴巴張開，露出一排排滴著口水的白牙。煙霧從牠的鼻孔冒出。

我往前走了幾步，一手握住劍柄——等等，我身上有劍？我往下一瞄，看到閃耀的劍刃。我的另一隻手裡握著盾牌。

龍咆哮一聲，往我靠近一步，接著又停住。牠看著我，等待。等著看我會攻擊還是防禦。

我直視牠的雙眼。銳利聰明的雙眸，裡頭有謹慎，也有傷痛。

我放下劍與盾。龍看著我。

「繼續啊。」我說。

他大張的嘴巴往下降，一股熱呼呼的吐息擊中我的臉，他的上下顎將我環繞，把我一口吞下。

我又開始墜落，垂直落入黑暗的深穴。

時間延伸又彎曲。我漂浮了一會，緩緩流過一層層朦朧的黑暗，周圍愈來愈亮。我隱約聽見聲音。遠處男性的聲音。

我睜開眼睛。

所有的東西都是白色的——牆面、天花板、頭頂上的燈光。我躺在冰冷的金屬桌上，無法動彈。在我看不到的地方，一臺機器嗡嗡作響，我的呼吸加快。我想坐起來，可是沒辦法。我感覺身體像是黏在原處，只有眼睛動得了。我用力往下看，想看到我自己，視野卻變得模糊。

「好啦，輕一點。」一道輕柔的嗓音響起，顫動、扭曲、重疊，不過隱約有些熟悉。

「放輕鬆。」另一道同樣略帶扭曲的低沉嗓音回應。「我知道我在做什麼。」房間角落有一臺老舊的灰色盒狀機器，上頭有個小窗口。窗口裡頭的小圓圈轉啊轉的，女性的聲音從喇叭飄出。她用不同的語言唱歌。

「可以關掉那個東西嗎？」第一道聲音低喃。

「我這樣才能專心。要處理麻煩事的人可是我。你只要專心拿好那些照片就行了。」鑽頭再次旋轉。

一道影像填滿我的視野——黑白色的動物圖案，我應該要知道那是什麼，但就是想不起來。

「你看到了嗎？」嗓音輕柔的男子詢問。

我輕聲嗚咽。

「史蒂芬，我要你專心。看。這是什麼。」

名字漂進我的腦袋。「大象。」我自己的聲音好軟，聽起來好遙遠。

圖片放低，邊緣之外，一雙雙戴著手套的手傳遞著刀刃。血。我的血。我呼吸加速。**快動啊**，我對自己的身體下令。右手小指抽動一下。我試著舉起手，可是手太重了。刀刃朝我接近，消失。溼潤的輕微破裂聲傳來，像是有人在切肉似的。

另一張圖片檔在我面前：三隻擠在籃子裡的毛茸茸小貓。「這個呢？你有看到嗎？」

我覺得好不舒服。暈眩。黑點在我眼前搖晃。

「史蒂芬。可以告訴我這張圖上是什麼嗎？」

「貓。」我的聲音輕到幾乎聽不見。虛弱。鑽子嗡嗡咻咻地運轉，摩擦聲在房間裡迴盪。麻痺深處隱藏著痛楚，我覺得我要吐了。他們正在把我支解，而我無法動彈。

更多咻咻聲、摩擦聲。

一陣令人目眩的驚恐——**他們正在殺你。快逃！**——接著，灰色迷霧再次降臨。逃去哪？我能去哪？我能怎麼辦？

我覺得身體好重。這感覺真怪，害怕到極點，卻又一點都不在乎。

「心跳突然飆高。」輕柔的嗓音說。「應該要提高鎮靜劑的劑量嗎？」

「不行。」低沉的嗓音回應，聽起來有些不悅。「我們要他意識清醒。我要把——」耳邊的聲音愈來愈模糊，字詞混在一起，擠成一團，「——直接注射到……」更多模糊的話語，幾乎無法理解，但又好像聽得懂，像是有人在水裡說話。

我只希望這一切結束。一滴淚水從我眼角逃出，沿著臉頰滑落。

戴著手套的手指擦去那滴淚。我眨眨眼。

「放輕鬆就好。」輕柔的聲音說，「很快就結束了。」

一張臉探入我的視野，一雙眼睛從手術用口罩上頭凝視我，一隻手摸摸我的太陽穴。我的焦點縮小。我只看得見那雙眼睛。淺褐色中帶了一點綠，左眼中參入些許金色斑點。我認得這雙眼。我曾經看過好多次。那是……

那是我的眼睛。

不！

我猛然回到自己的身體裡，回到現實，渾身顫抖，被汗水浸濕。我閉上眼睛，握住手環，對自己重複我的身分確認練習。

蓮恩．費雪。我的名字是蓮恩．費雪。十七歲，格林堡高中的學生。我——我——

我拉起護目鏡。光線流入我眼中，刺得我淚水直流。我眨眨眼，又昏又反胃，世界漸漸在我身旁就定位。鋪著磁磚的地板。空無一物的白牆。不過這是**我的**牆。我的地下室。

腦袋陣陣悶痛，比上回還糟。我試著起身，作嘔的感覺襲來，像是鉛水的浪濤般將我推倒。一開始，我的聲音不想運作。我張開嘴巴，除了微弱的嘎嘎聲，什麼都擠不出來。過了一會，我終於能夠輕聲呼喚：「史蒂芬？」

史蒂芬坐了起來，呼吸沉重，護目鏡蓋著他的眼睛。他緩緩伸手，脫掉頭盔，沒有看我一眼。

「史蒂芬，你聽得到嗎？」

「嗯。」他的嗓音不帶一絲情緒。

我摘下自己的頭盔，一手撫過汗溼的頭髮。「你……」我的聲音有些動搖。「你記得剛才看到的東西嗎？」

「稍微。」他坐起來，肩膀繃得死緊。他還是不看我。他從口袋裡摸出一把白色小藥丸，直接吞下三顆。「我出去一下。」他低喃，「我要透透氣。」他離開房間，自始至終都沒往我這邊看。

第二十三章

我在屋子前的草坪上找到史蒂芬，他雙手插在口袋裡，盯著半空中。太陽沉向西方的地平線，橘色光芒從雲間溢出，映射在四周屋子的窗戶上頭。

他轉向我，表情嚴肅。「到底是怎樣？那都是我的幻覺嗎？」

嘴巴好乾，我嚥嚥口水，整理思緒。我自動使用不帶情緒的巡心者聲線。「即使記憶本身是真的，裡頭的細節也不一定完全正確。記憶會隨著時間改變，原始的感官印象幾乎馬上就會老化，而大腦會填補那些空缺，最後留下的不會是原本那張照片，而是長得像那張照片的摹寫畫作。一個想像與現實混合的作品。」

「所以我的大腦讓他的眼睛看起來像妳的。」

這件事令我心浮氣躁。為什麼他的潛意識會把我投射到那個角色上——把我當成折磨他的人之一？

附近的樹上有隻烏鴉叫了聲。

他的視線飄得好遠，沒有焦點。「醫生，告訴我一件事。如果我們的記憶無法信任，那還能相信什麼呢？」

我遲疑了下。「科學？可以靠著確實證據證明的事物？」我的回應聽起來更像是疑問。

「是啊。好吧，我們就是缺了點證據。」他的雙手在打顫。他閉上眼睛，掌根按住眼皮。他又從口袋裡掏出兩顆藥丸，吞下去。他一天究竟會吃多少藥？

我謹慎地朝他跨出一小步。「你信任我，對吧？」

他沒有回答。

「史蒂芬？」

「醫生，這不是針對妳。」他露出緊繃的微笑。「我誰都不相信。」

這句話的尖銳超出預期。「即使我救過你一命？」這個問題聽起來有些傲慢。

「我很感激。真的。但我還是不了解妳為什麼要這麼做。」

「因為……」**因為你是我的客戶。因為你是我的朋友。因為想到會失去你，我就害怕到無法呼吸。**「只要有辦法阻止，我不想看到任何人死掉。」我勉強將話接下去。

「所以妳四處奔波，希望可以拯救每一個想要自我了結的可憐蟲？一定很累吧。」

我的指甲陷入掌心。「你要我說什麼？」

「沒什麼。」

我吸了口氣，努力維持耐性。「我發誓。」我低聲說，「我只是想要幫你。」

他抓住自己的手臂，手指刺入皮肉。「我怕的就是這個。」他發出吠叫似的苦澀笑聲。「每個穿白大衣的傢伙把我塞進他媽的調整機器，每個護士拿針扎我，要我鎮靜下來，因為我『太激動了』——他們都只是想幫我。因為我病得太重，瘋得太厲害，沒辦法自己做決定，所以他們得要抓著我灌藥，把我當成不想喝感冒糖漿的小鬼。妳跟他們不一樣——我知道——不過妳還是在替那個系統工作。妳得要遵守他們的規則。」他的嘴脣彎曲，像是在笑，又像是痛苦的鬼臉。「好啦，要是妳又良心發現，認為『幫助』我就是把我交給IFEN呢？」

我瑟縮了下。

我想說不會有這種事發生，可是不久之前，我幾乎要這麼做了——只是因為我不認為自己有資格治療他。要是我輸給了自我懷疑，史蒂芬會有什麼下場？「聽好。」我低聲說，「狀況變了。我比以前知道更多。現在我跟你在同一條船上。如果要繼續探索真相，我們得要信任彼此。如果不信任彼此，我們撐不了太久。」

他沒有回應。

「史蒂芬，我發誓。我絕對不會把你交給他們，或是讓他們對你做出違背你意願的事情。要是有辦法的話，我很想證明給你看，可是我不能切開腦袋，讓你看見我的想法。你只要——」當我發現自己說了什麼，字句隨即在我的喉嚨中凋零。

他皺起眉頭，眼神變了，變得好銳利，好專注。「妳可以啊。」他慢慢說著，像是正在品味這些字句。「有可能啊。我們可以交換位置。我可以對妳使用巡心門。」

我的心跳變得好響亮，填滿我的耳朵。「沒有那麼簡單。你沒有受過訓練。」

「喔？很危險嗎？我會不小心炸掉妳的大腦還是怎樣？」

「嗯……不會。只要我設定成唯讀模式。」

「那還有什麼問題嗎？」

喉嚨和手腕的脈搏咚咚作響。假如讓他進入我的大腦，他就會看到我對他的情感，而我甚至還不確定那是什麼樣的感受——太複雜、太混亂、太過強大，我不該擁有。「這樣不太好。」我盯著自己的鞋子，喃喃低語。

等我抬起頭，他眼中的神色又變了。冷硬。危險。

我不自覺地後退一步。

他邁開大步，將我們之間的距離化為零。他伸出手，我背脊僵硬。細瘦的手指滑入垂在我肩窩的頭髮，搓弄著長長的髮絲。他縮緊手指，將我的頭拉正。史蒂芬的臉湊過來，我看得見他虹膜上的每一條色彩，那些藍色灰色相互交織，宛如掛毯上的絲線。我頸側的脈搏跳得好重，差點把自己的舌頭吞下去。我們的鼻尖幾乎碰在一起，彷彿他要親我似的，但他不像是在激情中迷失自我的人。他看起來好……兇猛。「怎麼了？」我抖著嗓子問。

他的手指握住我的頭髮，我的頭皮微微刺痛。「妳有事情瞞著我。」野性在他眼中跳動，像是雲間的閃電。一道影像掠過我的腦海——史蒂芬揪住他前一所學校的男同學，從他臉上咬掉一塊，在對方的尖叫聲中撕扯血肉。「有些事情妳不想讓我知道，對不對？」

我突然有辦法吐出舌頭，擠出聲音了：「沒有。」

「那為什麼不讓我對妳使用巡心門？」

恐慌吃掉我的思緒。他不能傷害我——如果他有這個打算，項圈會阻止他——但我怕的不是這個。我不知道我在怕什麼。

我吸了口氣，努力忽略狂跳的心臟。「史蒂芬。」我拚命控制表情。「你不能要求進入任何人的大腦。思維是很私人的東西。我進入你的大腦是因為你要我這麼做。如果不是必要的療程，我一定不會這麼做。這跟現在你要求我的是兩碼子事。」汗水流過我的側腰，凝結成冰冷的小水珠。「放開我。」

他沒有動。

「放開我。」我加重語氣，重複一次。

他猶豫了下，手指鬆開，收了回來。他眼中的瘋狂光芒消失了，看起來只剩下遲疑。失落。我稍稍闔眼，將思緒往內收，尋找心中冷靜的核心。我摸摸後腦杓，頭皮隱隱作痛。「別再這麼做了。」我柔聲說，「我還以為你要傷害我。」

他瞪大雙眼，失去焦距，彷彿正在弄清現在的狀況。接著我看到恐懼緩緩滲入他的表情。

「不會的。」他悄聲說，「我絕對——我——這不是——」他吞吞口水，喉嚨咕嚕作響。他低頭看自己的雙手，臉色蒼白，然後垂下腦袋，肩膀也拱了起來。「對不起。」他的聲音好沉，好壓抑。他突如其來的變化讓我摸不著腦袋。

「沒事的。」我保持專業的語氣。「別再這麼做就好。」

血色慢慢回到他的臉頰。他深吸一口氣，挺直背脊，對上我的雙眼。他眼中流露出陌生的神情，決心與懇求混在一塊。「不會的。」

我點點頭，對他微笑。他沒有回應，不過緊繃的肩膀放鬆了些。沉默橫在我們之間，濃稠又尷尬。我咬住下唇。

我知道他太多祕密，他只知道我選擇透露的少數幾件事。讓客戶進入我的大腦當然是非常不妥的事，但是都發生了這些事，我不能繼續假裝我們只是巡心者和客戶。我很確定當我衝進他的公寓，違法救下他的性命時，我心中最後一絲客觀早就飛出窗外了。我依然無法抹除我們之間的界線。或許我只是個偽君子。「關於——關於你的要求——」

他搖頭。「忘記我說過的話吧。」他身上所有的侵略性全都抽乾了，他看起來好疲憊，內心無比糾結。「一開始是我找上妳，要妳幫我。天啊，要是沒有妳，我根本不會站在這裡。妳沒有欠我什麼。」

這番話應該要讓我鬆一口氣，然而我卻被刺痛了。

太陽幾乎消失在地平線下，橘紅色的餘暉灑在屋頂上，像糖漿般濃稠。

「現在要怎麼辦？」他問。他的語氣輕快、淡然，彷彿我們剛才什麼都沒說過。

我將幾縷鬆落的髮絲勾到耳後，努力整理散亂的思緒。「嗯，還剩最後一顆藥，不過顯然還不能用。」

他的臉色蒼白，嘴脣抿成一條線。「我真的想知道腦袋裡面還藏了什麼東西嗎？我是說，如果真相連屁都不如，那還值得尋找嗎？」

「這件事只有你能下決定。這是你的過去。」我小心翼翼按住他的手臂。他一僵。「只要記住你不是自己一個人。」

他看著我，所有的戒備，所有的尖銳都消失了。他看起來好失落，好幼小。

我走到他面前，展臂抱住他。他的呼吸一窒。有好一陣子，他只是站著，背脊僵硬，每一條肌肉都繃得好緊，進入或戰或逃的關鍵時刻。他雙手擱上我的肩膀，像是要把我推開。接著，他的手臂垂落，貼過來接受我的擁抱，這似乎是無法忍耐的衝動。他渾身上下泛起輕顫。

我們就這樣停了幾分鐘，雲朵從粉紅色化為輕柔的紫色，天光漸漸消失。最後，史蒂芬退開，舉起袖子抹抹眼睛。

「該進去了吧？」我問。「我不知道你有什麼打算，不過我可以弄一點熱飲來喝。」

他點頭。

之後，我們坐在廚房裡，爐上煮著一壺茶，空氣中填滿薄荷的氣味。我的手機響了。我困惑地接了起來。「哈囉？」

「我給過妳非常非常多次機會。」史汪醫師說。

我的胸中一片空虛。

「在一個小時內來IFEN總部報到，接受調整，不然妳的巡心者執照就會永久吊銷。」喀啦一聲，他掛斷電話。

我慢慢放下手機。史蒂芬面無表情地看著我。「是誰？」

「沒什麼。」我輕喃，「只是打錯電話。」

「我以為我們要信任彼此。」

是啊，他說得對。我閉上眼睛幾秒鐘。「史汪醫師。」我悄聲說，「史蒂芬，他知道什麼。不只是我們的事情，我想他可能知道你過去發生的事。」

史蒂芬繃緊肌肉，謹慎地板起臉。「妳覺得是這樣？」

「聽起來很沒道理，但我想不出其他解釋。現在他要我別再挖掘答案。」史汪醫師的聲音在我的記憶中迴盪：**蓮恩，只要四個字。在妳的檔案裡添上四個字。**我不認為他是在說大話。如果我不聽話，他已經準備好要毀了我的人生，我的未來。史汪醫師的個性一向蠻橫，只是我從沒料到他能殘忍到這種地步。我開始質疑過去對他的了解。

整整一分鐘，廚房裡只剩時鐘的滴答聲。茶壺高鳴，劃破沉默。我抓起隔熱手套，將茶壺取下，幾滴茶水濺上流理臺。我麻木地將琥珀色液體倒進兩個杯子，雖然我一點都不想喝。

我**不能**去接受調整。我不會讓對他對我做這種事。可是如果我不去，會有什麼後果？

我往自己的杯子裡丟了幾塊方糖，看著它們溶化。

如果我不屈服，他會奪走我的一切。如果我不能當巡心者，那我還剩下什麼呢？我把所有一切都投注在這個夢想上。現在有人要奪走這個夢想，我卻無能為力。我縮在角落，被困住了。我想要尖叫。

「妳應該要去的。」史蒂芬說。

我猛然抬頭。「什麼？」

「只是調整罷了，又不是世界末日。」他的臉龐是一張面具。「天啊，我們以前不是都做過嗎？」

「是啦，可是……」史汪醫師八成會親自執行治療。我才不要讓他進入我的腦袋，趁我敞開思緒，毫無防備的時候，輕聲暗示，潛入我的潛意識，悄悄將一切照著他的心意安排。光是想到就想吐。

這就是父親沒有求助的原因嗎？

「你為什麼覺得我該去？」我低聲問。

史蒂芬拋來放棄似的古怪笑容。「這是妳的人生。」他說，「我不能為妳做決定。但是假如妳去了，我也不會怪妳。」

我用力吞嚥，輕聲說：「我上樓換衣服。」我的上衣還是溼的，沾滿了路西德惡夢帶來的冷汗。

我踏著沉重的腳步上樓梯，進房間，換上乾淨的罩衫。

上回接受調整的時候，我完全崩潰了，憂鬱和悲傷剝奪了我的動力。真的很厲害，感覺像是籠罩在心頭的烏雲消失，我變得輕鬆又空虛。之後，我在員工餐廳吃了草莓果凍。我還記得插起一塊果凍，看著透明的塊狀物被陽光照亮，看到出神。我大概盯著它看了五分鐘吧。接下來的幾天愉快而朦朧，思緒像水一般從我腦海表面流走，無法專注在一件事情上頭超過一兩分鐘。之後呢，現實漸漸凝聚成型，悲傷回來了，只是變得比較遲鈍，沒有那麼難以招架，我覺得腦袋更清晰，更敏銳了。

只是調整罷了。我會暫時變笨、變傻，不過我現在知道的事物不會消失，而且現在就放棄餘生也太早了。我只要堅持信念，忽略腦海中告訴我一切平安、什麼都不用擔心的誘人低語就好。我做得到的，對吧？

有什麼東西吸引了我的目光——臥室窗外的街上傳來動靜。我僵住了，衣服只扣到一半。隔著薄薄的粉紅色窗簾，我看到一輛車窗塗黑的灰色轎車停在我家門口。那輛車逗留了一分鐘，惡寒在我的皮膚下蔓延。看起來像是IFEN的車輛。我憋住呼吸等待。那輛車啟動，繼續往前開。

是史汪醫師派來的。一定是。可是為什麼？如果他是叫人來接我，司機會在屋外等著，而不是逕自開走。如果他只是想監視我家，大可利用街上的攝影機。

他在等我離開。這是唯一的解釋。他打算趁我出門的時候動手腳。他們會搜遍整棟屋子嗎？沒收我的巡心門？還是……

史蒂芬。

我的雙手揪住上衣，抖了起來。他們知道史蒂芬人在這裡，等我離開，就可以抓走他。天啊，我怎麼會蠢成這樣。

我快步走進廚房。「史蒂芬，我們得要離開這裡。我家不安全。」

他眨眨眼。「什麼？」

「有一輛車，然後——沒空說那麼多了，總之我覺得我們真的有危險了。趕快走。現在就出去。」

「就聽妳的，只是——要去哪裡？」

好問題。在這座城市裡，沒有一個地方是安全的——到處都有IFEN的攝影機。我們可以躲到伊安家，可是我不想把他扯進來。史汪醫師遲早會鎖定我們的下落。「我們要離開歐羅拉。」

他面無表情地盯著我。

「我們逃去北方的邊界。」我的腦袋不斷打轉。我真的說出口了嗎？我真的有思考過嗎？「我知道那裡戒備森嚴，不過還是有人違法越界，所以一定有辦法。加拿大不是IFEN的地盤。」

「要是離開，我們就回不來了。」他低聲說，「妳知道吧？」

我呼吸加快。想恢復以往的生活，我還剩下最後一次機會，只要走進IFEN總部就好。如果不聽話，我將永遠錯過這個機會。我將會亡命天涯。沒有人可以保證我們到得了邊界，也不一定闖得過去；就算到了哪裡，我對加拿大只有一些模糊的概念，不知道是會受到歡迎，還是被當成罪犯看待。暈眩瀰漫到全身。

伊安的臉龐閃過我的腦海。要是史蒂芬跟我逃走了，他會怎麼樣？

如果我不逃，史蒂芬會怎麼樣？

「我知道。」我輕聲說著，轉過身。「我去打包。」

進了房間，我往行李箱裡丟了幾件衣服，還有少數幾樣必需品。手機放到梳妝臺上。拋棄它感覺像是丟下一條手臂，可是手機會遭到追蹤。我帶了一張儲值五百銀元的現金卡。應該夠我們撐上幾天。

當然了，他們應該可以透過車子的GPS追蹤我。但我不知道該怎麼處理，就我所知，想移除這個功能，只能毀了整輛車。我只希望可以暫時避開他們。

「克洛伊。」我說。

她俐落的黑色身軀在我的書桌上現形。她坐著，尾巴環繞在爪子旁邊，腦袋歪向一側。「蓮恩，怎麼了？」

「請清除這個禮拜的快取記憶體。在今天之前的一切對話內容。我在這段時間內的搜尋紀錄，所有的談話，包括現在這一段——我都要清除得乾乾淨淨。可以嗎？」

「當然沒問題。」她閉上眼睛，耳朵抽動幾下，睜開那雙閃著柔光的眼眸。「快取記憶體清除完畢。」她微微一笑，露出細細的利牙。「可以的話，我要關機了。」

「謝謝。」

她化作一陣閃光，消失無蹤。

我停下來盯著手機，拎起來，撥出一組號碼。打電話是在冒險，但我不能一聲不吭就遠走高飛。鈴聲響了一輪又一輪，最後進入語音信箱。「伊安？我——我要離開一陣子。可能要過一段時間才能跟你聯絡。你打來我也不會接。」感覺應該要再說幾句話，但我不知道該說什麼。我的思緒亂成一團。「請好好照顧自己。」我知道這樣不夠，特別是在他為我做了那麼多之後。可是我只剩這句話能說了。

我掛斷電話。

我衝下樓，從地下室拎起巡心門，將整套裝置——兩個頭盔跟一小塊硬碟——塞進車子的後車廂。我沒打算再使用它，只是不希望它落入史汪醫師手中，怕他的手下會來我家大肆搜刮。這個巡心門屬於我父親，現在它是我的。沒有人能從我手中奪走它。

我想到外套口袋裡的藥盒，裡面還剩那顆中國龍藥丸。一瞬間，我想把它拋下。太危險了，太大的劑量曾經差點害死人。我猶豫了幾秒鐘，決定留在身上。

我怎麼忘也忘不了在史蒂芬記憶中看到的那雙眼。我得要知道那代表什麼。已經不只是為了找到真相而努力，現在它成了我個人的執念。

第二十四章

史蒂芬跟我出門時，天色已經完全暗下。

「請問目的地是哪裡？」電腦沒有高低起伏的清晰聲音響起。

我不能直接叫車子開往加拿大，需要更確切的地點。史蒂芬遭到綁架後獲救的小鎮躍入我的腦海，據說艾梅特．派克曾經住在哪裡。「狼奔鎮。」我說。

「規劃路線中，請稍等。」

車子駛離門口的車道，開上道路。史蒂芬說：「就是那座小鎮，是嗎？在聖瑪莉附近？」

我點頭。「那是東北象限區的最北邊，離邊界很近。」

「聖瑪莉那裡什麼都不剩了。我們親眼看過。只是一片廢墟。」

「我沒打算要在那裡停留。這條路線只會帶我們穿過那一帶。」

他斜眼瞄我，不過什麼都沒說。

車子往北開去，朝著閃閃發亮的歐羅拉河前進，河道環繞這座城市，宛如守護的臂膀。一座橋橫跨兩岸，纖細潔白的橋身看起來太過脆弱，缺乏現實感，不過其實很穩固。那也是通往市外的唯一公路。無數條單軌電車的軌道從歐羅拉往外延伸，像是一道道輪輻，將乘客送往其他大城市和景點。很少人開車離開歐羅拉，單軌便宜又快速，而且舒服多了。當然了，沒有一條線到得了狼奔鎮。

橋的出口設了一座檢查哨，有著尖尖屋頂的小亭子。車子靠得更近，我的胸口和腹部彷彿被鐵絲緊繞。我提醒自己別擔心那麼多。現在我是第二型，不過這應該不會影響我進出歐羅拉的權利。如果我是第三型，說不定就麻煩了——但不會在那麼短的時間內重新分類。儘管史汪醫師握有大權，他還是得遵守法規，有既定的規定和程序要遵循。我應該不會有事。

史蒂芬就不同了。

「躲下面。」我說。他乖乖照辦，我從後座拉來一條毯子，蓋在他身上。幸好可以完全蓋住他。

身穿藍色制服的大鬍子男子從檢查哨窗口探出頭。看到他的身影閃動，我才發現他是立體投影。車子停了下來。

「名字？」他問。

「蓮恩．費雪。」

「職業？」

「巡心者。我是格林堡高中的學生。」

「離開歐羅拉的目的？」

我一愣。史蒂芬隔著毯子用手肘頂頂我。「呃……娛樂。」

「請說得更明確一點。」

「我要去觀光。你知道的，去找點樂子。」

他的鬍鬚抽動幾下，小小的藍眼睛緊盯著我瞧。如果沒看到影像閃爍，我一定會相信他是真人。一個十七歲女生在平日晚間說要出去玩，一般人會覺得這樣很可疑。幸好電腦程式不會質疑這套邏輯。「請看著虹膜掃描器。」他說。

我照做，綠光閃過。

「身分確認。」又是一陣停頓。

「我可以走了嗎？」我努力不表現出緊張的情緒。

「妳是特別警戒的對象。請不要驚慌。妳沒有犯罪，這個特別警戒只是暫時限制妳離開此處的能力。請稍等幾分鐘，我查一下資料庫。」他歪歪頭，兩根手指按住太陽穴。

不妙。我吞下一口氣。一根金屬桿子垂下來擋在前方，看起來輕薄又脆弱，不過沒差，我沒辦法發動，車子已經被鎖住，電腦遵守檢查哨發出的某種訊號。

史蒂芬輕聲咒罵，掀開毯子，從口袋裡掏出一根彎曲的迴紋針。

我僵住了。「你在——」

他把迴紋針末端塞進儀表板上的一個小洞。「有人在我面前表演過這招。」

「車上有一名未經通報的乘客。」立體投影說，「請陳述乘客的名字和職業。」

史蒂芬搖晃那根迴紋針，轉動，戳得更深。車子往前暴衝，撞斷金屬桿，留下清脆的摩擦聲。桿子卡住引擎蓋，在人行道上拖行，拉出一片火花。

立體投影的聲音從後頭傳來：「妳無權離開這座城市。請停車，否則妳將觸犯第47B條——」車子衝向前方，計速器衝到七十五哩。我想我從來沒有開到這個時速。我的背貼住座位，心臟跳得像打鼓，手指陷入椅墊。

金屬桿掉下，落在人行道上。我透過後視鏡看著它漸遠，一手掩住嘴巴。「天啊。」一陣歇斯底里的笑聲從我喉中冒出，我將它用力嚥下。彎曲的迴紋針還插在儀表板上。「這樣——安全嗎？」

「還好啦。」

「還好？」

「跟妳說，我不打算乖乖等那個立體投影聯絡警方。或是IFEN。」

聳立在我們背後的歐羅拉漸漸縮小，高樓大廈在黑暗中散發淡淡的光彩。整座城市照亮四周。我很少從遠處眺望歐羅拉，過了一會才發現自己正轉頭看著那些建築物愈來愈小。四周是寬闊的玉米田，葉片在微風中搖晃。一哩又一哩的玉米田，中間只有幾座光滑的白色圓頂建築，宛如一半埋在土裡的巨蛋。農業中心。遠處有一條發出銀光的電車軌道，頂在高聳纖細的高架橋上。

之前我只出城過一次，是學校的戶外教學，去參觀一間農業中心。那時的我跟現在一樣，對四面八方的廣闊空曠驚嘆不已。

「有辦法停車嗎？」我問。

「緊急煞車應該還能用。不過如果沒有必要，我們還是別停下來比較好。我們要儘快遠離城市。」

車子沿著略帶彎度的道路自動行駛，速度穩定。前方路上空無一物。我這才敢稍微放鬆，呼出一口氣。好吧，看起來車子知道自己在做什麼，至少不會出車禍。「我想我們已經成了罪犯啦。」我微微一笑，以為這樣可以讓這句話比較沒那麼恐怖，然而恐慌的雜訊正漸漸潛入我的思緒。

史蒂芬打量我的臉。「妳還好吧？」

「嗯，大概吧。」我專心呼吸幾分鐘，接著將注意力轉移到車外風景，看永無止境的田野往後掠去。難以想像曾經有人住在這裡。在那場戰爭以前，人口遍布全國四處。那樣管理起來一定很……沒有效率吧。現在超過百分之九十五的國民住在五座主要城市裡。歐羅拉基本上是聯合共和國的地理中心，也是首都，周圍四個象限裡頭都各有一個小型首都。

戰後，IFEN和政府強力推行讓小城鎮的居民遷入都會區的計畫。IFEN強調數據顯示鄉村地區是國內恐怖分子、反政府激進分子的溫床。對此，政府提供給遷入大城市的人可觀的稅務減免，大量人口離開，一片片土地毫無人煙，只剩下在農業中心操作機器的工人。一些小鎮還存在，可是他們被視為舊時代的雅緻遺跡，幾乎與外界失去聯繫。

「欸，如果妳想回頭，現在還來得及。」他的坐姿僵硬，手臂像盾牌一般環在胸前。

「你在說什麼？我們不是已經要往邊界走了？」

「我是說……如果妳回心轉意。」

「我沒有。你呢？」

他用眼角餘光瞄著我。「除非妳後悔，我才會回頭。」

我嘆了口氣，往後靠上椅背。「別打迷糊仗。」無論他怎麼說，現在都來不及回頭了。我們已經做出決定。

車頭燈劃破黑暗，前方道路像一條灰色緞帶朝地平線蔓延。這條路很少使用，不過政府還是定期維修，多半是為了採收糧食的工作車。路旁偶爾出現路燈，有如孤單的哨兵。

此時此刻，我才猛然發現這裡只有我們兩個人。從現在開始，史蒂芬跟我只剩下彼此了。即便如此，我還是沒有透露太多自己的事和我的過去。或許目前不適合談心，但現在不說的話，要等到什麼時候？

我的雙手握成拳。我還聽得見精神倫理學的教授在腦海裡叨叨絮絮，叫我別跟客戶有情緒牽扯。可是一旦將那些使用手冊丟到窗外，就很難遵守上面的指示了。「你還記得我跟你說我父親過世了嗎？我沒說過他是怎麼死的。他在我十三歲那年自殺。」

史蒂芬的呼吸一窒。車子繼續向前，車內沉默了好半晌。感覺我們正在飛行，撞破空蕩蕩的空間。「妳媽媽呢？」他的嗓音很柔軟。

「我沒有媽媽。」

「她死了？」

「不是。」我咬住下唇，輕輕拉扯。「就是沒有。」

他皺起眉頭。我看著他腦袋中的輪子轉動。然後他瞪大眼睛，我幾乎聽見燈泡亮起的啪嚓聲。「喔。」

我虛弱地笑了笑。「我父親沒有結婚。可以說他娶了他的工作。一開始他打算領養小孩，不過當時有許多法律限制，幾乎不可能。單身人士想要擁有小孩，複製是最簡單的方法。」

他吞下口水，喉嚨周圍的肌肉緊縮。「天啊，蓮恩，對不起。我之前說過新試管……」

「你那時又不知道。」我停頓了下。「這會讓你覺得不舒服嗎？我是……這個樣子？」

「不會。為什麼？其他人會覺得不舒服嗎？」

我靠上車窗，玻璃冰冰涼涼的，好舒服。「我記得小時候，學校裡有個男生說我沒有靈魂，說我死後不會上天堂，只會消失。」我閉上眼睛。「父親總說那些人只是無知，我不該在意他們說的話，可是我──」我的嗓子啞了。我尷尬地一手掩嘴。我努力裝出毫不在乎的語氣，到這時才破功。字句繼續從我口中冒出：「我知道這種事情並不罕見，甚至已經沒有爭議性了。他們為了我這種小孩提供特別的私立學校，這樣我們就不會覺得自己格格不入，可是我不想要那樣。躲在某個享受特權的小泡泡裡面，躲避這個世界，我覺得這樣不好。我想讓全世界知道我就跟其他人一樣。進入格林堡高中的時候，我以為那是新的開始，因為沒有人認識我，可是除了伊安，大家還是沒把我放在眼裡。好像他們感覺得到我的不同。我開始思考或許那個男生說得沒錯，我是個討厭鬼，只不過是一團實驗室裡創造出來的化學物質，我──」

史蒂芬突然狠狠抱住我。「妳有靈魂。」他貼著我的頭髮低語。

我楞楞地坐著。我曾經擁抱過史蒂芬，但這回是他第一次主動抱我。我花了點工夫才找回聲音，喉嚨裡梗著硬塊實在很難說話。「你覺得是這樣嗎？」

「妳有感受，不是嗎？」

「感覺和感受只是化學反應。」我閉上眼睛。「記憶也是。說不定我就是這樣。」我對他說了什麼？這些話連我自己都不相信了，不是嗎？「說不定我只是一臺生物機器。」

他細瘦的手指按住我的嘴唇，阻止我繼續說下去。我的呼吸哽在喉嚨裡。「我沒聽過這麼蠢的話。」他重複我先前跟他說過的字句。他的語氣低沉粗魯，但眼神好溫柔。「妳太聰明了。」他的手指在我脣上停了一會——堅定而溫暖——然後才放下。

我的心臟跳得好快。

「妳出生的方式不重要。」他說，「**現在**妳存在，就跟大家一樣真實，是不折不扣的人類。那些混帳沒資格決定妳是哪種人，沒資格決定你的生存價值。只有**妳自己**有資格決定。」

我想要說些話，可是喉嚨裡的硬塊膨脹，擋住空氣和聲音。「謝謝。」我終於擠出低語。

他又多抱了幾分鐘，最後我退回原位，顫抖著吸氣。「抱歉。」我喃喃低語，用大拇指抹去眼角的淚水。

「妳不用道歉。」他粗聲粗氣地回應。

小小的笑意扯動我的嘴脣。「好吧。」我收起笑容。

我想相信他說的話是對的，想相信一切都取決於我自己的選擇。然而只允許第一型參加複製是有原因的，科學研究顯示基因對我們的選擇有強烈的影響。我父親是個很偉大的人，可是到最後，他像隕落的星星般自我毀滅。除了性染色體，我擁有他的DNA，每一個基因都一模一樣。

我發現自己又想起史蒂芬記憶中的那雙眼。我不想糾結在這件事，可是史蒂芬知道了我的祕密，我相信就算不是現在，他之後也會想到同一件事。

「希望你能了解。」我柔聲說，「我父親是我遇過最好的人。他連一隻蒼蠅都不會傷害。真的——要是有蟲子跑進屋裡，他會停下手邊的工作，把蟲抓起來放生，而不是直接打死。」我停下來深呼吸。「我不相信——我知道那不是他的眼睛。」

月亮從雲層後探出，銀光灑滿整片田野。

「妳真的很愛他。」

「當然了。他是我父親啊。」可是史蒂芬從沒見過他的父母。我看著他的側臉，他飄向遠處的神情，內心深處泛出柔軟的痛楚。「你成長過程中有什麼親近的人嗎？」

「我對童年沒有半點印象。我指的是在綁架之前的日子。」

「一點都不記得了？」我好訝異。

他聳聳肩。「我知道我跟其他孤兒在國家機構裡面長大，不過我沒有記憶。我不記得我小時候是什麼樣子、喜歡做什麼事情。偶爾會有一些片段閃過，大部分都只是一團迷霧。」他的聲音很低，帶了點憂鬱。他的雙眼失去焦距，彷彿是在看進自己心底。「醫生說這是因為派克對我做了那些事。因為那些心靈創傷。可是我一直覺得很怪。為什麼我要擋住那件事之前的記憶？」

我想到他腦中的疤痕，那些遭到摧毀的神經通道。難怪他會失去那麼多。腦袋裡有那麼多空白，他到底是怎麼過日子的？

「妳有帶吃的嗎？」他突然問。「我餓死了。」

我點頭。車子自己行駛，我傾身從後座抓起一個袋子，往史蒂芬身上丟了一顆蘋果跟穀物棒，自己也拿了一顆蘋果。「還有別的，不過我們得撐久一點。」我一邊咬下一大口果肉一邊說。「不能指望在兩座城市之間找到餐廳。」

「可以烤掉路上被撞死的動物啊。」

我皺皺鼻子，他咧嘴而笑。自信開朗的笑容讓我好愉快，心中升起奇異的暖流。車子繼續向前開，我想到他的手指留在我嘴脣上的輕柔壓力。我摸摸嘴脣。我的脣特別敏感、怕癢。要是他——

我立刻甩開這個想法。

我們經過廢棄加油站的遺跡。儘管腎上腺素在我血液裡顫動，但現在已經很晚了，疲倦在我身上灌滿鉛。眼皮愈來愈重。我向疲憊投降，在夢境中漫遊，灰暗走廊兩旁都是門，低語從門後傳來，可是我不敢開門。

等我醒來，天空是一片死白，冰冷的空氣中參雜著焚燒植物的刺鼻煙霧，來源大概是某間農業中心。我挺直背脊，看到史蒂芬襯衫上有一小塊水漬。一發現那是什麼東西，紅暈浮上我的臉頰。我的腦袋靠在他肩膀上，還流了一灘口水。

「早啊。」他的表情好清醒，真不知道他到底有沒有睡。

「早安。」我抹抹嘴巴，照了照後視鏡，將幾縷亂髮撫平。我嚥嚥口水，舌頭上的怪味讓我皺起眉頭。要是現在能給我牙刷跟水槽就好了。「車子開了多久？」

「我們剛進入東北象限。」他說。

「真是愉快的旅途。」我一手遮住呵欠，往窗外看去。廣闊的田野在微風中泛起波紋。在這裡可以輕鬆想像社會崩解，人類絕種，而我們是地球上最後的兩個人，在空曠的世界中旅行。

我瞄了史蒂芬的臉一眼，移開視線。臉頰好燙。我還是無法置信自己竟然把他當成枕頭睡著了，不過他沒有露出半點不悅的神情。

過了幾分鐘，他打破沉默。「看看後視鏡。」

在我們後頭四分之一哩處，我看見一輛時髦的灰色轎車。

我們被跟蹤了。

第二十五章

我先是嚇得說不出話，看著那輛車隔著一段距離繼續跟蹤。看起來不像是IFEN的車輛。

「你確定？」我問。「說不定只是剛好跟我們同方向。」

史蒂芬還來不及回應，灰色轎車頂上就亮起紅色與藍色的警示燈，高亢的警笛劃破沉滯的早晨空氣。

史蒂芬僵住了。

起先我以為他們是史汪醫師派來的人馬。不過他動不了警察。「可能是因為我們的後車燈破了吧。」

「我可沒有這麼樂觀。」他說。

後頭那輛車開始加速，掃過我們旁邊，橫擋在路中間。

「靠！」他罵了聲。

我一手用力按下緊急煞車鈕。車胎摩擦地面，停了下來，橡膠燃燒的刺鼻氣味填滿我的鼻腔。

警車前門打開，一名身穿制服、留著短金髮的女性走下來，警徽在陽光下閃耀。

史蒂芬握住我的手臂，指尖像爪子一樣收緊。「快走。現在。」

我努力控制呼吸，腦袋轉得飛快。就算我們從她身旁衝過去，也不可能在空蕩蕩的田野間甩掉她。試圖逃跑只證實了我們心裡有鬼。她可能不知道我們是誰，並不是特別來找我們的。說不定她正要去調查別的事情，只是為了一些小事攔住我們。機率不高，但不是不可能。「冷靜點。」我說，「或許我可以想辦法脫身。」

車裡滿是他刺耳的呼吸聲。

「別擔心。」我試圖隱藏聲音裡的緊張。「好吧，我們闖過檢查哨，撞壞柵門，不過那都只是小問題。我想是啦。說不定她只是要給我們開罰單。」

「妳在開什麼玩笑。他們不是對妳發布了特別警戒？」

確實如此。仔細想想，把第四型送出城外是不是違法行為？慘了。「我們該怎麼辦？」我聽出自己聲音裡的恐懼。「已經來不及開走了。」

女警走到駕駛座窗邊，看了進來。她戴著鏡面太陽眼鏡，我被自己的臉龐盯著看，一模一樣的鏡影。

我搖下車窗。「有什麼事情嗎？」

她調整太陽眼鏡的位置。「妳有沒有發現妳車子的註冊標籤過期了？」

我輕輕鬆了一口氣。心還是跳得好重，但我覺得剛才那些悲觀的預想好蠢。我對史蒂芬微笑，像是在說看吧？「喔，我沒有注意到。」

「駕照跟行照。」

我從外套口袋裡掏出皮夾，準備抽出駕照。

「蓮恩！」史蒂芬大叫。

我抬起頭。女警將什麼東西插進半開的窗戶，按住我的太陽穴。巨大的電流聲響起，突如其來的劇痛，接著是一片黑。

我在怒濤般的頭痛中醒來，咕噥一聲，撐開眼皮。明亮的光線流入我的視野，讓我瞇細眼睛。等到眼睛適應了，我發現眼前是水泥天花板，唯一的照明是光禿禿的燈泡。有好一會兒，我只是瞪大眼睛，水漬的形狀帶著奇異的魔力：邊緣參差不齊的區塊，像是外星世界的大陸，燈泡是眩目的太陽。我乾燥的喉嚨渴得發痛，注意力飄開。我吞嚥了下，卻擠不出半點唾液。

這裡是哪裡？

我試著起身，但身體一動也不動。胸口有一道緊繃的壓力，像是一圈鐵環，讓我吸不飽氣。我出事了。很糟的事情。我掙扎拼湊著支離破碎的記憶。失去意識前，我人在哪裡？我跟史蒂芬一起在車上，然後——

史蒂芬。史蒂芬在哪裡？

我盡量抬頭——能活動的空間不大——往四周看看。這個小房間四面都是水泥牆。可能是地下室。我的眼睛往下轉，發現自己正躺在金屬床上，像是手術臺。好幾條束帶在我身上緊緊交纏，把我固定住，我的手臂被拘束衣綁住。旁邊有一張桌子，桌上放著輕聲低鳴的黑色小硬碟。

巡心門。不過不是我的。型號不同，這臺比較新。我頭上戴著什麼東西。頭盔？

「妳醒了。」

我的視線射向聲音的來源。那個女警——如果她真的是女警——站在旁邊。她沒戴太陽眼鏡，露出不帶表情的淺灰色雙眼。

「怎麼了？」我的聲音含糊濁重，舌頭是一團麻木的肉塊。「史蒂芬在哪裡？」

她望向房間另一側的門，薄脣勾起笑意。「他不會來煩我們了。我給他打的鎮靜劑連麋鹿都能撂倒。他會乖乖睡上十二個小時。」她舉起旁邊桌上的白色塑膠頭盔，轉向我。「到時候，妳早就把他忘得一乾二淨了。」

我張開嘴巴，卻發不出半點聲音。

我心底一個執拗的角落認定這太荒謬了——這種事情不會發生在我們的文明世界中。沒錯，一定是哪裡出錯，是隨時都可以修正的。但我的腦海深處——那裡正充滿沉默的恐慌尖叫——知道不是如此。「妳不能這麼做。」我說著，彷彿是以為這些話可以改變即將降臨的命運。「這完全不合法。」

「妳錯了。妳被重新歸為第五型。」

我渾身冰冷。第五型。最危險的等級。比史蒂芬的級別還高。對公共安全造成迫切危險。這是留給那些有能力帶來大規模傷害的人，他們不只會危害到少數個人，更有機會危害整個社會。

她冷冷一笑。「妳知道這是什麼意思吧？可以用任何必須手段將妳監禁，以最極端的方式治療，無論有沒有經過妳的同意。妳的報告上會顯示因為近期的心靈創傷，妳的心理狀況急速惡化，需要接受緊急的記憶修正。」

「胡說八道！」我在束縛之下掙扎，想要鬆開束帶。「我沒有心靈創傷，我對公共安全完全沒有影響！」

「他們都這麼說。」她對著巡心門的感應器揮手，投影螢幕在半空中亮起。大腦的——**我的**大腦——立體影像緩緩旋轉。

「是誰授權的？」我努力穩住聲音。

「不關妳的事。」

「有關！我有權利。基本人權。」

她咯咯輕笑，好像我正在向神話故事裡的妖精求救似的。

「是誰授權的？」我又問了一次。

她忽略我的疑問，點過螢幕上的幾個圖示。「跟妳說，這應該要發生在IFEN總部裡，溫柔又文明。我們準備要對妳進行調整，趁妳還聽話的時候修改妳的記憶。沒有恐懼，不用鬧得這麼難看。可是妳逃走了，讓狀況變得好複雜。把妳抓回歐羅拉會引起注意，所以我只能盡量做囉，可能沒辦法做得太仔細。妳要過好一陣子才有辦法寫數學作業。」

我的脈搏在耳邊跳動如雷。怒氣消散，被愈來愈龐大、黑暗空虛的恐懼取代。「這都是誤會。讓我跟史汪醫師談談——」

「沒有用的。」她戴上自己的頭盔。「妳要了解，這不是針對妳個人。我只是要完成任務。」

我不斷掙扎，可是束帶綁得好緊，文風不動。

「妳配合一點，之後會比較舒服。」她說。

恐慌像眩目的光芒，填滿我的腦袋。「史蒂芬呢？妳打算對他做什麼？」

「別擔心這麼多。」她拎起桌上的皮下注射器，指尖輕輕一敲。「躺回去，放輕鬆。等妳醒來，妳會平平安安躺在自己家裡，一切都會過去。」

我的視線凝聚在皮下注射器上頭。一滴透明液體從針尖湧出，滴了下來。

我開始尖叫，覺得自己是白痴，因為我知道這根本沒用，但我不知道還能怎麼辦。針頭朝我的脖子接近，我繼續尖叫。

突然間，有什麼東西狠狠撞上房門。女子迴身，一手伸向腰間的銀色小手槍。我發現那不是手槍。是神經阻斷器，她大概就是用這把武器把我擊昏。她用大拇指按下握把上的開關，從皮套裡抽出來。

房門砰地打開。史蒂芬站在門外，手腕上掛著一段段繩索，一手握著彈簧刀。

女子往前踏出一步。「你不可能醒著。」她的聲音中帶著動搖，眉宇間的自信首度消失。

史蒂芬狠狠瞪著她。「離她遠一點。就是現在。」

她掏出神經阻斷器，史蒂芬同時往前衝刺。她扣下扳機，手臂卻被他抓住，扭到她身後。她痛叫一聲，史蒂芬站到她背後，刀鋒抵住她的喉嚨。「丟掉。」

她鬆手，神經阻斷器鏗鏘落地。皮下注射器從她指間滑落、彈跳，然後滾到桌下。她一動也不動，尖聲喘息。

項圈應該在這個時刻阻止他，然而不知道為什麼，他還能動彈。裡頭裝設的電腦還在運作嗎？還能不能解讀突如其來的神經活動，判斷他是否有威脅性？還是說他光靠意志力就能抗拒項圈的箝制？

史蒂芬推開女子，撿起神經阻斷器，槍口一直指著她。他倒退著走向我，牙齒咬住彈簧刀，將神經阻斷器換到左手，右手摸索著解開我的束帶。女子一臉怒容，眼中滿是怨毒。我坐起來，虛弱得抖個不停，我揚手摘下頭盔，渾身顫慄，把頭盔丟到地上。

他又把彈簧刀拿在手中。「還好嗎？」他用眼角餘光打量我。

「還可以。」我試著微笑。他的彈簧刀閃閃發亮。他**一直**都帶在身上嗎？攜帶違禁刀械違反法律。不過我很慶幸他這麼做。

他將神經阻斷器瞄準女子。

「放下。」她朝他靠近一步。

「想得美，現在輪到妳說話了。告訴我們——」他眼中浮現呆滯的光彩，身體晃了晃，彈簧刀落地。

寒意深入我的骨髓。**項圈**。

他的膝蓋一軟。女子往前衝，我也衝了過去。神經阻斷器從史蒂芬癱軟的手指滑出，然後落地，停住。女子跟我在同一瞬間抓了過去，最後是我一把撈起。

我沒有拿過武器，槍口指著女子胸口的動作好笨拙。史蒂芬在我腳邊掙動，他撐著地面想爬起來，又癱倒在地上。如今只剩下我了。

「派妳來的人是誰？」我壓低嗓音，想表現出硬漢的感覺。

女子只是瞪著我，嘴角勾起噁心的獰笑。「妳不知道要怎麼使用。」

「我知道基本用法。現在我的手抖得很厲害，要是被嚇到，手指頭可能會不小心按下扳機，如果我是妳，我可不會亂動。」天啊，這句威脅還挺有樣子的。「好了，告訴我是誰派妳過來。」

「是主任本人下的命令。」

噁心的重量在我腹部擴散開來。不是沒有懷疑過史汪醫師，但聽到她的證實，我還是頭昏眼花，感覺我的世界彷彿天翻地覆。「史汪醫師？」

「沒錯。」

我確實不信任他。可是，或許我對他還是有幾分期待。他是父親的同事，他的朋友，我的心靈導師，陪伴我度過大部分的訓練。我期盼他會以合理、文明的方式出手，不會超越法律的界線——不會派人把我當成動物追捕。胸口深處冒出尖銳的痛楚，好像有一小部分的我就此死去。

我的視線凝聚在女子手上，看見她緩緩探向腰間。她要拿什麼東西——備用武器嗎？

我扣下扳機，響亮的嘶嘶聲炸開。神經阻斷器在我掌中劇烈震動，槍口沒有射出任何東西——至少不是肉眼看得到的東西——但女子往後蹣跚幾步，像是被子彈擊中。她癱倒在牆邊，全身抽搐似地顫抖不已，牙根緊咬，混著血絲的泡沫從她脣間冒出。最後她像故障木偶一般滑落地面，翻起白眼。房裡陷入恐怖的沉默。接著我聽見她帶著水聲的刺耳呼吸。

我鬆了口氣。她還活著。只是失去意識。

我看著手中的武器，有些茫然。

史蒂芬踉蹌起身。「醫生，幹得好。」他的聲音好沙啞。「不知道妳還有這一招。」

「我開槍射中人了。」我的聲音尖尖細細的，幾乎跟老鼠的叫聲沒有兩樣。

「對。」史蒂芬在女子身上各處拍打，從她的制服裡摸出一組鑰匙。他轉向我。「妳還好嗎？沒有要吐還是要昏倒之類的吧？」

「當然不會。」我的聲音聽起來還是太高亢，不過一絲怒氣滲入我的語氣。我盯著神經阻斷器。這個輕巧的塑膠武器——簡直像是拿著玩具。我將槍身翻過來，看見槍柄上的開關。強度調到九，僅次於最強的十。我把開關調到一，輕輕吐了口氣。「你呢？你有沒有——」

「我很好。超好的。」然而他的語氣少了平時的挖苦，臉色蒼白得像紙。

我用大拇指跟食指拎著神經阻斷器，彷彿把它當成一件髒衣服。史蒂芬從我手中接過去的時候，我沒有抵抗。我嚥下一口氣，盯著地上那個失去意識的女子。「要怎麼處置她？」

他舔掉上脣的汗水，從地上撈起彈簧刀。「趕快離開這裡。」他的視線掃過水泥小房間，處處是裂縫的骯髒牆面，和孤單的燈泡。

我這才醒悟過來。這裡看起來跟他記憶裡派克囚禁他的房間好像。難怪他臉色這麼差。無論派克或是那個房間是否存在，恐懼依舊殘留在史蒂芬腦中。

我們橫越房間，跑上樓，穿過另一個空蕩的水泥房間，跑出門外，踏入冰冷的空氣。這裡是被濃密松林圍繞的空地，層層雲朵遮住午後的天空。背後的建築物是一座低矮的水泥塊，上頭蓋著平坦的屋頂，看起來更像是小棚屋。我猜不到它原本的用途。女子的灰色轎車停在附近的泥地上，我猜我們的車還留在我們被攔住的路邊。

沒有時間了。我們應該要在女子醒來之前離開這裡。但我就是忍不住。我展開雙臂，用力擁抱史蒂芬。他愣住了，背脊緊繃。他的外套前襟開著，隔著被汗水沾濕的薄薄上衣，我感覺得到他沉重的心跳。

我知道這是在浪費時間，可是我需要這個──我需要親自確認他在這裡，還活著，四肢完好無缺。我差點就要失去他，這個想法在我心中填入令人目眩的龐大恐懼。「很高興你沒事。」我輕聲說。

他沒有回應，在我懷中的身軀依舊繃得死緊。過了一會，他推開我，打開車門，坐進駕駛座。「上車吧。」

我乖乖照做。

他將鑰匙插進鑰匙孔。

「請告訴我你的目的地。」爽朗的男性嗓音從儀表板飄出。

「開車。」

「抱歉。我無法處理這個要求。請重說一次。」

「給我開！」

「抱歉。我無法處理這個要求。請——」

史蒂芬將神經阻斷器的槍口抵住儀表板，開槍。嘶嘶。槍柄在他手中跳動。我嚇了一跳。

「請——」電腦語音的聲音顫動，然後停了下來。儀表板亮了一下，又暗了下來。史蒂芬一腳踩上油門，開出空地，輪胎吱嘎抓地。

第二十六章

車子開過一條狹窄的碎石子小徑，載著我們回到公路上。史蒂芬踩著油門，眼神呆滯，瞳孔縮得好小。時速飆上八十五哩，我們衝過由濃密松林包夾的道路。

我攤在座位上，掌心一片溼滑。「你怎麼逃出來的？」

「她太大意了，甚至沒有給我搜身，只是把我綁起來。我從口袋裡摸出彈簧刀，割斷繩子。」

「她說她給你注射的鎮靜劑連麋鹿都擋不住。」

「我這幾年的抗藥性愈來愈高，最近幾乎沒有東西能讓我失去意識。」

我想起他收在口袋裡的白色藥丸。「喔。」想想殘留在他身上的化學物質，我不知道是否該讓他開車。不過現在擔心這個已經有點太遲了。

如果他沒有及時醒來……如果我們沒有逃跑……

我抓住自己的手臂，想起那股恐怖的無助，想到有什麼珍貴的事物即將被人奪走，而你卻無能為力。光是想到失去史蒂芬就夠糟了，更別說是把他忘記，彷彿他從沒存在過……

我打了個寒顫。「她想要消除我腦中跟你有關的記憶。」

「有那麼嚴重嗎？」我聽不懂史蒂芬的語氣。

「當然！」我強烈的反應連自己的嚇到了。不過是幾天的時間，他怎麼變得如此重要？

在我腦海中，我看到他站在學校外的停車場內，修長消瘦的身軀在逐漸暗下的光線中只剩輪廓。我想起他在我懷中的觸感、溫度、氣味。我寧死也不要忘記這些。

我的頭開始暈了。

史蒂芬伸手一指。「在那裡。」

我眨眨眼。**專心**。沒錯，我的藍色小車就停在路旁，看來抓走我們的獵人沒有把我們帶得太遠。根據太陽的位置來判斷，距離她擋住我們的那一刻才過了兩三個小時。「停過去。」

「應該把車留在這。」史蒂芬說，「改開這輛車。他們的搜尋目標是藍色的車子，不是灰色的。」

「誰？」

「他們。」他的回應彷彿就是解答。或許真是如此。

「我的巡心門還在車上，不能留在這裡。」

他緊繃地吐了口氣，停下車子。「好吧。妳去拿過來。」

我取下巡心門，還有我們的行李，全部堆在女警的車子後座。**她不是真的警察**，我提醒自己。假扮警察不是犯法嗎？史汪醫師究竟跟哪些人掛勾？

我甩甩頭。**專心**。

我爬上副駕駛座，史蒂芬繼續開車。「我們要離開公路。」他喃喃說著，呼吸沉重又費勁。

「換到其他小路。」

「我們要告訴別人這件事。把她跟她想對我們做的事情說出去。」

「告訴誰？警察？」

「對！她的行為絕對是違法的！」

他緊緊握住方向盤，指節發白。「如果去報警，他們只會把我們交給史汪醫師。」

「你又知道。」

他瞪了我一眼。「我聽到她說的話了。妳老闆安排了這一切。兩個逃家的青少年跟IFEN的主任，妳以為警察會聽誰的話？」

「可是……」我想說這一切都是誤會，只要我們找到警方，說出一切，他們會想辦法搞清楚真相。我雙手捧著頭，輕聲說：「我不可能是第五型。她在撒謊。不可能——」

他的喉嚨裡擠出憤怒的聲音。「妳還不懂嗎？那些數字沒有任何意義，只是他們用來控制我們的手段。」

「就算是如此，他們也不能隨隨便便就把人重新分類。」我狠狠回應，「對，這個系統是不夠公平，但他們還是要遵守程序。他們要提出資料給專家審核，這些都需要時間。他們不能對哪個人揮揮魔杖，就直接宣布她是第五型！」

「嗯，看來他們剛才就這麼做了。」

「這是非法行為。所以我才說要去找警察！這件事背後太多陰謀了！」

他疲憊地搖頭。「蓮恩，醒醒吧。這個世界是由穿白大衣的有錢人主導。他們制定所有的規矩，只要他們想，隨時都可以改變規則。誰能阻止他們？」

我的身體好麻木，奇異地輕盈。即便我無法完全認同這套系統，我總是信任它能遵循自己的法規。心底有個角落仍想抗議這些都是誤會，這種事情不可能發生。但真的發生了。就在短短幾天內，我從優秀公民被貶為全民公敵。

我抓住胸口，在龐大的壓力下掙扎呼吸。我的思緒將我包圍，無處可逃。我這才想到思緒是全世界最危險的事物。你可以逃離物理上的危險，或是試著抵抗，然而人根本無法逃離或是抵抗自己的思維。

我緊緊閉上眼睛。「我想回家。」這句話好蠢，好幼稚。家已經不再安全。史汪醫師一定正在監控我家四周，說不定有荷槍實彈的警衛駐守在屋子裡，看我會不會回去。可是那些都無法阻止我想念自己的房間、床鋪，和松鼠布偶。

史蒂芬沉默幾分鐘，等到他再次開口，疲憊使得他的嗓音柔軟而沙啞。「醫生，跟妳說，我們到了下一座小鎮就停車。我會下車離開，然後妳就可以回家了。」

我盯著他，無法理解。「你在說什麼？」

「他們在追的是我。他們只是不希望妳擋路。如果妳沒跟我攪和在一起，就不會有危險了。」他的語氣出奇地冷靜。「妳應該要回家。回到妳的人生，把我忘了。」

「我不會做這種事！」

他停下車。我們還在樹林裡，被松樹包圍。

「史蒂芬，剛才我只是在胡言亂語。我不會離開你。」

他從外套口袋裡掏出神經阻斷器，緊緊握在胸前。「或許還有機會。或許妳還可以跟我撇清關係。假裝從來沒有見過我。」他消瘦的肩膀在發抖。他把神經阻斷器塞回口袋。「跟妳說，妳甚至不用帶我到下一座小鎮。我可以自己離開。」他下了車。

我想抓住他的手臂，卻遲了半秒，手指只抓到一把空氣。

我追了上去。他沿著公路走得好快，松果跟枯葉在他腳底嘎吱作響。

「史蒂芬！」

我抓住他的外套袖子。他一僵，腦袋轉了過來，瞪大雙眼。

此時此刻，看著那雙眼，我赫然發現他的野性有多重，像是住在人類文明邊緣的流浪貓，若是想要豢養牠，可能會被牠咬。不過現在不可能放他走。就算他說得對——就算少了他，我會安全許多——但我才不在乎。我的手抓得更緊。「你以為這是你一個人的事？仔細想想我們經歷的一切，我還可以若無其事地回到原本的生活嗎？」挫折的淚水刺痛我的眼角，被我眨掉。「我不會離開。」

他冷硬的表情漸漸軟化、崩落。他看起來累壞了，嚇壞了。「如果妳繼續跟著我，他們可能會使出比消除記憶還要不堪的手段。」

我想反駁，他們不會這麼做——可是到了這個節骨眼，我不知道還能相信什麼。我想到伊安，想到我的巡心者之路，想到我能幫助的人。我可以帶來改變，這不是我長久以來的願望嗎？

拯救別人。父親將會以我為榮。

就這樣嗎？腦中的聲音低語。

當然。這是我過去四年不斷追逐的目標。不對，是這一輩子。我已經快要實現夢想了。我真的想為了史蒂芬斷送這一切嗎？

不只是為了他。為了妳自己。為了真相。

我深吸一口氣，努力理清思緒。「如果你以為我會這麼輕易放棄，那你就錯了。」

他從我手中扯回袖子，掏出神經阻斷器。我的笑容消失。他抖著手舉起武器，瞄準我的頭，手指扣在扳機上。「上車。」他的胸口上下起伏，失去焦距的雙眼瞪得老大。神經阻斷器在他手中晃動。「上車，開走。」

我直盯神經阻斷器的黑色槍口。這種武器是用來將人擊昏，不會致命，但就算這樣……

我想起那名女子的身體抽搐顫抖的模樣。腦中閃過各種故事——謠傳神經阻斷器能夠傷害腦部，或是造成永久癱瘓，把人變成植物人。項圈應該要阻止他扣下扳機，不過呢，方才項圈也沒有阻止他攻擊那個假警察，當中有一兩分鐘的空檔。一瞬間，讓人目眩的驚恐像煙火一般照亮我的腦海。接著，奇異的平靜籠罩我心頭。世界漸漸遠離，只剩下我跟史蒂芬！

「離開這裡！」史蒂芬大叫。他往後退去，神經阻斷器還是指著我。淚水從他眼中湧出，順著臉頰滑落。「妳是怎樣？我叫妳滾，不然我就要開槍了！」

我望進那雙藍色眼眸。茫然虛晃的神情消失了。現在裡頭只剩兩個由恐懼和絕望構成的巨大漩渦。「我說過了。我不會走。」我前進一步。

史蒂芬握住槍柄的手收得更緊，胸口微微抽動，恐懼令他呼吸大亂。「我對天發誓，蓮恩……只要妳再靠近……」

我伸手輕輕握住史蒂芬的手，穩住他手中的槍。我又往前一步，槍口直接抵住我胸口，就在我的心臟上。「我答應過你。」我低聲說。

他的胸口又是一抽，眼睛用力閉起。「妳不懂。」他有些喘不過氣。「妳沒辦法治好我。我太崩壞了。如果妳留下來，我只會把妳拖進我的地獄。妳會失去一切。我會毀了妳。拜託……拜託，妳快……」

「你以為崩壞的人只有你嗎？」我的手還蓋在史蒂芬的手背上。我感覺得到那雙手抖得好厲害。他汗溼的手指在扳機上輕顫。神經阻斷器的槍口是我心上的冰冷圓圈。

好奇怪。剛才我還怕到不行，快要失去理智。現在一切清晰無比。我感覺不到自己遇上任何危機。不知道我是不是瘋了。「我不能回去。太遲了。要是現在回去，他們會從我腦中把你刪除得一乾二淨，讓我繼續活在謊言裡。」我凝視他的雙眼。「我不要過著那樣的生活。我拒絕。」

「妳以為我在唬妳嗎？」

「史蒂芬，我進過你的大腦。我知道你是什麼樣的人。你不會傷害我。」

「妳錯了。」他喘息。「我是危險分子。我是怪物。我——」

我沒有多想，湊上前堵住他的脣，堵住他的聲音。

這個笨拙的吻力道過大，牙齒敲上牙齒，鼻尖狠狠相撞。他僵住了。尖銳的吸氣聲。我們的嘴唇依舊貼在一塊，他咬破了自己的嘴巴，我嘗到鹹鹹的血味。神經阻斷器從他指間滑落，掉在地上，發出悶響。

等到我退開，世界在我周圍緩緩轉動。我的雙腿彷彿化為一灘水。他盯著我，瞪大眼睛，茫然失措。「我不懂。」他的嗓音沙啞破碎。他嚥下口水，雙手握成拳。「我——我拿神經阻斷器指著妳。為什麼——」

「想擺脫我可沒有這麼容易。而且啊……」我跪下來撿起神經阻斷器。「如果要我相信你真的會開槍，你就不該打開安全開關。」

他垂眼低喃：「沒想到妳會發現。」

「你真的很不會唬人。」

他口中冒出嘶啞厚重的聲響，或許是笑聲吧。「我想也是。」

我剛才親了他。這道思緒鑽進我的腦海，將注意力吸引到殘留在嘴唇上的觸感。我的雙唇正微微刺痛。感覺就像……觸電，好像接上電線。我舔舔嘴唇，品嘗一絲血味、鹹味，還有某種我無以名狀的滋味。那是純粹的史蒂芬。「我們要一起面對。」我說，「就是這樣。」

我看不懂他的表情。他的臉上有太多情緒。

老實說，我沒想過我的初吻會是這樣。在極少數的模糊白日夢中，總有在月光照耀的公園裡漫步，或是點滿燭光的漂亮房間等等場景，而不是汗流浹背、筋疲力盡，逃命之餘還有一把槍抵在我胸口。然而我感覺到一股歡愉從腹部一路湧入大腦，像是香檳杯裡的泡泡，血液在我的血管咻咻流動，我的心臟砰砰直跳，唱出節奏鮮明的歌曲。我還活著，我還活著。

我們沉默了一兩分鐘，唯一的聲音是枝椏上鳥兒的啁啾。一隻烏鴉在遠處嘎嘎叫出沙啞氣憤的音符。史蒂芬點點頭說：「好吧。」他的聲音很低，彷彿是在自言自語。「我們要一起面對。」

「很好。」我停頓了下，笨拙地將神經阻斷器倒轉過來，遞給史蒂芬。

他盯著這把武器，將它推向我。「給妳拿。」

「喔，我不知道要怎麼用。說不定我會拿反，一槍打中我的臉。」

「天知道。妳瞄準那個警察的時候可厲害了。那個假警察，隨便啦。不過那不是重點。我要妳射我一槍。」

我下巴掉了，過了好一會才找回聲音，那是類似小動物的吱吱叫聲。「射你？」

他轉身，指著後頸處的項圈。「我的意思是射這個。我不知道他們能靠這個追蹤我到多遠的地方，不過我不會冒險。如果想要直接移除，我可能會流血到死，所以妳要讓它短路。」

「史蒂芬，我不能這麼做。」

「嗯，我不能自己來。角度不對。」

「這會傷害到你！你甚至不知道會不會有效果。」

「這東西不是讓車子的電腦短路了嗎？調到比較低的火力。這樣一來，它只會把我擊昏幾分鐘而已。」

他說得有道理。神經阻斷器的原理是將一股能量波送進大腦，暫時擾亂資訊傳輸。它們對機器也有同樣的作用，而機器不會跟人類一樣恢復。可是……「感覺很冒險。」

「我們沒有多少選擇。調到三吧。這樣應該足夠讓項圈短路，又不會讓我昏得太嚴重。」

真不知道他怎麼會知道這種事。不過史蒂芬跟警方處得不太好，或許這回並不是他第一次嘗到神經阻斷器的滋味。

我吞了口氣，把槍口抵住他的項圈後側。我用大拇指轉開保險，強度調到三。我的手抖個不停。「我——我不知道能不能做到。」

「妳一定可以的。扣下扳機就好。」

我提醒自己這是唯一的手段。而且我好討厭這個項圈。我討厭它對史蒂芬做的一切。我想要摧毀它。但是……

我盯著史蒂芬的後頸。皮膚看起來好軟，好脆弱。我的腦海中浮現人們躺在地上、抽搐不已、血沫流到下巴的景象。我閉上眼睛，吸氣，吐氣。等到手終於穩住，我將槍口緊緊貼住項圈，扣下扳機。

刺耳的嘶嘶聲傳來，一股震動撼動我手臂上的每一條肌肉，奪走知覺。

史蒂芬咕噥幾聲，四肢抽動，雙膝一軟。

我丟下神經阻斷器，及時接住他，雙臂環上他的腰。他又是顫抖又是抽搐，我將他半扛半拖地帶到樹下，讓他背靠樹幹。我蹲在他身旁，拚命拍打他的臉頰。「史蒂芬？史蒂芬？」他低低呻吟，腦袋垂向一邊，眼球在顫動的眼皮下翻轉。

我雙手捧著他的臉。「聽得見嗎？」他沒有回應，我用大拇指小心掀起他的眼皮。起先只看到充血的眼白，接著他的眼球翻回原位，慢慢聚焦。他眼神朦朧地笑了笑。「嗨。」

我輕輕吐了口氣。「嗨。」我對他微笑，豎起三根手指。「這是幾？」

他瞇起眼睛。「紫色。」

好吧，神經阻斷器的影響要過一陣子才會完全消失。「你不會有事的。」我一手繞過他的腰，扶他站起來，走回車上。史蒂芬在我身旁踉蹌。

「感覺不到我的腳。」他喃喃念著。

我往下一瞄。他還站著，只是腳有點抖。他沒有癱瘓。「再過幾分鐘就好了。」我扶他坐進副駕駛座。「休息一下吧。」

「沒時間了。」他低語。他努力撐起身體，挺直脊椎，然後又癱軟下來，呻吟不斷。「好吧，現在腳有感覺了。」他揉揉雙腿。

「像被針刺嗎？」

「比較像被刀砍。噁。」他咒罵幾聲，在座位上扭動。「差點忘記我多討厭挨這東西一槍。」

「我可以開一下車。」

「妳確定？」

「我曾經自己駕駛過，不是真的上路，只是模擬器，不過還是有經驗啦。」我考駕照的時候學過基礎技術，每個人都學過，就怕遇到極罕見的緊急狀況，車子的電腦故障。「反正車子的電腦炸了，無法啟動自動駕駛，你至少要一個小時才能開車。我們可沒辦法等那麼久。」

他勉強點頭。

我深吸一口氣，握住方向盤。不知道那個假女警會昏迷多久，她一醒過來就會驚動史汪醫師。即便他們無法直接追蹤我們，IFEN還有其他逮人的手段。如果想在他們找到我們之前抵達加拿大，我們得要加快腳步。

然後呢？到了那邊，我究竟有什麼打算？

好吧，走一步算一步了。

我踩下油門，車子往前猛衝。我驚叫一聲，用力踩煞車。

「放輕鬆。」

「我知道。」我咬住嘴唇，腳掌小心翼翼地再次踩上油門。車子一陣一陣地往前輕輕衝刺。我將方向盤左右旋轉，努力控制，讓車子行進在路上，車子左右搖晃，我差點撞上一棵樹。我四下摸索，打到倒車檔。「等等……找到了。」我緩緩往前開，手指鎖在方向盤上。這回我成功控制住車子，只是時速不能超過三十哩。

就在我開始放鬆的時候，前方突然出現動靜。我倒抽一口氣，狠狠踩下煞車。一群皮毛光亮的棕色物體橫越道路，我張大嘴巴。總共有十隻——不對，十二隻。白色尾巴的鹿。除了照片跟影片，我從來沒有看過這種動物。

史蒂芬訝異地輕笑一聲。「這裡真的是荒郊野外，對吧？」

「是啊。真的。」我看著牠們消失在樹林裡，尾巴像白色小旗子一般跳動。好美。這些動物過去遍布全國各地，現在大部分的人一輩子都沒有機會看到。

能夠跟史蒂芬一起看到牠們，我心中一陣感激。

第二十七章

過了一個小時左右，換史蒂芬開車。我已經撞上兩棵樹跟一顆巨石。我放下方向盤，又是安慰又是失望，不過安慰的成分比較大。手動駕駛真的很折磨人。知道自己正在控制一輛四千磅重的致命武器，怎麼會有人能放鬆下來呢？

他還是有點抖，不過多多少少恢復了些。至於他的項圈，我完全不知道它是否還在運作。我們只能抱持樂觀的態度。

我們開了一整個下午，直到太陽下山，緩緩朝著北方前進。沒有自動駕駛系統跟GPS，我只模糊知道現在的位置。置物櫃裡有一份紙本地圖以備萬一，不過我從來沒有用過。我甚至不確定自己知道要怎麼看地圖。

可是史蒂芬似乎知道他要去哪裡。

太陽沉得更低，我用眼角餘光瞄他。最後一抹暮色消散前，漸漸黯淡的日光映在他蒼白的臉頰上，先是橘色，然後是金色，然後是淡粉色，最後是細緻的藍紫色。在這條漫長的廢棄鄉間小路上，只剩珍珠色的夢幻月光指引我們往前。

我不時想起那個吻，接著奮力將思緒扯回現實。現在要思考的事情太多了，我們得要專心求生。

頭愈來愈暈，我這才想到距離那一頓只夠填牙縫的點心，已經過了好幾個小時。逃走前我拿了我們的行李箱跟巡心門，可惜沒有多花兩秒鐘拎起我們裝水果跟穀片棒的袋子。當然了，那個時候我沒有想太多。現在我們困在荒地中，沒有食物也沒有水。

「妳有什麼計畫？」史蒂芬問。

「計畫？」

「如何進入加拿大。我們要怎麼躲過監視，穿越邊境？」

「呃……」他認為我有計畫？他以為我是誰啊？我看起來像是知道自己在做什麼嗎？「老實說，現在我不太能思考。我好餓。」

「我滿喜歡那個烤路旁屍體來吃的計畫。」他嘴角一勾。「在一哩前，我們從一隻死松鼠旁邊經過。我可以試看看拿神經阻斷器來烤牠。」

「駁回。你怎麼撐住的？」

他往嘴裡丟了幾顆藥丸。他的眼裡滿是血絲。「我眼前有一堆怪東西在飄，像是水母什麼的，腦裡有個嗡嗡聲，我的腳沒有感覺。」

我挪挪屁股。「你要在後座睡一下嗎？」

「不用了。我很好。」

「我是認真的。我知道我車開得很爛，不過至少這裡障礙物比較少。在沒有任何東西、沒有其他車輛的荒野要出車禍可是了不起的成就。」

他發出不太像笑聲的粗啞聲響。「真的，我沒事。我曾經在更糟的狀況下開過車。」

「是嗎？」真想知道那是怎樣的狀況。我真的想知道嗎？

「對。反正我想我現在也睡不著。」

抵達狼奔鎮的時候已經接近半夜，根據歪斜的路標，這裡的居民有一千六百五十人。

史蒂芬猛然踩下煞車，我往前衝去，抓住椅墊邊緣。「怎麼了？」

他盯著擋風玻璃外，手指死死抓住方向盤。然後他停車，爬出車外。我疑惑地跟上。

前方是一塊谷地，小鎮的屋舍就分佈在山谷間，一側是整片樹林。我第一次看到這個地方。

看起來小得可憐，短短的路上開了幾家商店，幾幢小屋子——即使隔了一段距離，我還是看得出跟城市相比，這裡的屋子更有個別特色。有的頂著尖屋頂，有的屋頂平坦。有的由石頭砌成，有的則是用木頭搭建。沒有標準設計。在房屋後方，有一小團燈光跟機器。是發電機。

史蒂芬只是站著，微風吹亂他的頭髮。「我認得這個地方。」

碩大的黃色月亮懸在地平線上。這裡的星星好亮，可以看到數百萬顆星斗，宛如深邃黑色天鵝絨上的明亮針孔。我從沒想過自己在歐羅拉錯過多少星星。

「聖瑪莉離這裡很近。」他的語氣無法解讀。「就在東側的樹林裡。那片樹林。」他指著接近小鎮邊緣的那片結實又黑暗的樹牆。

我心跳加速。「你還記得其他事情嗎？」

他皺起眉頭，雙眼蒙上霧氣。「我記得……」他渾身一顫。

我摸摸他的肩膀。「史蒂芬？」

他的表情好遙遠，好封閉。不知道在那雙黯淡眼眸後頭發生了什麼變化。過了一會，他甩甩腦袋。「忘了。」

「可是你想起了某些事。」我說，「即使只有一瞬間。你被封住的記憶一定快要浮上水面了。」

「真棒哪。」他低喃。他再次俯視小鎮，一手揉揉臉。接著他雙腳一軟，喝醉似地往旁癱倒。

我在他跌倒前扶住他。「怎麼了？」我捧著他的臉，讓他靠向我。「是不是別的記憶——」

他發出夾雜著喘息的笑聲。「沒有。只是有點頭暈。」他一手按住腹部。「剛才幾個小時我都是靠腎上腺素在動。」

「喔。」昨晚我打了個盹，可是史蒂芬——他昏迷的一小段時間不算——完全沒睡。當然了，我們都得吃點東西。難怪他幾乎站不穩。

我一手撐住他。「我們可以在鎮上停一下。這裡一定有地方買得到食物。」當然了，直接開過去絕對比較安全——越早抵達邊界越好——但我們可不知道還有沒有補給物資的機會？而且還有個小問題：我們還沒有擬定計畫，平安闖入加拿大只是奢望。

我們上了車，開下山坡，經過幾間搖搖欲墜的農舍和穀倉，經過一欄欄吃草的牛羊，進入小鎮。公路直接穿過鎮中心，看起來鎮上只有這條正式道路。其他路面上只有泥巴或是碎石。我們右側是一間磚塊砌成的小酒館，看起來是目前唯一還開著的地方。肉、香煙、油脂的味道從裡頭飄出來。

一般來說，這股氣味八成會害我反胃，但我的肚子發出急切的咕嚕聲。「該進去嗎？」我問。史蒂芬的視線前後游移，掃視周遭狀況。「大概沒問題。不過我們不能待太久。」

我點頭同意。

酒館的窗戶亮著黃色光芒，幾輛車停在外頭，另外還有一臺摩托車。我打量著這個怪異的機器。摩托車在歐羅拉被禁了好幾十年。難怪。這東西看起來一點都不可靠，感覺隨時都會翻倒。

我們下了車，我想到史蒂芬的皮外套裡還藏著神經阻斷器跟彈簧刀。一個禮拜前，看到這些武器會讓我精神緊繃，現在它們帶給我安全感。真想知道我是怎麼了。

我們接近那扇小門，我在門外遲疑了會。對於小鎮居民的刻板印象飄過我心頭——他們粗魯無文，舉止暴戾……等等。至少這是社會大眾的共識，儘管大部分的人從未真正到過哪座小鎮，他們只在城市之間旅行。在他們眼中，小鎮居民是古怪的鄉下人，穿著可愛的當地服裝，渾然不知現實世界的運作方式。最糟糕的印象是一群來自野蠻黑暗過去的無政府主義混混。他們究竟是怎樣的人？

我想答案即將揭曉。我推開門，鉸鍊吱嘎作響，像是遭到折磨的小動物。

屋裡燈光昏暗，除了酒保跟少數幾個坐在角落打牌的老先生，沒有半個人。他們穿著厚重，沾上點點污泥的牛仔褲和法蘭絨襯衫。酒吧裡放著音樂——古老的歌曲劈啪作響。每一個桌面好像都塗上好幾層油垢跟煙灰，彷彿與桌面融為一體。一顆鹿頭以玻璃珠雙眼俯瞰我們，樹枝般的犄角往外伸展。一看到牠，我忍不住縮了下。那是**真的**鹿嗎？

那些老先生面無表情地看著我們坐上套了軟墊的吧臺椅。我動了動屁股，想找個舒服的姿勢。「哈囉。」我的聲音太過響亮。「呃。我們想吃點東西。」我看著吧臺桌面，尋找螢幕。「請問你們的菜單在哪？」

有人咯咯輕笑。

瘦巴巴的高大酒保臉色陰沉，皮膚像是上了一層蠟。「沒有菜單。我們有漢堡跟薯條。就這樣，除非你們要啤酒。」

「那我要一份漢堡。」

「我的要加起司。如果有的話，還要一點培根。」

漢堡在幾分鐘內上桌。肉片很厚，沾滿油汁。我狼吞虎嚥地咬下漢堡，當地人的視線戳得我好不自在。大概很久沒有人造訪過此處了。他們看起來……沒有敵意，只是也不歡迎我們。他們的表情帶著戒備，室內籠罩著不自然的沉默，好像他們正在觀察我們，看我們會說什麼、做什麼。

「嗯，你們要去哪？」酒保問。

「跟你無關。」史蒂芬回應。

酒保的眼神變得銳利。這房間彷彿屏息了好幾秒。酒保再度開口，他的語氣像在話家常，眼中的警戒卻從未離開。「你們這兩個小鬼，該不會是剛好要去邊界吧？」

史蒂芬跳起來，往後退去。我看見他的手探向神經阻斷器。

一瞬間，酒保舉起巨大的來福槍指著他。我發出像是噎到的驚叫。「孩子，放下。」他的語氣溫和。

史蒂芬沒有動。坐在角落的當地人突然對我們起了興致，緊緊盯著我們，不過還是沒有敵意。其中一個人捏開花生殼，吃了下去。

「別誤會。」酒保微微一笑，那張飽經風霜的臉龐上紋路變得更深了些。「我不是你們的敵人。」

「那為什麼拿槍對著我們？」我的聲音顫抖。

「是妳朋友先掏武器的。我不在乎有沒有人拿傢伙指著我，所以我們同時放下手中的傢伙，慢慢來。可以嗎？」

他們打量彼此好幾秒，我直直坐著，心臟跳得像打鼓，心想要是爆發槍戰，我該怎麼辦。

「我們怎麼知道可以相信你？」史蒂芬問。

他聳聳肩。「你們可以站起來，走出去。不干我屁事。可是如果你們想知道我知道的事情，你得放下那把玩具槍。」

「這是神經阻斷器。」史蒂芬說。

「我說過了。玩具槍。」

史蒂芬瞇起眼睛。「你有沒有見識過這個玩具的威力？」他用大拇指將火力調到最高。

太好了。我幾乎聞得到罌酮素滲入空氣裡，有如某種只要說錯話就會引爆的化學物質。

我的視線從酒保掃向門口，又移回來。我的心臟跳得好重，將我的思緒全數淹沒。我掙扎著整理眼前的狀況。*如果你們想知道我知道的事情，*他這麼說。他知道什麼？他是打算幫忙呢，還是準備宰了我們，把我們的腦袋掛在那頭不幸的鹿旁邊？

一個客人喝了一大口啤酒。他們依然看著我們，跟樹樁一樣安靜。我有種怪異的感覺，他們似乎曾經看過這種情景。

我迎上史蒂芬的視線。「來聽聽他要說什麼吧。」

史蒂芬瞇起眼睛，像是在說：*妳瘋了嗎？*我只是看著他的雙眼，盡量維持平穩冷靜的表情。最後，他點點頭，緩緩放下神經阻斷器。酒保也放下來福槍。史蒂芬關上神經阻斷器的保險，將它塞回腰間，但他的雙手沒有遠離槍柄。

我突然注意到吧臺後方牆上掛了一張褪色的照片。這個笑得燦爛的小女孩是他女兒？

「說吧。」我低聲說，「我們在聽。」

酒保那雙黯淡褪色的眼珠細細打量著我們。「你們該對小鎮居民有些了解。我們大多不喜歡城裡的大爺。他們三不五時來逛逛，拿那些該死的讀心小玩意貼在我們臉上，用鼻孔看我們。如果他們來抓你們，我不打算幫他們的忙。我的老主顧也不會透露你們的消息。我們沒有看過你們。」

「好吧。」史蒂芬說。「很高興知道這件事。」他的語氣依舊尖銳。

酒保一手擱在佈滿刮痕的老舊吧臺上。「在狼奔鎮，像我們這種人……我們是一支凋零血脈的末裔。一個快要死去的世界。我是少數記得戰前時光的人。當然了，那時候我還是個小男孩。」

「這個故事會很長嗎？我們可沒有整晚的時間可以耗。」史蒂芬說。我重重踢了他的小腿一腳。

酒保凝視著他，看不出他在想什麼，他繼續說：「當時有一些人很討厭情勢的變化。他們不相信政府的新系統。他們想要離開。於是政府設置了幾個保護區，用來容納我們這種人——想要過著以往的生活，沒有類型和所有那些狗屁。但就算在這裡，他們還是不放過我們。政府探員四處窺探，問一堆問題。遊客跑來觀賞我們，簡直把我們當成博物館展品。說不定我們就是這種東西。」他望著牆上的照片。「我們的人口年年減少。孩子拋下我們，搬去大城市。我女兒——現在她已經長大了——幾年前溜走。我不怪她。誰會想待在一個快要死去的地方呢？」他的嗓音帶了點顫抖。

「我很遺憾。」我柔聲說。不知道還能說什麼。

他搖搖頭。「別在意。重點是，IFEN是我們的敵人。所以要是有人來這裡躲那些穿白大衣的傢伙，我就替他們指路。我只能這麼做了。」

我挺直上身，專心聆聽。

「沿著大路開到小鎮邊緣，繼續開下去。」他說，「你們會看到一棟藍色的大房子。那是葛瑞西・透納的家。去那裡。」

「她是誰？」我問。

「關於這件事，我只能說到這。要是有人問起，你們從來沒有跟我說過話。懂嗎？」

史蒂芬冷著臉點頭。

「很好。吃完漢堡吧。」

我沒有胃口，不過想到他在吧臺下藏了把來福槍，乖乖聽他的話感覺比較好。我抓起滴著油的麵包和肉，又咬了一口。等到我們吃完，我從口袋裡掏出信用卡東張西望。「要去哪結帳？」

「只收現金。」他說。

我眨眨眼，大惑不解。

「別在意。」他勾起嘴角，像是聽到什麼笑話似的。「算在那間屋子的帳上。」他收走我們的盤子。

「謝謝。」我有些猶豫。「謝謝你的情報。」

「記住，你沒有跟我說過話。」

史蒂芬跟我起身，走向門邊。在我伸手開門時，史蒂芬突然開口：「你認識艾梅特．派克嗎？」

酒保的臉板了起來。

「他待過這座鎮，對吧？你有沒有聽說過他的事情？」

「我知道這個名字。」酒保繼續擦杯子，沉默漫長而緊繃，過了好一會他才繼續說：「我他媽的認識鎮上的每一個人。不過這個上新聞的傢伙，我沒見過他的臉，如果有的話，那張臉我不會忘記。當然了，有些鎮民說曾經看過他在附近晃來晃去，我有什麼資格說那些人只是想出風頭呢？」他聳聳肩，然後又笑了，露出一顆金牙。「你們這兩個小鬼從現在開始要小心點了。」

我們走出酒吧。史蒂芬踢了一個棕色玻璃瓶一腳，瓶子滾過人行道。

「那麼，我們要去找那個葛瑞西．透納嗎？」

他沒有回應。他直盯著前方，迷茫的視線飄向遠方。

「史蒂芬？」

他一甩腦袋。「抱歉。只是……在想事情。」他停下腳步，雙手插進口袋，肩膀僵硬。「我想這已經是公開的事實了吧？根本沒有派克這個人。」

「看來是如此。」現在我更擔心我們的未來，要如何逃出這個國家，又不會被逮到。不過我知道史蒂芬為何如此在意這個細節。這是他的過去。他的身分。而他才剛證實那都是一場謊言。

我們上了車。他沒有馬上開走——他坐著，雙手放在方向盤上。「我不懂。」他的語氣不像憤怒，也不像害怕。只是疲倦。「創造新的回憶應該是不可能的事情吧？」

「是的。除非存在有一些社會大眾不知道的精細技術。」但這時我想到另一件事。調整。在調整治療期間，病患相當容易受到暗示。比起照片，記憶更像畫作；比起錄影，記憶跟夢境比較接近。其中細節會自然隨著時間扭曲，一系列的潛意識暗示可以產生很大的作用。當然了，簡單的調整無法憑空操作出如此痛苦的經驗，不過呢，或許有辦法扭曲創傷的本質。

「妳是不是想到什麼了？」

我說出我的理論，他沒有回答，不過我看見他下顎的肌肉緊縮。「所以這幾年來他們讓我接受的治療……」

「可能是更之前的事情。」我低聲回應，「當時的記憶比較新，我猜後續的療程或許是用來加強暗示。」想到我們第一次共享的路西德夢境，史蒂芬在積雪森林中跌跌撞撞，心靈受到重創，支離破碎，連自己的名字都記不得。藉由潛意識暗示，修改那樣脆弱的孩子的記憶一定不難。我想知道——已經不只一次這麼想——怎麼會有人做出如此恐怖的行徑。為什麼會有人這麼做？

「蓮恩？妳還好吧？」

「當然。只是有點恍神而已。」我吐出顫抖的氣息。「所以說……現在要怎麼辦？」

他咬住下唇。「我想我們應該繼續走。說不定今天晚上就能抵達邊境。」

「然後呢？你有沒有看過邊境駐紮站的新聞？那裡有一堆警衛跟圍牆，當然到處都設置了攝影鏡頭。而且我們沒有護照，顯然不能直接走過去。」

「我們可以藏好車，找到沒有人看守的圍牆爬過去。他們不可能派人守住每一個地方。」

「如果是通電的圍牆呢？」

「不知道。」他揉揉臉頰。

「我想我們應該要去酒保說的地方。應該要去找那個葛瑞西．透納，請她幫忙。」

「我們不知道能不能相信這裡的人。那個女人會把我們交給IFEN。說不定她跟酒吧的人串通好了。他把人引到她那裡，她交出那些人，領到賞金，他分到——」

「我真的不認為事情是這樣的。你也聽到他說的話了。這座鎮上的人一點都不想跟IFEN扯上關係。」

「妳就這樣相信他？」

「喔，我不認為他在撒謊。」老實說我不知道該相信什麼。可是少了一些幫助，我們逃出這個國家的機會小得可憐。這是一場豪賭。但我們一定得賭下去。「聽好，我不認為我們有多少選擇。」我放柔嗓音。「至少去跟她談談吧。都來到這裡了，我們要繼續走下去。」

他閉上眼睛幾秒，喃喃咒罵，發動車子。「妳說得對。我只是……我真的想離開這個國家。現在就想。」

「我懂你的感覺。」

我看著建築物從窗外掠過，用木頭和石頭搭建的屋舍。即使是在月光下，它們全都清楚透出古老、骯髒、荒蕪的氣息。那個人說，**我們是一支凋零血脈的末裔**。再過三十年，狼奔鎮這樣的小鎮大概不會存在。在這個國家裡，再也沒有地方能夠躲避IFEN。「你確定加拿大會比較好嗎？」

「一定是的。」

車子繼續開，抵達小鎮的邊緣，房子愈來愈少。

我看到左手邊有一棟漆成亮藍綠色的大房子，周圍是開闊的田野。再過去是一片森林，彷彿地平線上的一抹黑影。「那一定是葛瑞西．透納的家。」我說。

停好車，我下了車，研究這個區域。有很多空地，感覺像是位於世界的邊緣。在北方未知黑暗土地前的最後一處文明遺跡。屋後有一座農舍、穀倉，山羊在前方的小羊圈裡咩咩叫著。在今天之前，我只在動物園裡看過活生生的山羊。我們走過羊圈，一隻黑白色的山羊鼻子從欄杆間探出，嗅了嗅。他的眼睛是黃銅色的，怪異的橫向瞳孔細細長長。史蒂芬伸手搔搔牠的下巴，山羊往後歪頭，歡迎他多摸幾把。這個動作讓我訝異不已——我不確定是為了什麼。或許是因為我從沒見過史蒂芬跟動物互動吧。

一盞燈籠掛在前門旁，燃燒煤氣的火焰在裡頭發亮。沒有門鈴，於是我抓住銅門環——看起來像是獅子的頭——敲了三下。我們等在門口。史蒂芬僵著背脊站在我身旁，一手按住神經阻斷器的槍柄。他緊盯著門環，像是它會跳起來咬他似的。真不知道他有沒有放鬆的一刻。

突然間，我發現自己在回想起樹林裡的吻——當時神經阻斷器從他掌中滑脫，他身上的每一絲張力全都消失。

響亮的劈啪聲把我拉回現實。門開了，裡頭是一名四十歲左右的豐腴婦人，她身上穿著老氣的藍色格紋連身裙，棕髮在腦後紮成辮子，灰眼清澈而銳利。那雙眼睛看看我，看看史蒂芬，在他的項圈上多停留了一會。然後她微微一笑。「是老比爾要你們過來的？」

「如果妳指的是拿來福槍瞄準我們的酒保，那沒錯。」史蒂芬說。

「就是他。他的脾氣有點粗魯，不過人很好。」她撫平連身裙上的皺摺。「好啦，進來吧。」她讓到一旁，向我們招手。

我在門外猶豫了會。從我的角度可以看到屋內擺設相當普通。牆壁跟地板是塗了深色油漆的木頭。裡頭有一張沙發跟桌子，桌上擺著彩繪玻璃檯燈。沒有電視。在我們視線範圍內沒有任何現代科技。檯燈旁的電話是好幾十年前的型號——拉著長長捲曲電線的固定式話機。我只在老照片裡看過。

葛瑞西等著，注視我們。

都來到這裡了。上門拜訪卻又拒絕進屋，實在是很沒道理。我緩緩踏入屋內，史蒂芬跟了上來。地板在我們腳下咿呀作響，整間屋子帶著淡淡的松樹氣味。石頭壁爐裡的火焰劈哩啪啦。

「請關門。」她說，「外頭很冷呢。」

我關上門。

「跟我來。」葛瑞西領著我們進入小廚房。壁紙是亮黃色的雛菊圖案，矮矮胖胖的冰箱看起來像是戰前的遺物。大概真的是。「我正在泡咖啡。要來一些嗎？」

史蒂芬跟我互看一眼。

她笑了，左臉頰上有個酒窩。「我不會下毒或是下藥啦。」

「我們怎麼能確定？」史蒂芬問。

葛瑞西一頓，視線落在他的項圈上。接著，她緩緩轉身。辮子一路垂過半個背部，粗粗的亮棕色髮絲中參了幾縷灰色。她拉起辮子，露出她的頸子，從後腦杓下方撕開一片膚色的方形貼布，下面是一個帶著皺摺的小疤痕。我楞了一下才看懂那是什麼，不由得張大嘴巴。葛瑞西曾經戴過項圈。傷痕就是當初線路與她的神經系統連接的地方。

「天啊。」史蒂芬輕聲說著，瞪大雙眼。

「我以為沒辦法卸掉項圈。」我低語。

「不是不可能。只是很難。」她貼回膚色貼布，放下辮子，轉回來面對我們。「告訴你們，我不是一直住在狼奔鎮。我來到這裡的理由跟你們一樣。我是逃過來的。」

「IFEN沒有來追妳？」史蒂芬問。

「我得要努力掩飾我的蹤跡。葛瑞西．透納不是我的真名。」她的表情堅毅，嘴巴抿成蒼白的線條。

她拎起銀色咖啡壺，倒了一杯咖啡。「我在政府的安置機構裡長大。」她說，「我是戰爭孤兒，跟很多相同處境的孤兒一樣，很早就被歸到第四型。我的選擇受到很大的限制。我相信你們也知道沒有多少人願意僱用我這種人。我開始偷藥到黑市賣，因為我只能靠這個維生。我被逮到，不能繼續住在公寓裡，流落街頭。要是當時沒有人幫我逃離城市，我大概已經吞了索那多了吧。幸好這座鎮上的人允許我留下來。」她又倒出一杯咖啡，將兩個杯子放在桌上。「我曾經相信自己有缺陷。是臺壞掉的機器。在成長過程中，我從每個人口中聽到這種話。我沒有怪罪壓迫我、讓我受苦的體制，而是把一切的錯誤推給腦袋裡的線路。我花了很長的時間才拋下這個想法。」她把一小壺奶油放在桌上，旁邊是一碗方糖。「IFEN的宣傳威力強大，陰險狡猾。它會像毒氣一樣爬進你的腦海，侵入最深的個人認知角落。他們有足夠的科學證據，說得煞有其事……

可是呢，壓迫人民的體制總會扭曲科學成果，用來迎合自己的需要。幾百年前，他們測量人類顱骨的周長跟大腦重量，證明某些類型的人就是比較低等。現在這些手段變得更加精細。不過這不是什麼新鮮事，已經發生非常多次了。」她對桌子點點頭。「坐吧。」

我緩緩坐下，腦袋不斷打轉。感覺該說些什麼，但葛瑞西似乎沒打算聽我回應。我拿起離我最近的咖啡杯，喝了一小口。好苦——我對咖啡一向沒有好感——不過從喉嚨流入胃裡的暖意很舒服。「謝謝。」

「要奶油嗎？」

「是的，謝謝。」

史蒂芬還站著，在門邊徘徊，雙手插進口袋。

「親愛的，你呢？」她問，「你的咖啡要加什麼嗎？」

從史蒂芬困惑的表情來看，被人稱「親愛的」並不是常有的經驗。「呃，黑咖啡就好。」過了幾秒，他滑進我隔壁的椅子。

她也替自己倒了杯咖啡。「我想你們是打算前往加拿大邊界？」

「對。」我的聲音微弱又沙啞。

「沿著公路往北，你們會遇到荊棘路，從那條路往樹林深處開。抵達圍牆後就要丟下車子。橫越邊境的路上戒備森嚴，不過還是有辦法過去。穿過圍牆下的祕密通道。」她往咖啡裡丟了一塊方糖。「我可以告訴你們要怎麼找。」

「所以是可行的囉？」史蒂芬的眼睛異常明亮專注。

「當然了。」她說，「一直有人逃往加拿大。那裡各地都設置了庇護所讓難民躲藏。」

史蒂芬湊了過去。「我們要如何找到那些庇護所？」

「有一個記號。」她在餐巾紙上畫圖：一個稍微彎曲變形的Z。「會在庇護所建築物上或是附近看到這個記號，通常是漆成紅色。」

「那裡有多少難民？」我問。

「比你們相信的還要多。北方這邊興起了一個活動，是為了幫助我們這種人。」

一時之間，我找不到自己的聲音。我訝異地發現眼淚快要奪眶，原來我們並不孤單。「謝謝。」我悄聲說。

「不用謝我。這是我的本分。」她胖胖的手指交纏。這雙手看起來好柔軟，但我感覺到上頭佈滿硬梆梆的厚繭。「要來點餅乾嗎？我今天剛烤的。」

儘管才剛吃過，我的肚子又急得咕嚕咕嚕響。「聽起來真不錯。」

她端來一盤尺寸驚人的燕麥餅乾，上頭點綴著堅果與葡萄乾。我們坐在桌旁，啃咬著很有嚼勁的厚實點心，啜飲咖啡。我喝了一大口，將滿嘴的餅乾糊沖下去。咖啡熱得燙嘴，可是暖意在胃裡擴散的感覺好棒，微微的苦味不像以往那樣惱人。或許人的口味也是會變的。

「喔，對了。」她說。「今天晚上休息之前，你們可能會想把車子停到比較不顯眼的地方。後面有一間農舍，可以借你們藏車。你們今天晚上會待在這裡吧？」

「這個嘛，床舖聽起來很棒。」我說。或許我們應該要試著睡幾個小時。我的視野不斷模糊，腦袋像是一塊水泥。「只是我不想給妳添——」

「說什麼傻話。」她蹲下來，推開一塊地毯，下面是鑲著鐵環的活門。她抓住鐵環，拉起，亮出一道往下的樓梯。「地窖其實滿舒服的，就算警察來找人，也絕對找不到你們。如果遇到需要儘快脫身的狀況，還有通往外頭的祕密通道。」

我低頭看著那一方黑暗，不安一陣陣襲來。我不認為葛瑞西會背叛我們。但我驚覺我們在這個素昧平生的婦人身上投注了多少信任。

史蒂芬正在解決他的第五片餅乾，嘴巴塞得好滿。「妳打算跟我們說妳是如何擺脫項圈的嗎？」他問。

她眨了眨一隻眼睛。「可以啊，不過說了以後我就得殺了你。」

我們都僵住了。

「開玩笑的啦。」

「喔。」我擠出小小的笑聲。

第二十八章

車子停到農舍後頭，我們在上面鋪了一塊防水布，不讓過往人車看到。附近有一群猛啄沙土的雞隻，山羊柔和的叫聲刺破寂靜。頭頂上的群星亮得像是散在黑絲絨上的鑽石塵沙。好多星星。在歐羅拉，能看到五六顆就算走運了。

「我想我們應該要在這裡過一晚。」我對史蒂芬說，「不過如果你還想離開……」

「不用。我們有機會就該休息。」我們走向主屋。他的眼神飄向遠方，若有所思。「我不認為她說謊。關於她的人生，身為第四型的遭遇……感覺不是假的。」

我點頭同意。

史蒂芬突然停下腳步，望向旁邊。遠處聳立著黑暗的樹牆。他打了個寒顫——幾乎看不出來，但我注意到他的肩膀微微一抽。「荊棘路。」他低喃，「她要我們走那條路穿過森林……我從聖瑪莉逃出來以後，他們就是在那條路上找到我。」

「你確定？」

「對。」

我後頸寒毛豎立，一股原始的戰慄流遍我全身，那是介於恐懼與渴望之間的感官。我在渴望什麼？聖瑪莉只是一座廢墟，不是嗎？

史蒂芬轉身背對樹林，似乎費了很大的勁。

我們拎著行李回到葛瑞西家。門沒鎖。一進門就看到她蜷縮在沙發上，抱著紙本書閱讀。

「準備好了？」她問。

「對。」

她打開活門，遞給我一盞小小的煤氣燈，我們踏下一段水泥臺階，進入雖然窄小，卻意外舒適乾淨的地窖。「晚安。」葛瑞西說，「如果需要任何東西，向外面大喊就好。」她輕輕關上活門，我聽見她拉毯子蓋住門板的摩擦聲。我把煤氣燈放到床頭櫃上。

清涼乾燥的香料味飄浮在空氣中，牆面跟地板都是磚塊，幾片編織地毯讓貧瘠的斗室增添一些色彩。房間一側設置了浴室。史蒂芬從口袋裡掏出神經阻斷器，擱在煤氣燈旁邊。我脫掉鞋子，坐上床緣。

現在離邊界已經很近了。要是明天清早就離開，大概能在天黑前抵達。然而我發現我的思緒還在森林裡打轉，想著聖瑪莉。我們離那裡好近。我感覺到它拉扯著我，宛如某種重力場。

史蒂芬凝視著我，似乎是知道我在想什麼。「想要親眼看看那個地方，這大概是唯一一次機會了。」

「我知道。」

「我想去看看。」他說，「就算那裡什麼都沒有。」

聖瑪莉並不是在正北方，要特地繞過去。只是繞一點路，但還是會多花時間。「那會拖住我的腳步。風險很大。」

他咬住嘴角，甩了下腦袋——不是想反駁，而是那種想要清空思緒的動作。「先休息一下吧。」

我不情願地點點頭，解開馬尾，用手指梳梳頭髮。我盯著離我最近的地毯看了會，把它拉開，下面又是一扇活門。「我猜這是她提到的逃生通道。」稍稍拉開一縫，露出一條粗糙的隧道，由幾根木梁支撐著。看起來不太安全，希望我們不會用到，不過要是到了緊要關頭，我也不會遲疑。我小心關好門。「很棒吧？」

「什麼？」

「世界上有像她這樣的人——願意冒險來幫助陌生人。說不定我們是間諜，她還是幫我們開了門。她給了我希望。」

他一挑眉。「真好笑。我遇到妳的時候也是這麼想的。」

我訝異地張嘴，熱氣浮上我的臉頰。

我還想不到要如何回應，他又說：「總之，我不認為她這麼做是因為她人很好。她有某種目的，而且她也不是孤軍奮戰。妳也聽到了。她提到庇護所跟祕密記號。這是某個龐大計畫的一部分。」

「你覺得這有什麼意義？」

他迎上我的視線。「我認為黑風衣反抗活動還在進行。她是其中的一分子。他們幫助更多人，就有更多可能的生力軍。」

我的心臟微微一顫。我想到在單軌電車站瞥見的塗鴉。當時我幾乎想要相信那個塗鴉有真正的意義。然而現在我卻被他的論點搞得心煩意亂。「你知道黑風衣集團的作風吧？他們殺害無辜民眾。他們想要撕裂社會。葛瑞西不是這種人。」當然了，我們對她一無所知。我沒辦法保證她會做什麼、不會做什麼，但不知道為什麼，我就是無法想像她裝設炸彈，或是拿狙擊槍殺人。「你不是認真懷疑她是恐怖分子吧？」

他脫下外套，將它丟到椅子上。「喔，妳知道他們的說法。某人心目中的恐怖分子是其他人眼中的自由鬥士。」他露出缺乏幽默感的微笑。

我的嘴巴發乾。在學校，他們不斷展示那些畫面——炸彈、鮮血、斷垣殘壁。恐怖的幻燈片影像閃過我的腦海。「你不贊同他們的手段，對吧？」

他轉轉肩膀，揉揉其中一邊，解開糾結的肌肉。「不能說我贊成。但我能理解他們為什麼會絕望到幹出那些事。IFEN已經把人們鎖進治療機構，違背他們的意願施行調整，給他們戴上項圈。有很多人並沒有真正做出任何事，他們只是被系統貼上潛在威脅的標籤。他們還能如何反抗？要是妳，妳會怎麼做？」

我在床上不安地換個姿勢。我不確定這是我喜歡的話題走向。「我會講道理。我會試著說服他們，從內部改變系統。」

他哼了聲。「有反對意見的人都遭到重新分類，因為只要說政府的壞話，就代表你有被害妄想症，需要幫助。」他的語氣充滿嘲諷。「他們要怎麼從內部改變一切呢？」

他說得有道理。人們的權益隨隨便便就遭到剝奪，這樣要如何透過合法管道反抗呢？「我知道IFEN太過分了，但我還是覺得背後的意圖是好的。」我說，「在心智登錄系統問世之前，有很多生病的人從未獲得治療，不斷惡化，直到崩潰。他們呢？那些真正需要幫助的人怎麼辦？」

「像我？」

我臉紅了。「你知道我不是這個意思。」

「那妳指什麼？妳看過我的檔案了，那些心理缺陷跟購物清單一樣。我就跟那些人一樣瘋。」他直視我的雙眼。「妳認為他們有權對我做那些事嗎？」

我最初的衝動是否認。當然沒有，他們誤會史蒂芬了。但他是根據標準規定接受評估。如果我說他的遭遇是一場誤會，那就等於承認這個系統錯了。在這個節骨眼，這麼說應該很容易。我曾見識過IFEN有多麼腐敗，他們對人民的箝制有多過分。然而我心底依然有些猶豫。

發現我沒打算回答，史蒂芬別開臉。「妳先洗還是我先洗？」

「你先洗吧。」

我坐在床緣，聽著嘩啦水聲，思緒飄過疑問之海。無論有什麼問題，我們的社會都運作得很順利。人們早上起床，去工作，回家，跟家人朋友相處。儘管IFEN幹了那麼多壞事，他們還是成功創造出暴力犯罪微乎其微的世界——至少，跟戰前的美國比起來是如此——犯下那些罪行的人幾乎都會落網。如果有人掀起反抗活動，目的不是改變，而是推翻這套體系呢？我想加入他們嗎？我真的想看到眼前的和平（無論有多少缺陷）遭到犧牲，換得充滿不確定的未來？是的，現在存在許多不快樂、不平等的現象，可是哪個社會沒有這種狀況呢？這當然不代表這是常態。說不定我只是在找藉口。但要是把目前的體系打成廢墟，我忍不住思考人們會不會建構起更糟的體系。

史蒂芬從浴室鑽出來，熱氣蒸得他皮膚泛紅，金髮往下垂落。濕淋淋的頭髮顏色稍微變深，夾雜一絲絲蜂蜜金，他的T恤貼住潮濕的皮膚。「浴室都是妳的啦。」他喃喃說著。

我躲進浴室，關上門。鏡子還帶著霧氣，淋浴間裡的磁磚濕答答的。

我打開水龍頭，站在熱呼呼的水柱下，低下頭，閉上眼睛。水壓不強，水中帶了點怪異的鹹味，不過熱度實在是太舒服了。我抓起肥皂，停住，盯著肥皂看。它還是溼的。史蒂芬幾分鐘前才用過它。這個想法讓我滿臉通紅。

腦海中神經倫理課教授的幻影不斷碎念我。史蒂芬是客戶、是客戶、是客戶。這個認知並沒有阻止我吻他。當然了，那樣不對。大錯特錯。我應該要繼續假裝那件事從沒發生過。

我靠著淋浴間的牆面，閉起眼睛，讓熱水當頭淋下。史蒂芬雙手的影像飄進我腦海。修長消瘦的手指。蒼白，接近細緻，卻又意外有力。我看得見那雙手的每一個細節，從掌心的繭到他左手無名指指節上的小疤痕——我的心突然跳得好快。

不能繼續妄想下去了。現在就停。我對史蒂芬的情感一點都不恰當，即使撇開這個事實，在逃亡期間起了這種念頭實在是荒謬到了極點。然而經過最後的分析，我對這些情感的認知是愈壓抑就愈強大。

擦乾身體，我換上睡衣，走出浴室。

「妳真的很喜歡粉紅色耶。」史蒂芬說。

我低頭瞄了珊瑚色的睡衣一眼。「我警告過你了。」

他的嘴角勾起小小的笑意。

我移開視線，臉頰依舊燒得像火把。我跟一個男生共處一室。還不是隨隨便便的男生。他是史蒂芬．班特。這個狀況尷尬到了極點，而且我不能不承認史蒂芬真的是，嗯，很有吸引力。這是不容否認的事實。假如他不是瘦成這個模樣——假如他沒有狼藉的聲名跟項圈——女生大概會像藤壺一樣攀了他全身。

我在行李箱裡翻找我的牙刷。巡心門的黑色硬碟跟兩頂白色頭盔閃過亮光。

我猶豫了下，想起史蒂芬先前在我家門外說過的話：*我們可以交換位置。我可以對妳使用巡心門。*

當時我拒絕了。不過史蒂芬說得對。我看過那麼多他的記憶，而他從沒進過我的大腦，這樣太不公平了。我們之間已經不是單純的醫病關係。儘管良心在我腦中像隻蒼蠅似的嗡嗡飛舞，史蒂芬跟我顯然變得相當親近。至少我能試著讓我們的關係更加對等。

「你還想對我使用巡心門嗎？」我問。

他渾身一僵。「蓮恩……」他別開臉，一手抓過頭髮。「我提出要求的時候腦袋不太清醒。

我太害怕了。妳不需要——」

「我想這麼做。」

他眉頭皺成一團，視線上上下下打量我的臉。「為什麼？」

我拎起白色頭盔，一手撫過光滑的塑膠表面。「我不希望我們之間存在任何阻隔。我希望你能完全信任我，就跟我信任你一樣。」

「我信任妳啊。我讓妳拿神經阻斷器指著我的腦袋。還需要證明什麼嗎？」

我握住頭盔的手縮緊。「我知道你能把性命交到我手上。我也一樣。可是相信一個人不會殺你是一回事，完完全全信任對方又是另外一回事。」我的心臟爬到喉嚨裡。我想把它嚥下去，但它就是不動。「我想讓你看看我的內在。這是我欠你的。」

他的困惑絲毫不減。我不顧狂飆的心跳，微微一笑。想到要讓他進入我的大腦，我不想承認自己有多害怕。不只是對史蒂芬，我也得要向自己證明沒有什麼好怕的。

我小心翼翼地捧起行李箱中的硬碟，打開電源，放在兩張床之間的地板上。接著我套上頭盔，將另一頂——療程中我使用的那頂——遞給史蒂芬。

他接下頭盔，可是沒有戴上。「妳真的確定？」

我點點頭。

他緩緩深呼吸，從鼻子吐氣。「好吧。」他坐在床緣，戴起頭盔，將黑色護目鏡滑到眼前。

「好啦，這東西要怎麼用？我是說，我要做什麼嗎？還是……」

「等著就好。感應器要花一點時間讀取。」我坐在我的床緣，面對他，調整好頭盔，沒有拉上護目鏡，好看清外在影像。一股溫暖的震顫傳遍我的頭皮。我嚥嚥口水，嘴巴好乾。

已經好幾年沒有人對我使用巡心門了。所有的巡心者都會跟巡心者前輩分享一些記憶，這是訓練的一環，為了體驗未來客戶的感受。在那些療程中，我記得最清楚的是那股強烈的脆弱感，像是躺在手術臺上，身體被人切開，內臟全都暴露在外。

「嘿，我好像感覺到什麼了。」史蒂芬一手按在胸口，驚訝地張開嘴巴。「哇塞。感覺像是有兩個心跳一樣。好像妳的心臟在我胸口跳動，就在我的心臟旁邊。」他抓著上衣，手指與布料糾纏。「好怪。」

「要稍微適應一下。」

史蒂芬皺著眉頭靜靜坐了幾分鐘。他的雙手落到膝上，停住不動，掌心朝上，彷彿是在靜坐冥想。接著他揚起一隻手，在空中揮舞。他輕聲喘息。「我可以看到自己。好像腦袋裡在播電影。」

「你看到的是我的視野。」

「往上看。」

我看向天花板。

「往下看。」

我乖乖照辦。等我再次望向史蒂芬，發現他咧起嘴角，這好像是一場超炫的新遊戲。我沒在他臉上看過這麼年輕，這麼自在的表情。「太酷了。」

我差點笑出聲來。不過聲音像是撞牆似地停在我的喉嚨裡。

他站起來，走到我床邊，動作有些不穩，他舉起雙手保持平衡。他的腿撞上床緣，他頓了一下，坐到我身旁。我驚訝地愣住，看著他握起我的手。我沒有動，沒有呼吸。他在我掌心畫圈圈，指甲輕輕劃過我的手指。他的一根手指爬過我的手腕，隔著薄薄的棉布袖子沿著前臂遊走，我的嘴巴發乾。

「哇，我感覺得到。」他說，「我感覺得到妳的感覺。」他伸出手臂。「對我做一樣的事情。」

「你——你說什麼？」

「摸我的手臂。我想看看妳這麼做的時候會有什麼感覺。」

我猶豫了。他一動也不動，舉著一隻蒼白消瘦的手臂。我往他手腕處接近透明的皮膚擱上一根手指，就在兩條藍色血管的交會處。

溫暖，光滑的皮膚。

不該這麼想的。他聽見了嗎？我吞了口氣。他的脈搏在我指尖跳動。我緩緩縮手。

「一直都是這樣嗎？」他問。我無法解讀他的語氣。「我是說，妳做融合的時候都是這樣？」

「對。」

他推開護目鏡。茫然的雙眼瞪得好大。他閉起眼睛，然後又睜開。接著他的視線放低，聚焦在我擱在膝頭、掌心朝上的雙手。他摸上我的手，指尖停在我的掌心。我的呼吸一窒。我太在意他會聽到我的一切想法。我得要小心一點。不過我當然也想到史蒂芬會覺得我會想要隱瞞些什麼，其實我沒有。

「嘿……」他的嗓音變得柔和。「妳在發抖。」

「我沒事。真的。只是我……不太習慣這種事。」

不知道他能感覺到多少——他能不能看透我表面上的思緒，深入我的情緒。大概不行。我甚至不確定他有辦法第一次就能開啟我們之間的連結。「跟你說，你做得很好。如果你想的話，你說不定有辦法成為巡心者。」

「我？」他一臉匪夷所思。

「你正好處於開始訓練的黃金年齡。」

「我不認為我有辦法面對這種事。我自己腦中的惡夢就夠我煩惱啦。」

他說得有道理。

「對了，有人把巡心門使用在治療之外的地方嗎？」

「比如說？」

他清清喉嚨。「嗯，妳知道的。」

我茫然地看著他。「我不懂。」

「只是……妳知道的，感受到另一個人的感覺，這會讓某些事情更……激烈。」

漸漸領悟他指的是什麼，我感覺我臉更燙了。「巡心門是很重要的科學工具。它不是玩具。

使用在治療、訓練、研究以外的場合是違法的行為。」

「呃，對，不過沒有人會永遠遵守規定。」

我的臉要燒起來了。

「抱歉。我不是想要害你尷尬。真的。」

「沒什麼。」我扭了扭，感覺自己像是離開殼的烏龜，柔軟的身軀全都露出來了。

他抬手，指尖摸過自己的臉頰。「妳還真會臉紅。」

「大概吧。」

我知道一定會很尷尬，但從沒想過會有多麼尷尬。第一次在史蒂芬身上使用巡心門的時候，他也有這種感覺嗎？說不定只要專注在感知輸入上頭，就不會想太多了。我把注意力放到他的雙眼，研究他的虹膜。距離這麼近，我可以看見裡頭細微的顏色變化——外圍是比較深的藍色，接近中央處是淡淡的銀灰色。然而太專心看他的眼睛可能會造成誤會。並不是因為他的眼睛不漂亮，但——

不該那麼想的。

「妳喜歡我的眼睛？」他的聲音好柔和，語氣帶著我無法理解的情緒。

「不對。我是說，對。我的意思是——」我咬住舌頭。愈是努力不去想史蒂芬，我就愈想他。記憶閃過我的腦海：敏捷修長的手指解開外套的繫帶；他優雅的行動方式像是一頭野貓；他有時候會露出幾乎看不出來的笑意，薄脣稍稍勾起……

我連忙讓思緒的火車出軌，不過已經太遲了。他全都聽見了。

他瞪大的雙眼中有什麼東西在轉變。驚嘆和恐懼在眼底打轉。他知道他眼睛的情緒表現有多麼豐富嗎？

他閉上雙眼，彷彿是想隱藏。「太怪了。」他低喃。

「什麼？」我有些喘不過氣。

他的眼睛閉得好緊，眉毛打成結。「只是……妳想著我。我知道妳的每一個想法。透過別人的眼睛看著妳……感覺好……」他吞了口口水。「妳有沒有在療程中聽見我對妳的想法？」

我搖頭。「我會努力讓思緒安靜。」

他緊張地微笑。「我猜那很有效。」

不知道那時候他都在想什麼。我想問，卻又不敢問。

他湊向我，床鋪的彈簧吱嘎作響，床墊稍稍凹陷。「妳可以做一件事嗎？」

我點頭。

「看著我。什麼都別說。看著我的眼睛就好。」

我遲疑了下，不過我曾說過我不希望我們之間存在更多阻礙，要是我隱藏一切的感受，就達不到原本的目的了。我迎上他的視線。他的表情毫無動搖，只是在那雙眼睛深處，在一層層身經百戰的屏障後頭，潛藏著柔軟的渴望。一股柔情掃過我全身……還有別的，更火熱、更猛烈的事物。我反射性地繃緊肌肉，抗拒心中的感受，接著又逼自己放鬆，讓它們湧上心頭，讓我自己感受一切——對他的著迷，包括他所有的光明與黑暗、他的疤痕與美麗、他的痛苦與奇異的天真。

他顫抖著吸了口氣，稍稍往後退。他閉上眼睛，彷彿是在整理思緒。

「史蒂芬？」

「妳曾說過救人是妳的天性。還記得嗎？」

「嗯。」

他睜開眼睛。「妳幫我這麼多只是為了這個原因嗎？」

我一愣。史蒂芬平淡的表情中帶著戒備。還有謹慎。「不是。不只是這個原因。」

「那為什麼？」

我的心臟用力撞上肋骨，我相信它要把肋骨撞斷了。「因為我不希望你從這個世界消失。」

我悄聲說，「我想要——」在說出這個思緒之前，我阻止了自己。不過我不需要說完。他知道。

他看到了。

史蒂芬雙手捧著我的臉，大拇指擦過我的臉頰，觸碰我的雙脣，撫了過去，留下輕微的刺麻痕跡。我的呼吸哽住了。「之前在樹林裡，妳吻我的時候，妳是認真的嗎？」

我的心臟要停了。

他的眼神好亮，好燙。「說實話。」

我應該要退開，現在就逃走。我知道的。我緩緩撫過他的下巴，指尖滑上他的臉頰。「是的。」我低語，「我是認真的。」

他尖聲吸氣，身上的線條全都繃了起來，宛如拉得太緊的弓弦一般輕顫，彷彿要使出全身勁力才能克制自己。

他貼了過來，嘴唇碰上我的。他的唇冰冰涼涼，有些粗糙，被冷空氣吹得龜裂。我感覺到他鼓動的呼吸。他嘗起來像海洋。像淚水。

我的決心軟化，開始崩塌，肌肉放鬆下來。我緩緩闔眼，輕輕開啟雙唇。一股猛烈的陶醉感像藥物一般擴散到我全身，我掙扎著控制呼吸。房間突然變得太溫暖，我的身體微微刺痛。我想到融合療程，想到第一次潛入史蒂芬的腦海。每一個神經末梢都活躍而燃燒，所有的感官都擴大了。

我緊閉雙眼，努力要思緒安靜下來。感覺我滑倒在地，往危險深穴的邊緣滑落。

史蒂芬的嘴唇更用力貼了上來，細細的呻吟從我喉中逸出，我渾身上下抖個不停。

我不能——不可以——

「沒事了。」他取下我的頭盔，放在床上。他自己的頭盔也隨即落下。他的嘴唇擦過我的頸子。

讓我們之間自然發展，是很容易的事情。我可以輕易去做我想做的事。我們兩個都想做的事。

我抱住自己，使盡我所有的意志力往後退開。他繼續朝我傾身，但我雙手按住他的肩膀，阻止了他。他皺起眉頭。「我想知道一件事情。」我嚥嚥口水，試著潤濕乾燥的嘴巴。「等到這一切都結束……你還打算消除記憶嗎？」

他先是一僵，然後別開臉，下顎緊收。我的手從他肩頭滑落。沉默的高牆擋在我們之間。他垂下頭，手肘擱在膝上，手指鑽進頭髮間。「我不懂。」他說。「為什麼我一定要忘了妳？忘了這一切？妳為什麼不能消除不好的部分，留下其他的？」

如果我試著解釋記憶的神經化學反應，還有它們基本上是在腦袋裡糾結成塊，他大概會覺得我在胡言亂語。所以我給出最好的答案：「因為沒有那麼單純。」

「妳說得倒簡單。」他低喃。

如果他真的選擇遺忘呢？我真的做得到嗎？我可以進入他的腦海，把我自己消除，刪掉那段深藏這段對話、這一夜、我們雙唇相觸的記憶？我想知道……如果我帶走他的痛苦，那還有什麼東西會消失？他的伶牙俐齒？他的同理心？他想保護其他受傷害的人的強烈欲望？所有的東西都交織在一起。想要抽出他的苦難，保留其他部分，這就像是從珍珠中央移除那顆沙子一樣。

「這是你的選擇。」我說。

他迎上我的視線，緩緩將一縷鬆落的頭髮勾到我耳後。「一定很痛苦吧。」他捧著我的臉，掌心溫暖而粗糙。「妳在別人腦袋裡花了那麼多時間，深入了解他們，然後等到一切結束，他們直接離開，把妳忘得一乾二淨，好像什麼都沒有發生似的。」

一團硬塊填滿我的喉嚨，擋住空氣和聲音。我把它嚥下。「這樣比較好。」我低語，「對他們比較好。」

「可是妳很痛苦。」

我們坐著，凝視彼此。過了一會，他移開目光。

我的胸口一片空虛。要是剛才繼續吻他就好了。要是我愚蠢的良心沒有介入就好了。為什麼做對的事往往都像是錯了呢？

最後，史蒂芬起身，雙手插進口袋。「我不知道妳怎樣，不過我今晚是睡不著了。而且我已經厭倦對發生在自己身上的事情一無所知。在知道我的過去究竟是如何之前，我不能決定要不要把它刪除，對吧？」他咬牙。「我們還剩一顆藥丸。」

一股寒意掃遍我全身。「你不是在想現在吞了那顆藥吧？」

「不是在這裡。我想去聖瑪莉，在那裡吃藥。」

我震驚地盯著他，搖搖頭。「太危險了。藥性太強。我們不知道會發生什麼事。而且到了聖瑪莉會有什麼差別嗎？」

「車子開到山丘上，我看到這座鎮的時候，突然有種似曾相識的感覺。就算聖瑪莉那邊什麼都不剩了，光是待在那裡說不定就能幫助我想起來。」

「說不定根本不是這個聖瑪莉。」

「一定是。」他說，「來到這裡的時候，我就知道是。」

我在他的臉上尋找端倪。「你真的確定？」

他直視我的雙眼。「只要到那裡就能找到真相，我有這種感覺。」

彷彿是某種磁力的吸引，我也感覺到了。而且他說得對，就算聖瑪莉那裡什麼都不剩，視覺線索加上路西德的藥效，可以觸發大量的記憶。要是這樣也無法喚回他的過去——或者至少是剩餘的過去——那也沒有別的手段了。

我真的想知道真相嗎？

我緩緩起身。「如果要去的話，現在就該上路了。」

第二十九章

「你們真的確定要這麼做？」葛瑞西問。她站在門邊，身上裹著羊毛外套。

「是的。」我回應。我沒有告訴她要去哪裡，只說我們得要早點離開。在橫越邊境之前，我們還有很重要的事情要辦。

「好吧，這個拿去。」葛瑞西遞出一個鼓脹的背包。「裡面有堅果巧克力、瓶裝水、兩支耐用的手電筒。還有邊境的地圖。隧道的入口用藍色標出來。當然，有些可能在地圖更新之前被警衛發現，就被填起來了，不過至少能給你們一點提示。」

「謝謝。」我說，「謝謝妳為我們做的一切。」

史蒂芬在庭院裡踱步，雙手插在口袋裡，在冰冷的夜晚空氣中吐出一團團白霧。一隻公雞高啼，濃霧像是潮濕的毯子一般蓋著庭院。

「在我們離開之前，妳還能告訴我們什麼事情嗎？」我問，「有什麼是我們該知道的？」

「動作愈快愈好。保持警戒，別被抓到。」她眨眨一隻眼睛。

我又謝了她一次，然後我們上車開始前行。地平線亮起鬼魅似的蒼白火光。史蒂芬凝視窗外，微弱的曙光照亮他眼下的灰影，那兩個深色圈圈從來沒有消失過。彷彿經過多年失眠，它們已經永遠陷入他的皮膚。

世界沉滯而安靜，天空蒙著厚重的雲層，要下不下的雨滴灑在擋風玻璃上，連毛毛雨都說不上。我們接近松林邊緣，陰影伸展觸手，將我們吞噬。太陽才剛出來，林中已經是一片黑暗，而且愈來愈暗。車子放慢速度。

「你想我們有辦法抵達聖瑪莉嗎？」我問。

「我知道它在哪裡。」

荊棘路地上凹凸不平，水泥路面處處是裂縫和坑洞。我看了下後照鏡，已經看不到小鎮的蹤影，只剩冷酷深邃的綠色松林。原始的寂靜懸在林間，就連鳥兒的歌唱也無法突破沉默。只剩輪胎輾過松針，還有偶爾出現的松果的劈啪聲。

史蒂芬的手指握緊方向盤。「蓮恩？」

「嗯？」

「等這一切都結束，如果我們還在這裡，如果我決定保留記憶，我們可不可以……我是說……」他咬住下唇，深吸一口氣，像是在穩固決心。「昨晚的事——妳真的對我有那種感覺嗎？」

我脈搏加快，記憶閃過我的腦海——他的氣味，他的溫暖，他的唇壓在我唇上的感覺。我的手指撫上嘴唇，沿著輪廓滑動。

我不該跟他接吻的。第一次不該，第二次也不該。現在他竟然想要保留充滿創傷的過去，就怕會忘記我。這就是為什麼巡心者跟客戶不該交往的真正原因。罪惡感撕扯我的心臟。我太不負責任、太自私了。發生在我們身上的一切將我擊潰，我不知道後座力有這麼強。但這不是藉口。「聽好，我……」一團硬塊堵在我的喉嚨裡。我把它吞下去。「我犯了錯。巡心者跟客戶不該有私下的牽扯。我應該要更有自制力，可是我的腦袋不夠清楚。發生了那麼多事，我——」

「回答我的問題就好。」

「這跟我的感覺無關。我說過了，這樣違反規定。」

他盯著路面，方向盤上的指節發白。「到了這個時刻，真的有必要遵守規定嗎？」

「對！我不能——」我的聲音打顫。我閉上眼睛，整理思緒。我做了一輪心理訓練運動，然後——使用長久練習的技巧——我將情感壓到腦海底層，留下平靜清晰的思緒。我睜開眼睛，深吸一口氣。「患者有時候會對他們的心理醫生發展出強烈的情感。」雖然不是刻意，我發現自己套上了專業淡然的語氣，複誦訓練過程中學到的內容。「這叫做移情作用。」

他皺眉。「什麼？」

「這是一種下意識的情緒轉向，常會以性方面的吸引來呈現。現在你對我的感受就是那種東西。」

他拱起肩膀。「這什麼屁話？」

我沒理會他的反應，繼續說：「你愛的不是我。是我的形象。是我在你心目中的姿態。」我避開他的表情。「當然了，客戶自然會對治癒他們的人產生這種牽繫，所以才有那些規定。如果我佔你的便宜，就是違反倫理——」

他啪的一聲搥了儀表板一拳，我嚇了一跳。車子猛然停下。他直視前方，雙手緊握方向盤。「等到這些事情結束，妳要我走我就走。」他啞聲低語，「妳想跟我說那些感覺都是錯的，跟我說那是病態反應，隨便妳。可是別跟我說那些都是假的。妳敢就試試看。」

他的肩膀垂下，眼中的火光熄滅，沒有憤怒，他臉上只剩疲憊。「我再也不能相信我的記憶了。我甚至不知道我是誰。我只能相信我的感覺。要是連這個也信不得，那我什麼都不剩了。」

我楞楞地坐著，不敢動，不敢呼吸。

他的腳離開煞車。車子往前滑行。我還是沒有開口。

我從來沒有這麼失落過。

這幾年來，我相信遵守規定就對了。我不知道還能相信什麼，不知道還能信任誰——除了史蒂芬。我可能是瘋了。他可是個充滿暴力的不定時炸彈。他顛覆了我的人生。但現在我對他的信賴遠遠超出我服務了一輩子的組織。否認這個事實是怯懦的表現。「我**真的**很在乎你。」我低聲說，「超出我應有的限度。你在我心中不只是客戶，不只是朋友。」

他的呼吸微微一窒。

我的手指往內縮起，藏在掌心裡。「只是——我得要釐清許多事情。我已經不知道什麼是對的，什麼是錯的了。我甚至幾乎搞不清楚自己到底是誰。我不知道等到這一切結束以後會有什麼後果。我需要時間。」

他直視前方，只有引擎的低鳴打破沉默。他轉向我，勾起一邊嘴角對我微笑。眼中染上一絲悲傷。「很公平。」

他的笑容讓我心痛。我想給他更多。我想告訴他在這之後，我們可以在一起——前提是還有「之後」。但我就是辦不到。我心裡太亂了。

路況愈來愈糟，車子彈跳搖晃，帶著我們來到一個岔路。荊棘路繼續往前延伸，另一條無名泥土路往東方分岔。這比獸道還要寬一些，對車子來說又太窄了。「就是這裡。」史蒂芬說，「這條路。走下去就是聖瑪莉。我很確定。」

現在還是大清早，雲層已經密到宛如黃昏。我抱著自己打了個寒顫。我望向荊棘路，它繼續往北穿過森林，通往邊界。我又望向狹窄陰暗、通往未知、通往史蒂芬過去的小徑。「你覺得把車留在這裡沒問題嗎？」

「這個嘛，應該不會被拖吊吧。」

我從後座撈起巡心門，跟頭盔一起硬塞進背包。雖然很重，不過還背得起來，我們輪流背應該沒有問題。

他邁開腳步，松針在他腳下劈啪斷裂。我跟了上去。小徑光線昏暗，彷彿是走在隧道裡。背後的車子愈來愈遠，消失無蹤，被松樹和灌木叢吞噬。

遠方雷聲隆隆。幾滴雨水吻上我的後頸，我緊張地仰望天空。「或許這不是個好主意。」

史蒂芬搖搖頭。「我想要做個了斷。」

我們繼續往前走。史蒂芬漸漸落後，喘個不停。「該死。妳的體力怎麼會比我好？妳應該只是個書呆子吧？」

「我會上健身房。健康的身體是健康的心靈的居所，這是……」我沒把話說完，這是我父親常常掛在嘴邊的話，這句話還沒說出口就在我的喉嚨裡死去。現在我不太想提起我父親。就算史蒂芬注意到我說溜嘴，他也沒有多說什麼。

我加快腳步。

史蒂芬咕噥一聲，一手按住胸口。「慢一點，我的肺要爆炸了。」

「如果你好好照顧自己，現在就不會這麼辛苦了。」我忍不住挑出來說。

「如果我有翅膀，我就可以像小鳥一樣飛過去啦。」他在樹根上拐了一下，口中喃喃咒罵。他撞上一片蜘蛛網，臭著臉挑掉頭髮間的細絲。「太小看大自然了。」

儘管肚子裡打了個結，我的嘴角還是扯起小小的微笑。

風勢增強，樹木不祥地搖搖晃晃，但雨水還積在雲層裡。我停下腳步，凝望前方。「好像看到了。」

「哪裡？」

「那裡。」我指著聳立在樹林間的黯淡形體。我們靠得更近，那團形體凝聚成類似城堡的磚砌建築，窗戶都裝上鐵桿，周圍是空蕩蕩的庭院，還有一片傾頹的磚牆。一扇左右對開的鐵柵門嵌在牆上，鏽蝕處處，被風一吹，鉸鍊咿呀旋轉，一條被雜草淹沒的小徑通到建築物的前門。

「好像恐怖電影的場景。」史蒂芬說。

「嗯，這裡是廢棄的精神病院，周遭總是瀰漫毛骨悚然的氣氛。」

「不知道會不會撞鬼。」

「說不定喔。」我們輪流扛著背包。現在輪到我背，讓人安心的重量貼在我背上。可是另一層冰冷沉重的恐懼像是水泥塊般駐紮在我肚子裡。「準備好了嗎？」

史蒂芬擠出笑容。「還沒。不過我已經下定決心了。我要進去。」

我朝他伸手。他握住我的手，我們的手指纏在一起。他的手暖暖的，是我攀附的船錨。

我們走過柵門，沿著小徑朝聖瑪莉接近，在石子上踩出沙沙腳步聲。這些年來，森林爬過圍牆，入侵庭院，厚重的紅棕色灌木叢覆蓋一切。我試著想像此處的全盛時期是什麼模樣。說不定曾經有過一片花園，說不定病患在戶外活動，身上穿著不合身的白色制服，摘著蕃茄或是蘋果，腳踝的鎖鏈讓他們行動受限。當時院方還會使用鎖鏈。

我想到分類系統、監視攝影機，重新分類的威脅總是籠罩各處。我這才發現我們身上還拴著鎖鏈——每個人都是。只是變得不著痕跡而已。

我們抵達前門，雷聲在遠處斷斷續續地翻騰。門關著，不過木板相當破舊，看起來只要一碰就會化為碎片。鏽得厲害的沉重鎖頭掛在鏈條上。史蒂芬踹了彈簧鎖一腳，它啪地一聲墜落地面，有如過熟的水果。

他推開門，鉸鍊吱嘎作響，門內是空蕩蕩的寬闊前廳，兩旁都是門。微弱的陽光從破掉的天花板照入。前廳盡頭有一座放在基座上的雕像，它身穿長袍，展開雙臂。

我從背包裡掏出手電筒，其中一把遞給史蒂芬。我打開電源，明亮的黃色光束劃破滿室幽暗。「準備好了嗎？」

史蒂芬也打開手電筒，點點頭。我們往前踏入陰影。枯葉在我們腳底下沙沙作響，它們從天花板上的破洞鑽進來。我抬起頭，手電筒照向梁柱，看到一群烏鴉在上頭築了巢。他們被我驚動，嘎嘎亂叫，拍打翅膀。其中幾隻飛到外頭，飛向灰褐色的天空。我手中的光束掃過左側牆面以及一排門扉。有的關著，有的開了一半。我看進門內，只看到空蕩蕩的房間、幾張沒有床墊的鐵床架，除此之外什麼都沒有。

「好吧，看來這裡真的是廢墟。」我的聲音太過響亮，在這片充滿壓迫感的深沉寂靜中，像是一種褻瀆。

說不定這裡真的什麼都沒有。說不定我們只是在浪費時間。

梁上的烏鴉往下窺看，屋外隱約聽得到呼嘯風聲。

我認為我是個理性的人，不會對幻想或是迷信大驚小怪。但我總是有種感覺：某種東西在人類理解範圍外潛行。即便整起事件超出心智所能觸及的範圍，有時候直覺可以嗅出線索，這是經過數百萬年演化的磨練，處於潛意識內的超級電腦。這個地方不斷刺激我的直覺，電流在我的皮膚下跳舞。這裡發生過什麼事，這點我可以確定。很恐怖的事。

我發現史蒂芬沒有回應。他一動也不動地站著，凝視前廳盡頭的雕像。我的拇指擦過他的手腕，我感覺到他的脈搏在皮膚下鼓動，又重又急。「史蒂芬？」

他甩甩頭，像是想從恍惚中醒過來，吐出顫抖的氣息。「好啦，要開始了嗎？」

我在口袋裡摸索，撈出那個藥盒，打開蓋子。中國龍藥丸在裡頭滾動。史蒂芬把它拎起來，可是沒有吃下去——只是看著，表情嚴峻。

「你確定你真的想繼續？」我問。

他緊緊握住藥丸。「別說這種話，不然我會抓狂。」他嘴角一勾，臉色卻白得像蠟。

我猶豫了下，看進他的雙眼，再次被他的堅毅嚇到。他承受的恐懼絕對會摧毀大部分的人，但他還活著，還在往前走，一次又一次面對過往夢魘。一般人不了解心靈創傷，事情過去以後傷口還是在，它就住在你心裡，日復一日，年復一年。他心靈的碎片是由執拗的意志力拼起。

我伸手撫上他的臉頰，低聲說：「無論發生什麼事，我都會在這裡。」

他閉上眼睛，像是在品味我的撫觸，一手按住我的手。「不知道我為什麼會這麼想。如果換作是妳，妳一定會表現得更好。」他的聲音好低。

真想找出能讓他了解自己價值的話語，或許可以用行動來表示。我發現自己靠向他。就是這麼容易。

「妳現在在想什麼？」他的嗓音柔和沙啞。

我嚥嚥口水，心臟跳得像打鼓。「我想吻你。可是我不該這麼做。我是說——」我發出虛弱的笑聲。「我才跟你說我需要時間想清楚。」

他的手指滑進我的頭髮，溫暖的震顫傳遍我全身。他捧著我的頭，視線往我臉上探尋，逗留在五官的每一處。他彎下腰，直到他暖熱的吐息灑在我唇上。我們的眼睛離得好近，我無法對焦。我屏息等待——然後他緩緩退開，似乎是費了很大的工夫。他的手垂到兩側。

我想大聲抗議。

「等妳想清楚了，記得告訴我。」

我們之間的空間突然變得寬闊許多，胸中的暖意頓時變得冰冷。我提醒自己是我要求他等我。他尊重我的想法。但我依舊覺得被拒絕。

「好啦。豁出去囉。」說著，他把藥丸丟進嘴裡，直接吞下。

沒有多少時間可以虛耗，藥效很快，就在我們說話的時候，它已經進入他的血液。我打開背包，將巡心門的硬碟放在地上。他拎起他的頭盔，套起來，扣好下巴的繫帶。我也拿起我的頭盔。白色的塑膠摸起來冰涼又平滑，那熟悉的觸感。我抖著手戴好頭盔，溫暖的刺痛掃過我頭皮。

史蒂芬腳步搖晃，他的暈眩像雪崩般擊中我，讓我一個踉蹌。四周的牆壁歪斜，閃閃發亮。烏鴉的嘎嘎叫聲在我耳邊迴盪。

「躺下來。」我用力擠出幾個字。

他躺在地上伸長四肢，胸口起伏，速度快到像是鳥兒在鼓翅。他的眼睛瞪得好大，茫然的視線投向天花板。

牆壁開始融化，我閉起眼睛，專心呼吸，直到暈眩消散。這不是真的。這不是真的。等我再次睜眼，視線一片模糊，除此之外，一切正常。「史蒂芬，你聽得到嗎？」

他呻吟幾聲，身體抽搐顫抖。汗水沿著他的臉頰和頸子滴落。他已經身陷夢境。

我躺在他身旁，握住他的手，放掉意識。我們之間的聯繫開啟，我感覺到自己在往上墜落。合唱似的聲音在我耳邊膨脹，那是不屬於人世間的顫抖嚎叫，有的高亢，有的低沉。

上方的空氣開了個黑洞，像一張飢餓的嘴巴般將我吸入。

第三十章

我在一片霧茫茫的海洋中漂浮，海裡充滿隱約的回音，低沉的呢喃，與其說是聽見，還不如說是感覺到，像是深入我骨頭的震盪。我不知道我是誰、我在哪裡。

這個地方馬上激起一股排斥感，卻又帶著深沉的安穩。這裡沒有時間，物體在迷霧中成型——椅子、時鐘、窗戶，一點一點的碎片。它們出現又消失，被霧氣吞沒。我看見聖瑪莉的那座雕像，不過比現實中的那一尊還要大，聳立在我面前。雕像下方開了一個黑洞，我正在墜落——朝著明亮的光圈加速前進，看起來像是暴風圈中的眼洞。光圈之外是一片閃耀的白，我還聽見聲音，一個男孩跟一個女孩，我聽不出他們在說什麼。

我飄向那些聲音，飄向那片潔白。光芒變得更亮，將我吞沒。

我走過一條走廊，心臟卡在喉嚨裡。天花板上的攝影機鏡頭像黑眼睛一般俯視著我。我沿著牆壁悄悄走動，在鏡頭裡看到我的倒影。莉西跟在我身旁，我抓著她的手。她的手指又細又暖，我們掌心的汗水混在一塊。應該要覺得噁心的，但我沒有。

她對我微笑，露出缺了一角的門牙。

我們轉過角落，她打開門，我們溜進去。這是塞滿瓶罐拖把的櫥櫃，人造的松樹香味讓我鼻子發癢，不過當我們擠在一起，這裡是全世界最棒的地方。我們的祕密小屋。

小小的火光在黑暗中跳動，我看見莉西枯瘦的手指握著偷來的打火機。火焰在她的眼中跳舞。

她十歲，比我大兩歲。

我們在黑暗中靜靜地坐了幾分鐘，看著火焰。「如果可以的話，你想變成什麼動物？」她在我耳邊低語。

我的腦袋靠上她的肩膀，思考一會。「松鼠。這樣我就可以爬上樹，跳來跳去，沒有人能抓到我。妳呢？」

「我要當老虎。」她說，「因為沒有人敢惹老虎。」

我依偎在她肩頭。

「好啦，輪到你了。」她說，「問我問題。」

我想了幾秒。「在整個太陽系，如果可以去任何地方，妳會去哪裡？」

「太陽。」

「妳不會被燒光光嗎？」

「只要穿特殊的衣服就好。你呢？」

「冥王星。」

她歪歪腦袋，這個動作逗得我想笑。「怎麼說？」

「不知道。就是想去。」我抱著膝蓋。「妳認為它自己一個在那裡會寂寞嗎？」

「才不會。」她說，「它有衛星。」她一手環上我的肩膀。「叫做凱倫。很像女生的名字，只是拼法不同。它們的大小幾乎一樣。」

「輪到妳了。」我說。

她沉默了一分鐘，笑容消失了。她抱住膝蓋，手中還舉著打火機，雙眼直盯前方，像是可以看透櫃子的門，看到別的地方。「你覺得發生在人身上最恐怖的事情是什麼？」

雞皮疙瘩爬滿我的手腳。「死掉？」我答得膽怯。

她搖搖頭。「慢慢死掉很恐怖，可是死掉不恐怖。只要死掉，你就不會痛了。最恐怖的是人還活著，身體裡面卻死掉了。」她的眼神變得朦朧而遙遠，我看見橘色的火光映在那雙眼中。「在丹尼消失以前，我看他變成這樣。他不能說話也不能動。他們就這樣把他鎖在房間裡好幾個禮拜。我不想——」她的嗓子啞了。「我不希望我們也變成這樣。」

「我不會讓這種事情發生的。」我用力說，「我會保護妳。」

她笑了。「我知道。」可是她的眼裡好悲傷。我想她不是真的相信我的話。她揉揉我的頭髮。「我們有一天會出去的。」

「是嗎？」

「沒錯。不過以防萬一。」她湊過來，一手環上我的後頸，親親我的嘴巴。她嘗起來像煙、像海洋、像牛奶、像雨。她往後退開，再次笑得露出缺了一角的門牙。「這是幸運之吻。」

我的臉頰要燒起來了，脫口說：「等我們出去，妳會嫁給我嗎？」

她笑了起來，看到我的表情，馬上收起笑聲。「當然。我會的。我答應你。你可不可以也答應我一件事呢？」

我點頭。我什麼都願意答應，什麼都可以。假如她要我帶她去月球，我一定會想辦法達成。

她嚥嚥口水，喉嚨震動，握住綠色塑膠打火機的手指收得更緊，感覺打火機要裂成兩半。

「萬一他們真的把我或你弄壞了，就像他們弄壞丹尼那樣，我們先發誓……」

她的聲音消散，臉龐變得模糊。

我滑過一片陰暗的迷霧，穿過無數低語和閃爍的光芒。

等我從黑暗的另一端飄出，我坐在一個白色小房間的角落。燈開得太亮了，就算是緊緊閉上眼睛，我還是感覺得到光線隔著眼皮刺痛我。我吞吞口水，喉嚨渴得發痛。

我的手臂不能動，它們在我胸口緊緊交疊，被聞起來有灰塵味的拘束衣固定住了。

門打開，一名男子走進來。他的頭髮跟外套都是白色的，看起來像是在發亮。那雙沉穩的灰眼睛注視著我，他的左手包著繃帶。「你準備出來了嗎？」他以低沉的嗓音詢問。

我別開臉，沒有回答。

他伸出包著繃帶的手。「咬我是很嚴重的事。在我放開你之前，我得要確定你會乖乖的。我要聽你跟我道歉。」

我望向別處。我才不要道歉。我希望他的手還在痛。

他嘆息。「你為什麼就是要讓自己更難受呢？你知道我們只是想幫你。」

在拘束衣下頭，我的雙手握成拳頭。「我知道發生了什麼事。我知道你們在做什麼。莉西告訴我了。」

他的嘴脣繃緊。「我有沒有跟你說過在政府的安置機構找到莉西的時候，她的狀況有多糟？她把自己關在房間裡，以為這裡的大人想要殺她，無論是誰想開門，就會被她攻擊，就算他們只是想拿東西給她吃。她怕到不敢離開房間，差點餓死。就算他們把食物放在門口，她還是不吃，因為她怕食物被下藥。她的心生病了。你能了解她為什麼需要幫助嗎？為什麼你們都需要幫助？」

我沒有回答。

我懂莉西的感受。無論她相信的事物是不是真的，我想她發現了更厲害的真相：大人都不值得信任。就連外表和善的傢伙也會說謊騙小孩。他們為所欲為，自己編理由說為什麼可以這樣做，根本不知道什麼是真的，什麼是假的，所以最好別相信他們說的任何話。

「史蒂芬。」他的聲音變得更堅定。「跟我說你懂。」

我瞪著他。「幹。」

他抿起嘴脣，關上門，那雙眼又冷又空虛。

又過了更久。我好餓好渴，我要去廁所。我的手臂在拘束衣裡綁了太久，好痛。

門終於再次開了一小縫。「史蒂芬？」低沉、溫和的聲音問，「你聽得到嗎？」

我輕輕點頭。

門完全敞開，一名男子站在門口，他留著短短的鬍鬚，眼睛是棕色的。「你在這裡待了多久？」他柔聲問。

「不知道。」我的聲音好小聲，好沙啞。

他搖搖頭，喃喃自語：「太可惡了。我早就跟伊曼紐說過不能再這麼做。」他走進來，蹲下，解開拘束衣的釦子。我伸出雙臂，試著站起來，腳抖個不停。我站不穩，男子扶住我。我閃開他的手。

「我很抱歉。」他說，「你不該被鎖在這裡。」

我沒有抬頭。我不信任他。他看起來比史汪醫師還好，但他依舊是個白大衣，也就是說他是我的敵人。「我要見莉西。」我小聲說。

他發出像是噎到的聲音，沉默了好幾秒。「她身體不舒服。」

「我要見她。」

他揉揉鼻梁，閉上眼睛。「史蒂芬——」他的嗓音稍稍破碎。「就算你看到她，她也沒辦法跟你說話。」

我的喉嚨腫起，淚水灼痛眼角。我好恨這一切。我恨他們，那些總是盯著我們看的白衣人，還有裝滿睡意的長長針頭。我恨他們帶給我惡夢，恨他們害我腦袋像是要燒起來，恨那些害我視線模糊、吐了一地的扭曲痛楚。即使不知道是用了什麼方法，我知道他們對我做了這些事。我不記得在這些房間、這些走廊之前的任何事，感覺他們是靠著某種手段將那些記憶奪走。他們什麼都要奪走，現在連她都要被他們帶走。

「我才不管。」我說，「我要看我的朋友。」

他垂下頭。「好吧。」

我們走過一條狹窄昏暗的走廊，腳步聲敲出回音，他的鞋子在地磚上嘎嘎作響。我們停在一扇門前，他猶豫一會才緩緩開門。

莉西坐在床上，背後堆了一堆枕頭。她的左眼蓋著繃帶，滲出一些紅點。她的右眼瞪得好大，裡頭什麼都沒有。口水從她的嘴角滴出來。「莉西？」我小聲呼喚。她沒有回應，甚至沒有看我。

我的胸口抽得好緊，難以呼吸。「你們對她做了什麼事？」

「不是我們做的。」他的聲音聽起來好空洞。「她傷害了自己。她以為我們在她腦中植入東西，拿眼睛戳進自己的眼窩，想挖出那個東西。我們已經盡力修復損傷了，可是……」

我頭暈目眩，喘不過氣。我拖著腳步走向床邊，望進莉西僅剩的眼睛，胸口好痛。「莉西？」我摸摸她擱在床單上、宛如死掉鳥兒的手。「莉西。」沒有回應。「莉西！」我搖搖她。她前後晃動。

「史蒂芬。」一雙大手握住我的手臂，想把我拉走。

「**不要碰我！**」我掙扎尖叫。

莉西癱倒在床上，毫無生氣。她的眼睛凝視著半空中。

「拜託。」我的視線淹起水。「拜託不要走。我不想孤單一個人。」她還是沒動。沒有看我。

這時，我知道莉西已經走了，就跟其他人一樣。在她之前是凱蒂。再之前是丹尼、路伊、莎娜。他們都不再說話，不再動彈，然後就消失了，莉西一定也會消失。我是最後一個。

呼吸好痛。我抖個不停。我想要逃走，卻又做不到。

我答應過了。

我閉上眼睛，吸了口氣。我把腦海盡量清空，雙手停止顫抖。

當她第一次要我答應她的時候，我哭了。我說我做不到。可是她說，*拜託*。她說，*我只能相信你了*。我吸吸鼻子，眼睛跟鼻子都在漏水，我說我答應。莉西從來沒有叫我做過其他事情。我得要這麼做。

「我可以跟她獨處一下嗎？」我輕聲說。

他沉默了。他垂下頭，好像很傷心。好像知道這有多麼殘忍，希望可以停止。在一瞬間，我幾乎要憐憫他了。

可是他*可以*停止這一切。只要他想，他隨時都可以阻止，可以放我們走。但他從來沒有。在他心中，有些東西比我們還重要，比我還重要。我的腦袋好燙，突然間我的怒氣上升到前所未有的地步。在這一刻之前，我不確定自己做得到——不確定是否能夠信守諾言。不過現在我知道我可以。這是我對抗白衣人的唯一手段。只有這樣才能放她自由。

「拜託。」我沒有抬頭，沒讓他看到我的眼睛。

「好吧。」他的聲音好柔。「我在門外等著。」他離開房間。

我轉向莉西。她還是沒動。眼睛只剩一小縫，嘴巴張開一半。如果不仔細看，我可以假裝她只是睏了。

我坐在床緣，雙臂包著她。我摸摸她的頭髮，手指頭從中間梳過。淺棕色的髮絲好柔軟。「我沒辦法法保護妳。」我低語，「我說我會保護妳，可是我做不到。」我握住她的手，她沒有回握。「對不起。」我親親她的臉頰，把她輕輕推回床上，拉好被子。她凝視著天花板，我將雙手環上她的喉嚨。

第三十一章

我無法呼吸。

我張開嘴巴，試著吸氣，可是有一股沉重的壓力環繞我的喉嚨，截斷空氣和聲音。史蒂芬壓在我身上，頭上還戴著頭盔，無神的雙眼瞪得好大，雙手拇指陷入我的氣管。他臉上的淚水閃閃發亮。

在他眼中的不是我。他還在記憶裡，在夢裡。

我無法**呼吸**。

驚恐傳遍我的神經，我抓住史蒂芬的雙手，想要扳開他的手指，可是他握得更緊，力道足以掐出瘀血。他直直盯著我，我的視線開始消散。我咬牙，更用力地握住史蒂芬的手。灰霧在我眼前游動，我的胸中出現一團真空，空蕩的肺葉好痛，尖叫著要呼吸。**史蒂芬，是我，我是蓮恩！**

我這麼想著。不過他當然聽不到我。我們之間的聯繫是單向的。**放手！**

他繼續緊握。

完了。現在，我將要死在這裡，在這個房間裡。

我鼓起最後一絲力氣，縮回一隻手，重重甩了他一巴掌，把他打得頭一偏。他的手摸向臉頰，往後倒下。

空氣衝進我的肺，我連連喘息，摸著自己的喉嚨，視線緩緩恢復清晰。我蜷縮在地上，又嗆又咳。

「蓮恩。」他坐在地上，眨眨眼，像是剛從沉睡中醒來。「蓮恩，妳……」他的視線聚焦在我身上，臉頰血色盡失。

我眼中泛淚，喉嚨灼痛，不過我還是擠出虛弱的微笑。「我沒事。」我的聲音好沙啞。

他看起來像是要吐了。「是我做的嗎？」他低語。

我坐起來，還是小心翼翼地按著喉嚨。「不重要了。」我揉揉脖子上的軟肉。等會應該會瘀青吧。呼吸好痛，不過我可以呼吸了，希望這代表沒有留下永久性的傷害。

「我們──我要送妳去看醫生。」

我搖搖頭。「沒有很嚴重。幫我拿一點水過來。」我指著放在旁邊地上的背包。

他一手耙過頭髮，髮絲紛紛翹起，讓他看起來像是剛被電到。他的眼睛瞪得好大，臉色死灰。「妳怎麼可以這麼冷靜？」

「水。」我啞聲說，「現在。」

他在背包裡翻找一陣，遞給我一瓶水。我小口小口啜飲，喉嚨裡的灼痛讓我的臉皺成一團。我差點死掉。說真的，或許我應該要驚慌失措。不過那有什麼好處？

我一半的意識還留在那個地方，被白牆跟攝影機包圍。黑色霧氣攀附在我腦海邊緣，彷彿剛才在惡夢中醒來。一切都不太真實。我不想去思考在那裡看到的情景，可是父親的臉龐烙印在我心頭。專注在當下。

我坐在地上縮成一團，指尖小心戳戳瘀傷的地方。「你記得多少？」我的聲音聽起來像是被絞肉機輾過。

「我——我不知道。妳現在怎麼還有辦法想這件事？我剛才——」

「史蒂芬。」我以最堅定的語氣說道。在捉摸不定的記憶溜走前，我需要確認我們看到、聽到同樣的事物。細節已經開始淡去。「你記得什麼？」

他的雙眼失焦。他摸摸自己的臉頰，動作很慢，很茫然，然後他盯著指尖的水珠。「我看到……有一個女生。莉西。」他的聲音好溫柔，好遙遠。「她是……」他皺起眉頭，像是正在努力計算數學題目一般。他緩緩將雙手舉向自己的喉嚨，表情蒙上恐懼。

「史蒂芬，聽我說。」我斷然道，「當時你還是個孩子。是個陷入絕望恐怖處境的孩子。那時候發生的事情不是你的責任。」

他閉上眼睛，掌根按住眼皮。「我殺了她。」他的嗓音濁重沉悶。「我差點殺了妳！」

「剛才你無法控制自己的行為——」

他歪歪斜斜地起身，往後踉蹌幾步，從我身旁退離。「妳看過我腦袋裡裝了什麼東西。妳知道我是哪種人了。」他吐出顫抖的呼息，拳頭抵住兩側太陽穴。「他們監視我、給我戴上項圈，說不定他們沒有做錯。說不定我真的是怪物。」

我站起來，面對他，抓住他的手臂。他訝異地看著我。「我看過很多人的腦袋。」我說，「我看過真正的怪物。相信我，你跟他們不同。」

「蓮恩……」

我抱住他。慢慢地，他回應我的擁抱。我的手指梳過他柔軟的頭髮，摸摸他的背。隔著薄薄的T恤，可以感覺到他脊椎一節一節的突出。但願我知道要跟他說什麼。我覺得自己好幼小，好失落。我們都是。

終於，他挺直背脊，抹抹眼睛。「那兩個傢伙。那些醫生……」

「其中一個是史汪醫師。」我的語氣變得生硬。「我很確定。」前兩回史蒂芬服用路西德之後，記憶的影像很模糊，不過這一回我看清楚他們的臉了。毋庸置疑。

「另一個人呢？」

我閉上眼睛。在內心深處，我早已察覺到真相，只是不想接受罷了。即使到了現在，我仍舊無法理解為什麼我心目中的好人會捲入那種事情。我不想說出答案，因為這會讓過去成真。但我別無選擇。「我父親。」

沉默籠罩在我們身上。

「我很遺憾。」史蒂芬這麼說，他的聲音好輕柔。

我父親要為他遭到綁架、折磨負起部分責任，而他卻為我感到遺憾。我好想笑。好想哭。可是我不能讓自己崩潰。要是現在哭了，我不知道眼淚什麼時候能止住。我試著自我安慰，心想至少父親對史蒂芬釋出過些許善意——他讓他離開牢房，帶他去看莉西——然而，他還是在那裡。

他是其中的一分子。「別在意。」我的情緒跟輕快的語氣完全不合。「現在我們還有其他事情要煩惱。」我再次看著空蕩蕩的房間，停滿烏鴉的屋梁。「這裡一點都不像你記憶中的場所。它怎麼可能在十年內荒廢成這樣？」

他的表情變得茫然又遙遠，情緒往內收起。他緩緩走向長袍女子的雕像。

「史蒂芬？」他沒有回答。我背起背包，拎起手電筒，跟了過去。

來到雕像的基座旁，我拿著手電筒掃過雕像，它的嘴巴微微張開，視線投向上方，神情空茫。白色的烏鴉排泄物一點一點灑在灰色長袍上。

「在地底下。」史蒂芬說。

「什麼？」

「真正的聖瑪莉。藏在地底下。」他的聲音像是來自好遠好遠的地方。「通道在雕像下面。他們帶我們來這裡的時候，會——」他停了下來，一手按住太陽穴，甩甩頭。「該死。他們是怎麼做的？」

我又盯著雕像看——它的手掌微微拱起，往外伸出，像是在交出什麼看不見的東西——我注意到它的右手腕圍繞著一圈跟頭髮一樣細的裂痕。這是拼裝上去的，就跟人偶的手一樣。我的脈搏飆高，指向那處。「你看。」

他倒抽一口氣。

我還來不及說什麼，史蒂芬已經握住那隻石手，扭轉。它劈啪一聲，往上旋轉，先是安靜了幾秒鐘，接著一股低沉的摩擦聲填滿整個空間——像是老舊齒輪般開始轉動——雕像的基座慢慢地、笨拙地滑向一側，露出大約六呎見方的方形開口。一道寬闊的石階往下深入黑暗。

我們一動也不動地站在入口前，凝視下方。我將手電筒往裡面一照，可是細細的黃色光束沒有傳得很遠，被幽暗全數吞噬了。

史蒂芬握住我的手，他的掌心熱呼呼的，沾滿滑滑的汗水。

「你知道的。我們不需要進去。」

他頸側的脈搏跳得好重。「我要親眼看到。」

我捏捏他的手，柔聲說：「無論發生什麼事，我都會在這裡。」

他的手握得更緊了。

我們走下石階，進入黑暗。

第三十二章

十階。二十階。頭頂上的方形光芒愈來愈小，愈來愈黯淡。最後我不再數了。石階實在是太長太長。

黑暗從四面八方擠向我們。除了我們的腳步聲，唯一的聲響是我們加速的呼吸。我們終於來到底部。我看看四周，然而就算是舉著手電筒，我還是看不出太多東西，視野不超過幾平方呎。彎曲的泛黃磁磚蓋滿地面，牆壁是粗糙的灰泥。

「妳聽。」史蒂芬悄聲說，在靜默中，他的聲音好響亮。「有沒有聽到？」

我豎起耳朵，聽見了——低沉的嗡鳴，微弱得像是空氣中的震動。

我伸手在黑暗中摸索。有一面牆。我的指尖滑過乾燥的灰泥，直到我摸到光滑的塑膠。「我找到電燈開關了。」我說，「看看能不能用。」

我並不預期它還動得了。它怎麼可能還有辦法通電？不過值得一試。

我按下開關，明亮的光芒溢滿整條走道。我的眼皮緊緊閉上，然後打開一條隙縫，等到眼睛適應了才完全睜開。燈光沒有我想的那麼亮。事實上，我們頭頂的日光燈管光線黯淡，照亮漫長狹窄的走廊，褪色的磁磚不斷延伸。

史蒂芬呼吸加速，臉上血色盡失。

「史蒂芬？」

他的手從我掌心抽走，垂下腦袋，抱頭顫抖，牙齒格格作響。「我想起來了。」他喘息。「天啊。我——這個地方——我記得這股氣味。」他雙手掩住口鼻。

我緊緊抱住他。他攀附著我，渾身打顫。「呼吸。」我催促他。

他的呼吸漸漸慢下，等到他再次站直，表情冷靜多了。他還是很蒼白，但眼中燃起一抹決心，他的姿勢——抬頭挺胸，雙手在身側緊握——也透露出同等的堅毅。「沒事。」他吞了口氣。「只是……一瞬間全部都回來了。」

寒意滑過我全身。「你想起所有事情了？」

他的嘴唇顫抖，用力抿住。「夠多了。」

我輕輕按住他的手臂。我想多問，可是又不敢問。他已經一副單靠意志力苦撐的模樣。

「繼續走吧。」他低喃。

我們繼續往前走。所有的門都關著，但是上面開著小鐵窗。我用手電筒照進每一個房間。裡頭空蕩蕩的，只有床架，有的還多了辦公桌或是檔案櫃，其中一個房間放滿了實驗室器材，好多好多。我在那扇門外逗留，手電筒光束掃過一臺巨大的顯微鏡。托盤上排了好幾把尖銳的工具。牆上貼了海報大小的照片，上頭是染色的細緻網狀組織、神經細胞，還有腦部掃描圖，在後方牆上貼了一排又一排——幽靈似的灰白色形體，像是羅夏克墨漬測驗的圖案。

「這個地方怎麼還會供電？」

「一定有發電機。小型的。我不認為這裡跟鎮上的發電機相連。太遠了。」還有別的感覺。不太對勁。我花了好一會才想通。這裡沒有灰塵，沒有蜘蛛網。雖然空無一物，看起來卻像還有人在使用。

史蒂芬停在一扇門前。臉色死白，汗水在前額跟上唇閃耀。「這是我的房間。」他低聲說。門內是另一個只有床架的荒蕪房間。我們憋住呼吸，走了進去。壁紙上爬滿蠟筆塗鴉——有些褪色了，彷彿有人試著將它們擦掉，卻又不太成功。我看到一個關在籠子裡的小小人影，它抓著鐵杆，臉上有一滴淚。幾呎外是兩個粗糙的人影，它們身穿白大衣，頂著猙獰的狼頭，其中一人握著鋸子。他們之間有一個被綁在桌上的小人。他的頭頂少了一塊。

史蒂芬發出尖銳刺耳的笑聲，讓我脊椎一涼。「老天啊。看到這，我都想起來了。」

「史蒂芬……什麼……」

「他們給我蠟筆。然後又收了回去，因為他們不喜歡我畫的東西。」

我想到那個白色房間，那些染血的手術刀，史蒂芬無助地躺在手術臺上，無法動彈。我記得醫生拿著圖片，問他問題。我盯著那些畫，突然領悟過來，心底一涼。開腦手術。「為什麼？」我低問。「他們在做什麼？」

「好問題。」

如果這是必要且正規的醫療程序，他們就不用偷偷摸摸的，也不用修改史蒂芬的記憶。這裡發生的事情完全於法不容。

我們退出這個房間，繼續往前走。最後，我們來到走廊盡頭，最後一扇門跟其他普通的木門不同，是用金屬做的，從中間分為兩半。旁邊嵌了一臺儀器，大概是指紋掃描器。如果這裡還藏著什麼東西，一定就在裡面。我朝儀器伸手，又停了下來。

「我們打得開嗎？」史蒂芬問。

「我父親曾經在這裡工作。」我回答。「我的指紋跟他一樣，只是比較小。我應該開得了。」

「等等。」他收起跟我相握的手，從口袋裡掏出神經阻斷器，調到最高強度，指著眼前的門。「好了。」

我一手按住掃描器，上頭閃過綠光，金屬門往兩旁滑開，裡頭是一個小房間。地上鋪著白色磁磚，牆面的油漆冰冷而細緻，整個房間散發出柔和的白光，光源彷彿來自四面八方，卻又像是無中生有。有一張簡單的玻璃桌配上兩張修長的白色椅子，角落擱著一個棺材大小的黑色冰箱。沒有其他家具。裡頭沒人。

我小心翼翼地踏進去。史蒂芬跟在我後頭，手中還握著神經阻斷器，戒備地東張西望，最後緩緩放下武器。

門在我們背後關起，我嚇了一跳。

「沒事的。」史蒂芬說，「我們沒有被鎖在裡頭。內側還有一個掃描器。」他指著門邊。

我仍然不喜歡這種落入陷阱的感覺，突然間，我好想好想離開這座地底地獄，離開這幢建築物，離開這個國家。「我們趕快看一下就回車上吧。」我低喃。

「好。」

冰箱輕輕嗡鳴。我嚥嚥口水，橫越房間，打開一小縫，往裡頭瞄。六顆大腦漂浮在福馬林的罐子裡，在黃色液體中，看起來好蒼白，好淒涼。血液離開我的臉，我馬上關門。

「怎麼了？」史蒂芬走向我。「裡面是什麼？」

我不怕看到大腦。在神經解剖課堂上我曾經碰過、剖開過幾顆腦。可是這些大腦，此時此地，讓我深感不安。或許是因為它們的尺寸。比一般的腦還要小一些。兒童的腦。我清楚記得艾梅特·派克的案件報導中的一句話，那句話在我腦海中揮之不去。**他們的腦袋下落不明。**

噢，天啊。

「我不知道你會不會想看這個。」我說。

「打開。」

我緩緩深呼吸，打開冰箱的門。每個罐子都貼著名條。丹尼、凱特、路伊、羅伯特、莎娜。伊莉莎白。

莉西。

我按住嘴巴，視線變得模糊，慢慢關上冰箱門，靠著牆面，抵抗壓在胸口的重量，努力呼吸。一閉上眼睛，那些模樣淒涼的小腦袋在我的眼皮後飄盪，像是六顆軟綿綿的氣球。是史汪醫師幹的好事。一定是他。這個人到底有多變態，會藏著一個裝滿死去孩童大腦的冰箱？他會來這裡跟它們說話嗎？還一邊撫摸罐子？

我想到另一個房間裡的實驗器材，此處沒有灰塵的狀況很不尋常。我突然有種感覺，有人還在使用那間實驗室。要是看得更仔細一些，我會找到裝載切片組織的載玻片，來源就是這些大腦。天啊。所有線索都串連起來了。

「為什麼？」史蒂芬低聲問。

我緩緩睜開眼睛。「他們拿這些大腦做實驗。」我的聲音聽起來好空洞，與現實脫節，像是屬於其他人。「那些神經手術就是為了這個。他們在進行非法實驗。」可是為了什麼？

史蒂芬一動也不動地站著，臉色死白，斷然說：「離開這個該死的地方吧。」

我點點頭，一陣反胃。轉向那扇門，我一手按在掃描器上，門往兩邊滑開。正準備要走出去的時候，我僵住了。

兩名男子站在走廊上，身穿灰色西裝和太陽眼鏡，拿武器指著我們。

史蒂芬瞪大眼睛，舉起神經阻斷器，可是他的動作不夠快。一陣尖銳的劈啪聲響起，史蒂芬應聲倒下。神經阻斷器從他手中落下。我尖聲呼叫他的名字，他撞上地板，一動也不動地趴著。

沒空多想。我撲向神經阻斷器，可是一隻黑色鞋子將它踢開。陰影籠罩在我身上，我氣喘吁吁地抬起頭。

「別擔心。」男子說，「只是鎮靜劑……這次我們把他的抗藥性也考慮進去了。他過兩三個小時就會醒來，只要妳乖乖配合，他不會受到任何傷害。」他取出一副手銬，另一個更加高大壯碩的同伴一直拿鎮靜槍指著我。

我沒有動。

「妳懂的，只是個預防措施。」男子露出殷勤又愉快的微笑。一瞬間，我認出這張大眾臉——格林堡高中的警衛。他是IFEN的人？他派駐在那裡是為了監視我？

我逃不了了。就算有辦法逃脫，我也不能拋下史蒂芬。我咬牙舉起雙手，手銬啪地扣住我的手腕。

另一名更高大的男子替史蒂芬戴上手銬，把他拎起來，扛在肩上。史蒂芬已經開始掙動，輕聲呻吟。男子領著我走過走廊，爬上階梯，我試著捕捉他的目光，可是他的眼睛沒有睜開。

我的思緒高速運轉。他們跟蹤了我們？還是說他們已經埋伏在這個區域，監視著，等我們自投羅網？說不定史汪醫師知道我們會被引來此地，來到聖瑪莉，就像是鑽進放著肉餌的陷阱的老鼠。

我們應該要直接去邊境的。

兩架灰色的小直昇機在外頭的庭院等待，男子將史蒂芬塞進其中一架，推著我往另一架走。

「史蒂芬！」我反射性地大叫。我想衝向他的直昇機，儘管知道這只是徒勞。我的警衛抓住我的衣領，把我往後扯。我看著那架直昇機升上空中，消失在樹頂上方。

「走吧。」他拿槍指著我。

沒有別的選擇了。我坐上另一架直昇機後座的黑色皮椅。我的警衛把我綁在椅子上，沒有解開手銬，然後爬進駕駛艙。引擎隆隆甦醒，直昇機浮了起來，如同巨大昆蟲一般呼嘯飛行。我凝視窗戶下方的風景，一片片天鵝絨似的深色森林，還有掀起漣漪的金色玉米田。

有好一陣子，直昇機裡只有低沉的嗡嗡聲。雖然我一點都不想睡著，疲憊與沉悶的旅程卻把我拖進不安的瞌睡。我夢見扭曲的走廊，染血的手術刀，還有尖叫聲。

醒過來時，我發現我們已經降落在城市邊緣的停機坪。歐羅拉的摩天大樓聳立在遠方。我的警衛帶我走向一輛時髦的灰色轎車，窗戶全都塗黑了。我爬上車，到了這個節骨眼，抵抗只具備象徵性的意義。

車程不長。我坐在後座，手銬還是沒解開，直到他停好車。我望向車外，一點都不訝異車子停在IFEN的總部門口。太陽西斜，將天際染成一片血紅。警衛領著我橫越停車場，進入大廳，裡頭安靜又空曠，到了詭異的地步。他推我進入一臺電梯，我看著樓層數字不斷增加。等電梯來到頂樓，門叮的一聲打開。我們走過閃亮的白色走廊，停在史汪醫師的辦公室門口。

「史蒂芬在哪裡？」我一點都不期待他會回答。

「時間到了妳就會見到他。」他朝那扇門點點頭。

我緩緩開門。他在我背後關上門，卡嗒一聲上了鎖。史汪醫師坐在辦公桌後微笑。紅色的餘暉從窗外撒入，照亮像蛋一樣白的冰冷牆面，將它們塗成粉紅色。「哈囉，蓮恩。」他的聲音溫和又愉快，彷彿這是一場餐會。「妳要不要坐下呢？」

第三十三章

史汪醫師。

我從五歲起就認識這個人，在我父親死後，他將我養大。而他正是這一切的幕後黑手。他把史蒂芬鎖在精神病房裡，把他一個人丟下。

在一瞬間，我想像自己衝過房間，跳過辦公桌，雙手掐住他的喉嚨。只是我做不到——我的手還被綁著。就算做得到，我也不認為這會有任何效果。

他站起來，走上前，傾身接近。我瑟縮了下，但他只是從口袋裡掏出一把鑰匙，解開我的手銬。手銬落在地上，我還是僵硬地站在原處，生怕這是陷阱。

「坐吧。」他催促。「我們有很多話要談。」

我沒有坐。「有什麼好談的？你打算消除我的記憶，對吧？」

他回到位置上。「我希望不用這麼做。」

「那幹嘛派那個女人來抓我們？是你要她去的，不是嗎？」

「是的。不過我承認那是個很倉促、很不妥當的決定。發現妳逃出城外的時候，我氣瘋了。」

「你氣瘋了。」我不可思議地重複。

「嗯，我只是個普通人。」他一頓。「當然了，如果妳接受消除記憶，這樣比較好。對妳比較好。但這也會讓狀況變得更複雜。畢竟，神經修正並不是百分之百安全無虞——會留下疤痕，有時候原本的記憶會殘存片段。我比較希望妳全面自覺性地合作。無論如何，我都會做一些預防措施，確保妳不會告訴任何人我接下來要透露的事情。我希望妳聽我說完。妳是個理性的人。即使妳恨我做了那些事，等到我解釋完一切，我相信妳能夠理解瞞著社會大眾的必要性。」

我很懷疑，不過還是咬住舌頭。要是能說服他我願意閉緊嘴巴，說不定我可以平安脫身，記憶不受影響。

「在我開始之前，妳有任何問題嗎？」他詢問，彷彿在教課。

「有。你怎麼有辦法面對自己？」

他的表情毫無動搖。「這是什麼意思？」

「別裝聾作啞。我知道你幹了什麼好事。你綁架那些小孩，在他們身上做實驗。」

他輕輕嘆息。「我們是在治療他們。」

「在我看到一切以後，你以為我會相信嗎？」

「蓮恩，妳對那些孩子了解多少？他們都是孤兒。他們承受過嚴重的虐待，受到心靈創傷的折磨，造成無法以藥物或是調整來修復的心理傷害。那些是新的療法，我們的技術沒有現在這麼先進，風險是難以避免的。但我們從那些早期治療中獲得的知識是無價之寶。不然，神經修正的專業治療人士——像妳我這樣的巡心者——絕對不會存在。」

我一陣目眩。

早期的記憶修正療法。當然了。我還記得史蒂芬腦中那些疤痕：原始而拙劣，不過還是達成了目的。那些實驗療法替巡心門，替IFEN嶄新的療法，替伊安，替我鋪出康莊大道。之後與父親合作的成人志願者只是讓這個技術更加成熟。真正的研究早就完成了。

我想到莉西空洞的視線，伊安的話閃過我腦海：**修正某個人的記憶有一定的次數限制，不然他的腦袋會變成一灘爛泥**。我開始顫抖。

「他們需要幫助。」他的語氣從容而務實。「我們需要測試新的療法。一切的進步都是這樣來的。」

我猛然搖頭。「那為什麼要隱瞞？為什麼不能找成人志願者？」

他遲疑了下。「兒童是更好的實驗目標。他們的大腦可塑性更佳，更有彈性。我們知道患者愈年輕，成功的機率就愈高。」

我的指甲刺進掌心。當然了。可是社會大眾不會容許他們拿小孩做實驗，於是他就直接抓走他們。悄悄地、偷偷地從孤兒院綁架他們，大概塞了點錢給看守人，要他們閉嘴。這些孩子沒有家，沒有親人。沒有人會想念他們。

「我們衡量過潛在的得失。」他以讓人抓狂的冷靜語氣繼續說明。「所有的科學家在研發新療法的時候一定都會這麼做，妳父親跟我一樣了解實驗的必要性。」

「才怪。」我再次搖頭。「我父親不會參與這種事情，一定是你逼他的。你——」

「我沒有逼他做任何事。他知道自己在做什麼，只是無法處理情緒壓力。之後，他把那些沒有道理的自虐罪惡感扛在身上，拒絕治療，直到他崩潰。他的死是一場悲劇，特別在這是能夠避免的狀況下，不一定要走到那一步。只要他答應接受調整，繼續努力，今天他還會陪在我們身旁。」一瞬間，懊悔讓他的表情軟化了一些。「他的弱點在於無法突破自己的道德潔癖，看見大局。我們達成了任務。史蒂芬・班特是第一起真正成功的記憶修正案例。他完全忘記自己幼年的事情——我跟妳保證，那是很恐怖的記憶。他在一間資金不足、沒有受到妥善監控的孤兒院長大，忍受飢餓，不斷遭到看守人和其他院童的虐待。八歲那年，他已經出現自殺傾向。」

苦澀的死結在我喉嚨裡成型。有時候很難相信宇宙是如此殘酷——一個無辜的靈魂一生中竟承受了這麼多的悲傷和不公。「所以你移除他原本的痛苦，帶給他新的痛苦。」

「那確實是讓人遺憾的犧牲。但我們並不是以暴虐的心態做那些實驗。我們有分寸，確認那些孩子沒有受到不必要的傷害。」

到了這個地步，他還有臉找藉口。血液在我眼窩裡亂竄。鮮紅的怒氣在我心中膨脹，如果不將它釋放出來，我就要爆炸了。「那你為什麼不乾脆連史蒂芬在聖瑪莉的記憶也一起消除？」我咬牙說，「為什麼要讓他以為自己被虐待狂殺手綁架？」

他微微一縮，彷彿我提起了他過去在社交場合的失言事件。「那是……不幸的必要措施。人們問起那些失蹤的孩子，他們的疑心超出我們的預期。我們需要解釋他們為什麼會消失。所以我創造了艾梅特・派克。他所有的資料——照片、指紋、DNA、驗屍報告——都是假的，他只是資料庫裡的訊息。顯然我們需要史蒂芬來維持這個掩護。於是我們混合了調整、藥物、催眠來扭曲他在聖瑪莉的視覺與聽覺細節，同時保存那些記憶的情緒核心。」

我好想吐。真想知道要是吐在史汪醫師潔白的西裝上，他會有什麼反應。「我很驚訝你沒有像殺了其他孩子一樣也殺了他。」

「冷血殺害一個小孩子？」他一臉受到冒犯的模樣。「妳把我當成什麼人了？」

我差點笑出聲來，但我有種預感，我一張開嘴就會尖叫。

史汪醫師靠上椅背，肩膀垂落。「我不期望妳認同我們的所作所為。畢竟妳還很年輕。太年輕了，沒辦法理解。不過再怎麼說，那些事情已經發生了，過去無法改變。」

「可是你可以為你做過的事情負起責任。」

「我現在就是在負起責任，確保他們的犧牲沒有白費。在這時間點公開真相沒有好處，還可能造成極大的傷害。妳仔細想想。要是社會大眾發現在聖瑪莉發生的事情，一定會引發眾怒。大家會反對巡心者，反對IFEN，反對我們。會掀起暴動，甚至是戰爭。」

一瞬間，我想起共和國建立前的紀錄片——被炸傷的身軀癱在擔架上，上頭沾滿鮮血和黑色燒傷，那些失去雙眼、被自己的鮮血嗆死的化學攻擊受害者。「你又知道了。」我說著，聲音卻有些動搖。

「妳學過心理學。」他耐著性子說，「你知道人們會怎麼想。他們看不見結果，看不見數據和事實。他們接受敘事者，接受反對團體的想法。英雄跟反派，他們會擁抱在我們之後的無政府主義。」他的嗓音變得柔和，霎時間，幾乎帶了點懊悔。「那六個孩子已經死了，現在做什麼也無法拯救他們，我們的重點應該要放在幫助生者上頭。我相信在這方面我們可以達成共識。」

我閉上眼睛，頭暈目眩。太難以承受了。一切都太難以承受了。我的指甲往掌心陷得更深，將一陣陣刺痛送入我的神經。「那史蒂芬呢？」我悄聲問，「他之後會怎麼樣？」

他吐出小小的嘆息。「如果妳從來沒有遇到史蒂芬・班特就好了。這些年來，我一直就近觀察他，因為我想確認他沒有失控。可是我早該把他送走。」

「你沒有回答我的問題。」

「妳知道該怎麼做。」他的嗓音變得冷硬。「妳一定要抹除他的記憶。」

房裡的溫度突然下降。窗外的落日滑下地平線，天空呈現陰沉的紫色。「你要我去做？」

他直視我的雙眼，雙手指尖相抵。「妳原本不就是打算這麼做嗎？這也是他的願望——他一開始接近妳，就是為了這個。抹除他的創傷。現在綁架案已經消失在社會大眾心中，我們再也不需要他了。等到他忘記跟聖瑪莉有關的一切，還有他跟妳度過的時光，我們會保障他完成學業，找到合適的工作。我們可以給他一個正常的人生。」

正常的人生。經歷多年悲苦，史蒂芬終於可以安穩又快樂。當然了，這要看我是否配合，是否願意保持沉默。這無話可說。為了表示我的服從，我得要親自動手，從他腦海中抹去真相的一切蹤跡。

我看到陷阱將我捕獲，我憋住尖叫聲。房間開始緩緩旋轉，我像是被困在喧鬧的酒會上。

「妳在流血。」史汪醫師說。

我這才發現我一直用力咬著下脣，鮮血正沿著下顎滴落。我摸向臉，指尖映著紅色血光。

他站起來，從口袋裡掏出手帕。他伸手想要抹去沾在我下巴的血，我悄聲說：「不要。」

他僵住了，手緩緩放下。他坐回原位，看著我，等待。然後他微微一笑，是個出奇普通的笑容。「跟妳說，我對妳沒有敵意，蓮恩。喔，妳是測試過我的耐性好幾次，就跟每個青少年一樣。可是無論妳是否相信，我真的希望妳能幸福。」

「真是感人。」我低喃。

「這是真話。蓮恩——我指的是妳父親——是我的老朋友，多年的同事。妳跟他很像。驅策著妳的火焰就是妳幫助他人的欲望，妳想拯救那些陷入苦難的人，所以我才相信妳會做出正確的選擇。無論妳多麼看不起我，無論妳多想公開我是妳心目中的惡棍，妳都不會危害朋友的安全，或是無辜的性命。妳沒有那麼自私。當然了，還有妳身為巡心者的工作。仔細想想妳未來可以治療的客戶。」

我一手按住肚子。我的心好痛——痛徹心肺。

父親是史汪醫師的朋友。他一定看到了他的優點，可是當我凝視他的雙眼，我只看到兩個空洞，彷彿他的臉只是蓋在虛無上的面具。沒有不安，沒有疑慮。我總是相信他把我捧在掌心寵著，現在我納悶那是不是假象。一個如此冷血的人怎麼有辦法愛人呢？

無論他怎麼說，我依然相信他用了某種手段強迫我父親合作。

我盯著自己的腳，毫無知覺。「我不懂。就算記憶修正不夠完美，你直接抹除我知道的事情一定比較安全。為什麼？為什麼要花那麼多工夫說服我。」

他雙手交疊，嘴脣突出，看起來像是陷入天人交戰，不知道要不要告訴我。「妳可以說這是個……測驗。」

「測驗。」

「我了解妳現在很震驚，很憤怒——這很正常——可是過了一陣子，妳會有不同的感受。時間有辦法改變人的觀點，科學發展的歷史充滿了倫理犧牲。政府機構在自己的國民身上做實驗並不罕見，就算是之前的美國也是如此。他們測試了放射線、電擊、洗腦、強力藥物的效果，還有許多其他東西，通常沒經過受試者的同意，有時候他們會利用孩童。」

「這不是真的。」我低喃。

「是真的。這甚至不是祕密，去看幾本歷史書吧。」他露出悲傷的微笑。「相對而言，我們的作法比較人道，獲得的益處也更加實際。當妳跟我一樣，來到一個握有權勢的地位，妳就要看透一切的來龍去脈，願意去接受某些不愉快的現實。」

他的語氣讓我納悶究竟有多少「不愉快的現實」存在。IFEN還背著社會大眾幹了什麼好事？

「蓮恩，我不確定妳有沒有察覺到自己有多重要。」他繼續說，「妳有成為優秀巡心者的潛力，有數一數二的資質。」

房間轉個不停。儘管窗外的雲朵固定不動，我還是感覺得到。「我不覺得你希望我成為巡心者。」我的聲音脫離現實，像是在播放錄音似的。

「我承認有一陣子對妳抱持著疑慮。可是妳證明了自己出奇堅強，又足智多謀。再加上妳的名字擁有特殊的分量。蓮恩．費雪博士的女兒。悲慘的心理疾病奪走她父親的性命，而她奉獻一生來拯救其他陷入同樣境地的人——是的，這聽起來很不錯。社會大眾會喜歡妳。」

我瞪大眼睛。「你在包裝我，你要我成為你的招牌人物，是這樣對吧？」

「是的。」他毫不遲疑。「或多或少是這樣沒錯。誰知道呢？總有一天，妳甚至有辦法取代我，成為這裡的主任。要是妳能夠理解、接受某些事實，一切都會順利許多。至於妳的朋友，伊安……嗯，看來他愈來愈無法承擔我們為他設計的角色，所以妳就更重要了。」

他這番話緩緩沉入我心中，我的頭開始暈了。他計畫了多久？他花了多少時間觀察我、評估我，看我用什麼方式適應各種阻礙，有什麼反應？這是他主導的遊戲嗎？

血液在我的顱骨裡橫衝直撞，一切都浸泡在紅色汪洋中。

「當然了，在妳回到崗位前，妳得要接受許多治療和調整，不過我相信妳有辦法恢復原本的心理類型。妳已經成功過一次了。」

「真相對你而言沒有任何意義嗎？」我的吼聲在寬敞的房間裡迴盪，嗡嗡作響。「你對那些孩子沒有半點虧欠，不打算告訴世人他們真正的死因？」

他露出另一種微笑，緊繃而生硬。「真相不一定有益處，有些事情最好讓大家忘記。我們巡心者是那些黑暗祕密的管理者、看守者。這是我們的角色。」他的語氣中沒有驕傲，同時也沒有多少羞慚。我想知道他究竟有沒有任何感受，或者他只是為了顧全大局，不惜動用各種手段，像是一臺用殘忍功利當作行為準則的機器。

「你是怪物。」明知應該要說服他，讓他相信我認同他，他才會放我走，可是我已經好累好累，內心殘破不堪。「你可以為自己的行為找各種理由，可是你擺脫不了殺人的罪孽。」

或許是我的想像吧，我看見他瑟縮了下。「蓮恩……」一絲挫折從他的嗓音裡滲出。「妳只是在感情用事，我們就別管那些孩子了吧？他們的命運能好到哪裡去？他們都生病了，壞掉了。他們的未來一片黑暗，也沒有支持他們的家人。要是他們還活著，大概會拿索那多自我了結，不然就是變成社會的負擔。」

負擔。這個詞——其中的冰冷意涵——像刀刃一般割傷我。

「好啦，如何？」他問，「妳要合作？還是說妳比較想讓人消除妳的記憶？」

我還有什麼選擇呢？只要史蒂芬還在他手上，我就無法施展手腳。我輕聲回應，喉嚨好緊。「我願意合作。」

他點點頭，彷彿預期我會這麼回答。

「不過我有一個條件。」

他挑眉。

「在我替史蒂芬治療前，讓我跟他相處幾天。」

他歪歪腦袋，一根手指敲敲桌面。「二十四個小時。」他說，「妳要心懷感激。容我提醒一下，妳可沒資格跟我討價還價。如果妳沒在明天五點前回到總部，他的腦袋會被洗得乾乾淨淨。

我相信如果有辦法選擇，妳會想留下他的一部分記憶。腦袋空空對他來說很不方便，他得要重新學習說話跟穿衣服。」

我看著那雙冷靜漠然的灰眼，感覺毒液在我胸中灼燒。我以為我知道什麼是憤怒，什麼是憎恨，然而現在我才發現——在這件事發生前，我從來沒有真正恨過哪個人。

「當然了，我們也要在妳回來之前把史蒂芬關在這裡。」

「我知道。」我壓低視線，不讓他看見我眼中的憤怒火焰。「我——我只是想在他忘記我之前跟他說說話，一次也好。」如果有時間，說不定我可以想個辦法帶他逃離此處。希望渺茫，不過總比絕望好。

「可以。」他點點頭。「可是呢，我想妳現在該回家了。休息一下，妳已經折騰了一天。」

「我要見他。現在。」

他的表情從未改變，似乎是用雙眼在評估我。「妳有十分鐘的時間。」他起身。

門開了，他帶我到十三樓，沿著狹窄的走廊，來到一扇雙開金屬門前。他輸入密碼，大拇指貼上掃描器，門往兩旁滑開。

牢房很小，每面牆都是白色的，除了一張窄床、一個沒有蓋子的金屬馬桶之外，什麼都沒有。史蒂芬坐在床緣，腦袋猛然抬起。一看到我，他立刻跳了起來。他的臉色比平時還要蒼白，頭髮亂七八糟，眼眶發紅，眼白充血。我朝他靠近一步，雙腿抖個不停。我想說話，卻什麼話都擠不出來。

門在我背後關上，給了我們隱私的假象。我撲向他，用力擁抱，臉埋在他肩上。「對不起。」我輕聲說著，淚水從我眼皮下滲出。

他回應我的擁抱，心臟與我一起狂跳。「為什麼要道歉？」他將一縷鬆落的髮絲勾到我耳後。「這些都不是妳的錯。」

「才怪。是我讓我們兩個捲進這件事。是我害你被關在這裡。」我往後退開，好注視他的雙眼。「我發誓，我一定會帶你離開這裡。」

他摸摸我的臉頰，深深望進我的雙眼。儘管他的疲憊全都寫在臉上，表情卻接近安詳。「我只是很慶幸還能再見妳一面。」

「別說這種話。」淚水遮住我的視線。「我會解決這些事情。你等著看，我——」字句在我喉中凍結。此時此刻，史汪醫師一定正在監視我們，偷聽我們的對話。我得要非常留意說出口的話。「我會想辦法的。」我虛弱地說完。

他再次擁抱我，嘴脣擦過我耳邊，輕聲說了幾句話，聲音小到我得要豎起耳朵才聽得清。「妳該做什麼就去做，別擔心我。」

「史蒂芬……我……」

他把我抱得更緊。「我不在乎我會怎麼樣，別讓他們控制妳，懂嗎？」

一團硬塊塞滿我的喉嚨。他知道他們拿他當人質來對付我，而他不想成為他們的工具。他寧可求死，就跟我父親一樣。

我把臉埋進他的胸膛。

等我再次抬頭迎上他的目光，他笑了。這個笑容裡有疲憊也有害怕，然而在那些情緒之下，我看見決心、溫柔，還有無與倫比的堅強。我沒有看過這麼堅強的人。我知道要是取走他的記憶，這個勇敢、脆弱、打不倒的人將會消失。他會變成另一個人，我將永遠失去他。

可是他會比較快樂，我心底的聲音低語。

門往兩旁滑開，我渾身僵硬。「時間到了。」史汪醫師說。

我離開房間時，拚命回頭看了他一眼。我的視線與他交纏，在門板擋在我們之間前，我沒有移開目光。

史汪醫師送我到大門口。「我們先替他做一次全面的調整，這樣等妳明天到這裡，他就會乖乖的。這是強迫性記憶修正的標準程序，反正妳也該學習如何執行這種任務了。這份工作讓人很不愉快，但也是必要的一環。」

尖叫聲從我喉嚨升起，被我嚥下去。我的肚子裡有一團翻騰的球狀物體，彷彿所有的尖叫都在我體內積蓄成型，不知道在我爆炸之前能嚥下多少。「了解。」我說。

他微微一笑。「很高興妳能加入我們的團隊。」

第三十四章

一輛車送我回家。我踏進起居室，站著環視這個感覺再也不像我家的屋子。他們大概已經裝設了攝影機跟竊聽器。我一陣目眩，一一走過空蕩蕩的房間，接著打開密門，走下階梯，進入貼著白色磁磚的房間，我的巡心門曾經收在這裡。躺椅還在，不過當然了，巡心門消失了。

我麻木地退回房間，在床上縮成一團，抱住納特。

再怎麼審視現下的處境，我就是找不到路可走。如果我不消除史蒂芬的記憶，史汪醫師就會完全摧毀他的心智，這跟殺了他沒有兩樣。甚至沒有選擇的餘地。無論史蒂芬想怎麼做，我都不能讓史汪醫師動手。

要是我合作，他將會擁有新的開始，活下去的機會，不需要時時負擔那些沉重的痛苦。我們再也不會見面，但至少我知道他會好好的。

可是那些孩子……莉西……

我想到冰箱裡的大腦，打了個寒顫。史汪醫師太恐怖了，可是我無法辯駁他的論點邏輯，真相確實有辦法掀起動亂與恐怖主義的浪潮。如果他對我的評價沒有錯誤呢？如果我真的有潛力成為未來的主任？如果能從內部改革 IFEN，我可以確保聖瑪莉的駭人事件絕對不會重演。讓所有的痛苦與醜陋消逝、被人忘卻，真的是件壞事嗎？只要沒有人記得，那就幾乎像是沒有發生過。

沒有死者，沒有謊言，沒有背叛。真的有真相這個東西嗎？還是說那只是一段共同的回憶？就是這樣的想法讓父親沉默多年嗎？

我閉上眼睛，心頭浮現怪異的空虛。

「克洛伊。」我甚至不知道為什麼要召喚她，說不定現在我只是不想孤單一人。

她在我面前現形，微笑著說：「哈囉，蓮恩！」她輕快地打招呼。「妳有一則新訊息。」

我皺眉，坐起來。我猜一定是伊安，或者是哪個老師，畢竟我不吭一聲就曠課了。「顯示給我看。」

她的腦袋往後仰，光芒從她眼中射出，將螢幕投射在半空中。角落有個小小的信箱圖示。我點開信箱，盯著那則訊息的標題。

生日快樂，蓮恩。☺

沒錯。昨天是我的十八歲生日。發生了那麼多風風雨雨，這件事完全沒有進入我的腦海，不過現在我是個合法的成年人了。我不認得寄件人的信箱。是葛瑞塔？還是IFEN的哪個人？

「開啟。」我說。訊息視窗應聲跳出。

要開啟這個訊息，請猜個謎語：

最快樂的冰淇淋口味是什麼？

我尖聲吸氣。一瞬間，床舖跟地板彷彿從我腳底下墜落消失，我飄在半空中。一段記憶湧上我的心頭，細節出奇地清晰——晴朗的夏日，天空是飽滿的藍，我跟父親並肩走在鵝卵石小徑上，嘴裡吃著冰淇淋，舔掉沿著甜筒側邊流下的一道道糖水。爸爸，你知道最快樂的口味是什麼嗎？我說。

我抖著手指，叫出投影鍵盤，輸入：

杏桃。

一則新訊息跳上螢幕。

答對了！閉上眼睛

數到十。

我顫抖著乖乖闔眼倒數，等我數完，我抬起頭，嘴巴合不起來，一瞬間，我以為我要昏倒了。站在我面前對我微笑的人，是我父親。

第三十五章

我坐在床緣，渾身僵硬，無法呼吸。

月光從窗外照進來，包圍著父親，光線穿透了他。他的身影閃爍，時而變得透明。

立體投影。我的大腦只花了一兩秒鐘就察覺真相，但是在這一兩秒間，我真的相信他回到了我身旁。感覺就像是胸口被人一把扯開。

「哈囉，蓮恩。」他低聲說。

接近嗚咽的微弱聲響從我喉中冒出。這是怎樣？是什麼狀況？

「妳大概已經猜到了。」父親繼續說，「這是預錄的訊息。如果妳正在聽這段錄音，那代表我已經死掉一陣子，妳十八歲了。」他又笑了笑。「生日快樂。」

我眼中充滿淚水。

「錄完這一段，我會上傳到克洛伊的程式裡面，在特定時間開啟。」他繼續說，「等妳看完，這段訊息將會自動刪除，所以妳要仔細聽。」

他的模樣和我記憶中一模一樣：在過世前兩三個月，他消瘦疲憊，下巴長滿鬍渣，頭髮亂七八糟，眼下有黑眼圈。可是他的表情很平靜。「相信現在妳已經成為優秀的巡心者。我認為妳身為巡心者，有權知道某些事情。關於IFEN，關於我們的專業。關於我。」他垂頭，緩緩深呼吸，像是在凝聚力氣。

告訴我那不是你。告訴我你沒有做過那些事。

「幾年前，我涉入一件駭人聽聞的事——在一個名叫聖瑪莉的地方偷偷進行一連串違法的人體實驗。對象是七個小孩。」

內心深處那個裝滿希望的小袋子萎縮消失。我早就知道了。然而我還是希望那是一場誤會。一瞬間，我想到要停止訊息播放。心太痛了。

「我求的不是原諒。」他說，「在那幾面牆內發生的事情全都不可原諒。但我希望妳能理解——」他的聲音一頓。「剛加入那個計畫時，我從未想到會走到這一步。」立體投影閃爍了下，模糊幾秒。「在第一個小孩死亡後，我嘗試終止計畫。伊曼紐拒絕了。妳應該猜到了，掌控大局的人就是他。」

「史汪醫師。」我低喃。「我知道。」

「我威脅要讓所有的祕密曝光。」父親繼續說，「應該要這麼做的——在當下就把一切公諸於世。要是我沒有沉默下去，或許還救得了剩下的孩子。不過妳很清楚，伊曼紐他……很有說服力。他說服我已經來不及回頭了，要是現在揭露事實，我們的努力將會付諸流水。有機會改變生命的療法將會胎死腹中。更糟的是，我們可能會失去大家不斷努力維持的脆弱和平。」他下顎緊縮。「我不該聽他的話。可是……」他的笑意沒有進入眼中。「他對我說的一切都是真話，神經修正療法已經救了許多人。要是我說出真相，巡心者現在很可能無法問世。」他的視線失去焦點。「這樣值得嗎？」

問題懸在我們之間的空氣中。我無法判斷他是在問我，問他自己，還是在向宇宙提問。

「關於坦白，我想過非常、非常多次了。一次又一次，我差點說出來，但每次我都說服了自己。這幫得了誰？能達成什麼目的？於是我帶著這些祕密、這些羞恥活下來。最後，我的類型開始下降。預製這段影像的時候，我是第三型，我想現在我八成已經變成第四型了。」

他臉上的線條似乎開始加深，疲憊嵌入他的額頭和嘴角。「伊曼紐不斷催促我接受記憶修正，我拒絕了。忘記我犯下的罪孽是怯懦的表現。我的拒絕讓他不再信任我。這個時候，我已經危害到實驗的祕密，是隨時會倒戈的危機。我知道的不只是那些實驗，還有其他祕密。祕密中的祕密。」

我坐得更直了。

他望向一旁，雙眼失焦，彷彿正在凝視某個黑暗又遙遠的世界。「牽涉到的不只是我們的過去，還有我們的未來。我看過許多我不敢說出口的事情，這會讓妳捲入太多危險。但我很怕某些概念成真的後果，而我的反對太過明顯。要是我去IFEN接受治療，那麼我的腦袋會遭到塑形、改變，直到再也不知道自己是誰、不知道該相信什麼。他們甚至會讓我忘記妳……我最無法忍受的就是這件事。」他咬牙。「我不敢讓他們進入我的腦袋。然而妳也知道，第四型對於治療方式沒有太多選擇權。他們很快就會來抓我。」他從外套下抽出一把小手槍。

我抖著手掩住嘴巴，淚水沿著臉頰流下。

「我寧可以自己的原貌死去，也不要活得像他們的傀儡。」他說，「我只能用這種方式逃離。希望還有別條路可走，但就算真的有，我也看不到。」他的手指握住槍柄。「蓮恩，我知道這會把妳擊潰，我真的很抱歉。非常非常抱歉。可是我相信妳的堅強，抱歉讓妳等這麼久才知道事實，或許我是太自私了，我希望妳能平平安安的，能多一刻是一刻——掌握事實可以是非常恐怖的一件事。」

歐斯底里的笑聲從我喉中冒出，我咬住手腕忍了下去。他說得對。太對了。

「當妳聽到這段訊息的時候，妳已經是成年人了。身為成年人，妳得要做出抉擇。」他從口袋裡掏出一個東西——閃耀銀光的資料晶片。「我已經把這個傳給克洛伊，裡面有實驗的所有資料。換句話說，這就是證據。這些檔案將會隱藏並且加密，直到這則訊息播放完畢才會解鎖——只有妳能開啟。妳必須決定是要隱藏這些祕密，還是挺身而出。」他神情肅穆。「我發現我對妳要求太多了。但我不能讓腦中關於實驗的知識跟我一起死去。妳屬於新一代的巡心者，而決定權只屬於即將繼承這個世界的人。但是妳要知道：如果真相真的曝光，一定會產生反彈，說是會鬧出人命也不為過。」

這太難以承受了。一切全都往我頭上砸落，讓我呼吸加速。我輕聲說：「幫幫我。」

他當然沒有回答，只是直視我的雙眼，彷彿能看見我似的。他的表情好複雜——悲傷、疲憊、希望一齊流露。「相信妳自己的心，蓮恩。我相信妳。」他又笑了，又一波的痛楚燒遍我全身，像是某個痊癒一半的舊傷又被人扯開。「我犯下那麼多錯誤。不對——」他搖搖頭。「錯誤不足以形容我的罪孽。我相信我可以靠著這項發現來治療人類，為了那個夢想，我變成一個怪物。為了那個希望，我參與了妳無法想像的恐怖計畫。我難辭其咎。」他握住手槍的指節發白。「抱歉，我不是妳相信的那個人。但是請相信這一件事：在這個世界上，我最愛的就是妳。無論發生什麼事——無論妳做了什麼決定——我會一直掛念著妳，與妳同在。」

痛苦將我填滿，讓我無法呼吸。死亡像是一道圍籬，擋在我們中間，將我們分隔兩地。然而在這一刻——無論是好是壞——比起他生前，我更加了解他了。

「那個檔案名稱是『解放』。」他說。

影像一眨眼消失，房裡只剩我一個人。

我完全沒有感覺到雙腳癱軟，等我回過神來，已經跌坐在地上了。悲傷好濃稠，耗盡我所有的心力，連哭都哭不出來。我的傷痛不只是為了他，也為了我自己，為了我消逝的童年。我不再是那個擦傷膝蓋就跑去要他安慰的小女孩，不再把他當偶像崇拜，只要他把我舉到肩膀上就笑得好開心。我再也無法回到那一刻。我知道太多了。

有好一會兒——不知道過了多久——我只是在地上縮成一團。

史汪醫師騙了我。他跟我說父親自殺的原因是他無法承擔罪惡感。才怪——他會死是因為他想忠於自己。這是唯一的作法。我握緊這個想法，這是我僅存的一切。

接著，另一件事緩緩落入我的腦海。父親選擇告訴我，將這個祕密交付給我。他是如此信任我。

我雙拳按住太陽穴。突然間，他的決定變得無比沉重，遠超出我的想像。*如果真相真的曝光，說是會鬧出人命也不為過。*

「克洛伊。」她出現在我床鋪上，尾巴繞著前爪。「妳的資料庫裡面有沒有一個叫做『解放』的檔案？」

「等等。」她眨了幾下眼。一個資料夾的圖示出現在螢幕上，放大。我喉嚨好乾，吞了口口水，緩緩伸手點開。文字浮了出來。**選項：刪除或解鎖**。每個選項下面都有一個小方框。

我的手懸在螢幕前方。他說只有我能開啟，那麼，無論我怎麼選，他一定是用了我的指紋當作密碼。我的脈搏在耳邊敲打，手指滑過第一個選項，接著是第二個。我的手抖得無法控制。我探向**解鎖**。突然間，螢幕消失了。「克洛伊，怎麼了？」

「等——等一——等——」她的身影閃爍，化作一點一點的像素，看起來像是立體派畫家筆下的貓。「抱——抱——抱歉。出了——了——」像素崩解消失，只剩我盯著空蕩蕩的房間。惡寒刺入我的骨中。

她以前曾經當機過幾秒，但不是像這樣。「克洛伊。」我的聲音在一片沉默中顯得好小、好軟。「克洛伊？」

什麼都沒有。我匆忙撲向書桌上的圓形硬碟，在上面揮揮手，強制開啟她的程式。「顯示所有檔案。」我說。螢幕出現在半空中，我捲動檔案列表，卻發現只剩下基礎操作系統。就連備分資料都刪光了。克洛伊——構成她形體的資料——消失了。

我的心臟跳得愈來愈快，刺耳的呼吸聲填滿沉默。是史汪醫師。一定是他幹的好事。他察覺異狀，啟動了某種緊急自我毀滅機制。

他殺了克洛伊。

灼熱的憤怒在我心中冒泡。我雙拳往書桌一搥，硬碟滾到地上。「畜生！」我對著空蕩蕩的房間尖叫，踹了椅子一腳。腳陣陣抽痛，但我幾乎沒有感覺。「你有在聽嗎？」我大吼，「你這個膽小的暴君！我恨你！」我閉起嘴巴，肩膀上下起伏，臉埋進掌心。然後我跪坐在地，淚水沿著臉頰傾瀉而下。

已經沒得選了。沒有證據，我該怎麼做？就算我想告訴全世界，誰會相信我？

伊安的臉龐突然閃過腦海。每當我覺得自己陷入絕望時，都會找他談談。突然間，我好想好想聽聽他的聲音。

之前我留在梳妝臺上的手機還放在原處，我一把抓起，叫出他的號碼，直盯著看。我相信史汪醫師也在監控我的手機；就算我留意說出口的話，光是跟伊安說話就是極大的冒險。可是我沒有堅強到足以抗拒這份渴望。我點選撥打，鈴聲一響，他馬上接起。「蓮恩？是妳嗎？」我聽見他聲音中的急切。

當然了。我突然消失，完全沒有透露要去哪裡、什麼時候會回來。就算有必要保密，罪惡感還是灼痛不已。「是我。抱歉讓你擔心了。」

「別在意。妳去哪了？還好嗎？」

「沒事。大概啦。只是……很難解釋。」我停下來，閉起眼睛，努力控制自己。「我可以——可以去你家嗎？」

「隨時歡迎。妳知道的。」

一團硬塊填滿我的喉嚨，我得要不斷吞嚥才擠得出小小的聲音。「謝謝。」

「等會見。」他等我掛斷電話。

我下樓，穿起外套，走出門外，來到街道上。後頸一陣刺痛，有種被人監視的感覺。IFEN的人大概正在跟蹤我——史汪醫師不會大意到讓我獨自在外頭亂晃——不過現在我已經管不著那麼多了。

我走到最近的單軌電車站，人群四處湧動。一名披頭散髮、眼神凶狠、佩戴項圈的女性窩在長椅上，旁邊是一個小男孩，留著同樣的黑色捲髮——是她兒子？——不超過十一二歲。他也戴著項圈。我盯著他們看，心中滿是不安。青少年戴項圈不是罕見的事情，但我從沒看過這麼年少的佩戴者。他有什麼能耐、做了什麼事，換得這樣的對待？他們是不是放鬆了評估項圈的規定？

那對母子狐疑地瞄向我，我這才發現自己一直盯著他們，連忙轉身，迎上一面跟牆一樣大的螢幕，上頭正播放著索那多的廣告，熟悉的粉紅色藥丸懸在白色背景上。還有**如果你走投無路**的標語。

卡洛琳．麥奇凹陷的雙頰、堅毅的臉龐飄過我心頭——決心求死的女性。真是奇怪，怎麼現在會想起她這個素未謀面的陌生人呢？我一邊等車，視線失去焦點，心思飄忽不定。麥奇求死的願望非常理智，但正因為她是第一型，她找不到能替她開出死亡藥丸的醫生。然而要是那個戴項圈的婦人提出申請，她幾乎肯定能拿到藥丸。她兒子將被安置在國家機構，等他離開，八成也會踏上同一條路。這些遭到社會遺棄的人還有別條路能走嗎？記憶修正很貴，調整也無法影響類型太高的人。

寒意刷過我全身。

第一次跟史蒂芬在水底咖啡對坐時，他問我有沒有治療過第四型，我說沒有。*他們不希望我們好轉，他們只想要我們消失。*這是他的回應。

我很清楚他們很樂意對第四型跟第五型發送索那多，卻避開心智健康的人。關於這個現象，我從沒多想，儘管冷血無情，感覺起來很合邏輯。醫生當然不願意摧毀穩定健全的人，他們當然會想開索那多給那些他們判定精神狀況無法治療的人。我一向反對有人是無法治療的概念，然而我從未質疑過更深層的意識形態。

我想到馬福，在街角遞傳單的男子，他口中大喊：*政府把我們當畜生養！他們把人民當畜生在養！*

我開始顫抖。

事實一直擺在我眼前，然而我現在才首度感覺到真相在腦海中成型，感覺像是看著玩弄視覺的畫作，同一張圖有兩種截然不同的內容，而我正在體驗突然察覺畫中深意的那一刻。

史汪醫師說他想測試我接受不愉快的事實，就是這種事情嗎？他打算在他認為我準備好的時候披露醜陋的真相？

我幾乎能聽見他冷靜、理智的聲音在我腦中響起：我們所受的訓練讓我們憎惡優生學這個詞，但這並不等於抹除某個特定族裔。想要降低罹患心理疾病者數量有什麼不對？許多人都知道類型受到基因的影響。我們不會傷害任何人——只是在給予他們結束苦難的機會。有個不錯的副作用：愈來愈少心理疾病者誕生。這套機制可以創造出更好、更和平的世界，有什麼不對嗎？

我努力控制急促的呼吸。

真相明顯到不該看不清。IFEN利用選擇性生育來製造更好控制的社會大眾——全都是透過針對性的廣告和醫藥宣傳，不需要依靠任何政府介入。第四型跟第五型漸漸死去，第一型接受複製自己的激勵，創造模範小國民，降低生下異常者、反叛分子的機會。畢竟基因很容易影響我們的選擇，因此史汪醫師如此篤定他能操縱我——因為他認為我就是我父親。他控制我父親好幾年了，利用他的同情心來對付他，提醒他反抗只會傷及無辜。

悶悶的嘶吼如同瀑布一般填滿我的耳朵，淹沒車站裡的雜音。索那多的廣告在我眼前變得模糊。我知道自己遭到監視，但就是無法克制，拳頭往後一收，接著以最大的力道搥上螢幕，一次又一次，直到指節瘀青。螢幕閃爍幾下，暗了下來。

婦人和男孩瞪大眼睛看著我。「不要放棄。」我對他們說，「不要結束自己的生命，這就是他們的目的。」

耳中依舊充滿震耳欲聾的巨響，我搭上一輛單軌電車，坐在後排。我氣得渾身發抖，腦袋卻是久違的清晰，或許是我這輩子最清醒的一刻。

認為自己有辦法從內部改變腐敗的體系，只是自我欺騙。體系不會允許我這麼做。我得要反抗史汪醫師——揭發真相。

但如果我這麼做，史蒂芬就會死。這個想法像是鋸齒狀的刀刃穿透我的身體，將我從喉嚨一路切到腹部，我得要用指甲猛抓手臂，靠著這份痛楚來重拾自制。

隔著窗戶看到伊安家的公寓宛如夜空中的寶石般閃耀，我站了起來。單軌電車停下，我下了車。

他在起居室裡等我，坐在沙發上，我一開門，他立刻起身。有好一會兒，我們陷入尷尬的沉默，只是凝視著彼此。我擠出緊繃的微笑，他也笑了。「好久不見。」他說。

其實沒有那麼久，然而感覺起來距離上次見面，像是過了一輩子。我已經不是從前的自己。

「是啊，真的。」

他縮短我們之間的距離，突然緊緊抱住我。我不由自主靠入他的懷抱，因為是伊安，他總有辦法安撫我——一瞬間，我覺得自己是過去的那個女孩。我把臉埋進他的肩窩，淚水浸濕他的上衣。

「妳惹上麻煩了，對吧？」他的嗓音非常輕柔。

我輕輕點頭。

「說吧。」

「不行。」我聲音啞了。「如果告訴你，你也會有危險。」

「蓮恩……」他往後退開，握著我的肩膀，直視我的雙眼。他的凝視中帶著堅決的光芒。「妳可以跟我說。這裡沒有竊聽器，而且我知道的大概比妳想像的還要多。」

我搖搖頭，呼吸加重。「你不懂——」

「拜託。」他的語氣變得更柔和。他摸摸我的臉頰，動作好輕好輕。「讓我幫妳。」

我感覺心中的抗拒崩解粉碎。「我甚至不知道該從哪裡說起。」

「先坐下吧。」

我們並肩坐在沙發上，我的頭靠上他的肩膀，將一切告訴他。他聆聽，除了在我稍停片刻時，低聲說「繼續啊」以外，他一言不發。就算被哪一段內容嚇到，也沒有表現出來。

等我終於陷入沉默，我已筋疲力盡，氣力枯竭，空虛無力。我覺得輕飄飄的，光是把這件事說出口，就已經如釋重負了。

「妳接下來要怎做？」伊安淡淡問了句。

「我知道該做什麼。」我揪住他的上衣。「但要是不聽史汪醫師的話，他會殺了史蒂芬。」

沉默在屋裡盤據了好一會。「史蒂芬想怎麼做？」

我當然知道史蒂芬想要什麼，他要我反擊，就算要賠上他的性命或是他的靈魂也在所不惜。他說得很清楚。我的骨髓深處知道，假如為了保護他而違背他的意願，是極度自私的行為——是無法饒恕的背叛。

我想到單軌車站的那對母子，他們戴著同樣的項圈。我想到那六顆漂在福馬林裡面的小腦袋。我想到黛博菈，她的眼淚，她的憤怒。我想到那個想要忘記戰爭的士兵。我想到那些多年以來遭到遺忘的黑暗真相。

比起史蒂芬或是我的性命，這些都重要太多了。社會大眾有權知道聖瑪莉的事情——不對，知道這件事是他們的義務，他們必須面對領導者涉入的暴行。即便我父親跟史汪醫師得要為發生的一切負責，那也是因為他們——身為IFEN的打手——掌握了這麼大的權勢。他們的頭銜與地位使他們在社會大眾心目中散發天神般的光芒，那是一件披風，允許他們拋棄倫理，操縱事實。大家的手都沾滿鮮血，因為是我們給予他們那些權力。

「我得告訴大眾。」我輕聲說。

這句話一離開我的嘴巴，痛苦再次撕裂我全身，將我的內臟挖出來。失去父親幾乎把我擊潰，失去史蒂芬會是十倍的痛苦——因為我知道那是我促成的結果，是我殺了他。在那之後，我要怎麼活下去？我要如何呼吸？

我用力閉起眼睛，按住嘴巴。

沉默無比漫長。然後史蒂芬非常小聲的說：「應該有辦法救他。」

我猛然抬頭。「什麼？」我怕得不敢相信，不敢抱持希望。「要怎麼做？」

伊安起身，來回踱步。「妳應該要在明天消除他的記憶對吧？妳就照平常的樣子走進去，只是妳沒有修正他的記憶，而是掏出神經阻斷器，打昏看守妳的人，帶著史蒂芬離開。當然了，如果妳不想被洗腦，那就要趕快離開這個國家，我可以幫妳弄到車。天啊，我自己就有一輛多出來的車。幾個月前，我媽送了一臺新車給我當生日禮物，那時候她還沒有弄丟工作。」

我震驚地看著他。他是認真的嗎？「我無意冒犯，可是——你是不是瘋了？首先，我要從哪弄來神經阻斷器？」

「來。」他從口袋裡掏出細細的銀色原子筆，遞給我。「按下旁邊的按鈕，筆尖刺下去。威力比不上真貨，所以妳得要直接戳中對方，不過應該還算管用。」

我沉默半晌，努力思考腦中如同洶湧水流般的疑問。「伊安……我很感激你的幫忙，可是這樣的計畫行不通。這不是間諜片，那個地方到處都是警衛，更別提其他巡心者跟他們的患者了。」

他靠向我。「只要時機恰當就行得通。等到真相曝光，一定會造成混亂。當IFEN忙著亡羊補牢，控制損失，就會有一絲機會。只要妳進入IFEN總部，這個計畫就有辦法成功。以防萬一，我可以幫忙引開注意。」

他確實是認真的。老天啊。「我不能要你做這麼多，如果你也被捲進來，你會被摧毀，你的前途，你的未來，所有的一切。」

他淡淡一笑。「我的未來已經毀了，妳知道的。」

「我不知道，你也不知道。」

「蓮恩……」他頓了下，像是在決定要透露多少，然後他嘆了口氣。「不是只有妳的人生天翻地覆。我幹過的好事要是被IFEN發現，大概會重新歸類到第三型，或者更糟。我不打算被逮到，不過要是真的被逮，我會處理後續。」他流露出堅強的氣息。雖然面容跟我記憶中一樣蒼白憔悴，但他變了，他眼中多了一抹先前沒有的堅毅。

「伊安。」我低聲說，「我不在的時候發生了什麼事？」

他別開臉。「我沒有跟妳提過，上次辦了那場史蒂芬跟我幾乎宰了對方的派對時，我已經被重新歸類為第二型。一開始我是在深層網路的留言板四處亂逛——妳知道的，那些網站沒有受到監控，因為沒辦法在一般搜尋引擎上找到——就這樣踏入黑市。我遇到一個人，他宣稱可以賣我一種騙過精神掃描器的裝置，恢復我的類型。還有我媽的。」

我下巴掉了，我用力閉上嘴巴。「這個……有可能嗎？」

「當然。」他說，「在口腔頂部植入一個小東西。」他張大嘴，手指頭指向口中，我看不出任何異狀。「它會散發信號，讓掃描器誤讀，幾乎沒有人看得出差異。總之，我就是這樣認識老虎的。」

「什麼？」

「就是某個人。」

我打量他的雙眼。可能是我的幻想，不過這雙眼睛好像真的變黑了。比起原本的棕色，它們更像黑色。他的頭髮也長了出來，有如蓋住頭皮的紅色毛皮，中間那一道髮比較長一點。「我還是不懂。」

「什麼？」

「你為什麼要為了史蒂芬冒那麼大的險？」

他別開臉。「我不是要幫他。我是在幫妳，因為妳是我朋友。這個理由還不夠嗎？」他臉上的線條變得更深，在短短幾天內變得更加顯眼。「我懂妳。要是他死了，妳永遠不會原諒自己。如果妳聽他們的命令下手，妳也永遠不會原諒妳自己。這件事會把妳摧毀，我不想袖手旁觀，只有一條路能走。」

感激之情沖過我全身，強烈到讓我淚水盈眶。我想告訴他這對我而言意義有多重大，他對我有多重要，但我突然間找不到聲音。「伊安……我……」

「沒事的。」他柔聲說，「妳什麼都不用說。」

我閉上眼睛，努力集中思緒。

「你知道的，就算我告訴大家真相，可能也沒有多大用處。沒有證據、沒有照片能支持我得知的事實，什麼都沒有，除了——」一個念頭襲來，我張大嘴巴，說不出話。

「除了妳的記憶。」伊安幫我說完。他微微一笑，這回，他眼中閃過一絲惡作劇似的光彩，就像從前那個伊安。「記憶可以上傳、分享。」

我捏著下唇思考。他說得很對，只要經過客戶同意，記憶可以燒成碟片，跟同事分享，尋求第三方建議。可是這件事——完全不同。「你的意思是把我的記憶上傳到網路。」我緩緩說。「做得到嗎？」

「我不知道為什麼會做不到。」他說，「只要轉換成聲音跟影像，記憶就和任何一種檔案沒有兩樣。」

「可是我已經沒有巡心門了。」

「剛才我不是提到一個叫老虎的傢伙嗎？他可以幫我們。」

我抓住沙發邊緣，感覺要是鬆手，我會跌到地板下。「你到底都跟哪種人來往啊？」

他挑眉。「妳想親眼見識一下嗎？」

我的心跳在耳邊迴盪。伊安為我指出一條出路，一個拯救史蒂芬的機會——不只是他的性命，還有他的記憶與身分。我不能錯過這個機會，即使這意味著要涉入超出我掌控的事物。現在就得要行動，要是有所遲疑，我就會失去勇氣。「好。」我的聲音好虛弱，像是要喘不過氣。

他點了下頭，視線集中在咖啡桌上，喚了聲：「烏布。」

一顆黑色球體冒了出來，飄在桌面上幾吋處，一雙像卡通人物的小眼睛睜開，眨了幾下。這是電腦的立體投影，不過比克洛伊還要原始一些。它在半空中打出一個黯淡的綠色訊息框，一行字浮現其中：

哈囉。

「我不知道電腦公司還在出第一代的投影電腦。」我說。

「這個系列比較安全。操作系統比較舊，新的型號都有IFEN用來監視通訊的後門程式。」

這大概是史汪醫師用來摧毀克洛伊的途徑。一團硬塊湧入我喉嚨裡，被我吞了下去。

伊安提高音量：「烏布，幫我跟老虎連線。」

烏布回應：

連線

他又眨了幾下眼。

密碼？

「十月人。」伊安回應。

通過。

「到底是——」我開口想問，但伊安揚手要我安靜。我咬住舌頭。

他看著螢幕。「嗨，老虎，我是狐狸。」隨著他的聲音，文字出現在螢幕上。「你在嗎？」

一陣停頓。接著，幾個字出現在他的發言之下，字體更粗更大。

我在。

「我要你幫個忙。」

字母迅速閃過黯淡的綠色背景。

你要拿什麼來換？

「情報。」伊安回答。

過了幾秒，兩個字閃進視窗：

格式？

「記憶。」他說，「不是我的。是一個朋友。別擔心，她信得過。我們需要巡心門跟上傳檔案的方法。你做得到嗎？」

短暫的停頓。接著回應來了：

可以。

我的心臟狂跳，疑問脫口而出：「我們要怎麼找到你？」

螢幕模糊搖晃了下，過了幾秒，另一則訊息出現：

一個小時內見。

搭單軌北區線到三十二號月臺。我會擾亂那一站的監視攝影機。看到有人跟蹤就回去。我會在站外的空停車場。記得戴面具。

下一秒，螢幕瞬間消失。

「就這樣，烏布。」伊安說，「刪除訊息紀錄，去睡覺。」

亮出一句簡短的**再見**，電腦閉上眼睛，消失在半空中。

我靜靜坐了一兩分鐘，消化剛才看到的一切。伊安看著我。「他說戴面具是什麼意思？」

「等等。」伊安離開起居室一會，拿了兩個黑色塑膠圈回來，外型幾乎跟項圈一模一樣。「投影面具。還記得嗎？我派對上有幾個人戴這個。」

「喔。對。」我拎起一個圓環，仔細檢查。「可是，為什麼？」

「隱藏我們的身分。我們都不知道彼此的真實姓名或是長相。這是保命的方法。要是有人被

IFEN逮到，他們也無法從我們的記憶中查出任何人的身分。」

「伊安……」我收緊握住塑膠圈的手指。「他們到底是什麼人？」

他的嘴角勾起害羞的微笑。「老實說我知道的不比妳多，我在這方面還是新手。」

我太不謹慎了，這點非常明顯，但現在也來不及回頭了。我看著沒有缺口的圓環。「要怎麼戴上去？」

「按下銀色按鈕，它就會打開，不過先別戴起來。」他把自己的面罩塞到外套下。「到那裡再說。」他雙手往口袋裡一插，轉向門邊。「準備好了嗎？」

我這輩子還沒有這樣毫無準備過。掌心沾滿滑溜溜的汗水，心臟快要從嘴裡跳出來。我嚇得要命，頭暈了起來。「好了。」

他猶豫了下，仔細看了看我的臉。「蓮恩……」他深吸一口氣。「妳知道的，這種東西一旦公諸於世，妳絕對會陷入危險。要是IFEN逮到妳，妳有可能被他們洗腦。或者更慘。假如妳不想落到這種下場，就得準備逃亡。真相一公佈，妳必須用最快的速度逃出這個國家。」

逃亡。我將亡命天涯，成為一個沒有家的難民。我閉上眼睛，努力控制住情緒。「我知道。」

我對他虛弱地笑了笑。「這是我必須做的事情──你是這麼說的。」

他雙手按住我的肩膀，輕輕一捏。「我會保護妳。」

我訝異地抬起頭。「你要怎麼做？」

「相信我就對了。」

三十二號月臺人煙稀少——此處接近城市邊陲，破破爛爛，是少有人涉足的區域。站內牆壁漆成白色，燈光昏暗，鴿子在梁上群聚，軟綿綿的咕咕叫聲在沉默中敲出回音，地上架設一排又一排長椅。

伊安按開黑色塑膠環，套在自己脖子上。他的腦袋被像是泡泡的光暈環繞，下一刻，狐狸頭出現在他脖子上。我料到會是如此，但還是倒抽一口氣。這個面具的寫實程度太驚人了，每一根鬍鬚和每一縷紅褐色皮毛都栩栩如生。他對我眨眨金色雙眼，點點頭，彷彿是在說輪到妳了。

我打開塑膠環，扣上我的喉嚨，耳邊傳來微弱的嗡嗡聲。等我往一灘油膩的積水中看看自己的倒影，我看見羽毛光滑的白色金絲雀頭顱取代了我自己的腦袋，那雙油亮的眼珠眨了眨。我舉起還是人類的雙手細看。「我看起來根本就是基因實驗的失敗產物。」我發出比平時還要高亢的清脆聲音，看來這個面具裝載了變聲軟體。

伊安哈哈一笑，那是令人吃驚的溫暖聲響。我記不得上回是在什麼時候聽到他的笑聲。「妳會習慣的。」他的聲音也變了：更低沉，更粗啞。

我們離開車站，走到廢棄的停車場，周圍是無人居住的公寓跟關閉的治療機構。這些建築物猶如開了小小窗戶的巨大水泥塊。就連這裡的天空也是灰色的，煙霧瀰漫，四周的一切蒙上靜默骯髒的薄紗。街燈狠狠俯視停車場，只有一輛黑色轎車在這裡等待，腎上腺素在我的血管裡冒泡。

「他在這裡。」伊安說。

我們靠了過去，我緊跟在他背後，努力忽略顫抖的雙腿。一名高大消瘦的男子身穿灰色西裝，老虎頭靠著後門，雙臂環在胸前。他朝我微笑，露出滿口白森森的利齒。

我清清喉嚨。「請問你是……？」

「先讓我確認一下。」老虎轟隆隆的低沉男中音說。他舉起一臺黑色的神經掃描器。我僵住了，往後退去。「放輕鬆。」他說，「只是以防萬一。」

「我說過了，可以信任她。」伊安說。

「如果你們不介意的話，我希望可以親自確認。」

「如果我介意的話呢？」我問。

「那我們就各自離開，忘記曾經見過彼此。」太不自然了，他那張貓科動物的吻部像人類的嘴巴般活動。投影面具的毛皮是火焰似的亮橘色，上頭有漆黑條紋和奶油白色斑點。

我遲疑了下，接著站得直挺挺的，讓他在我面前揮舞掃描器。機器亮起黃光，他發出若有所思的聲音，檢查眼前閃亮的立體投影螢幕。「第二型。」他說，「快要跨越第三型的界線。」

所以說那個第五型是史汪醫師動的手腳。不過想到自己幾乎要成為第三型，心裡還是忐忑不定。

老虎咧嘴一笑，我身體的重心往左右挪了挪。就算那口利牙不是真的，它們還是讓我好緊張。「好啦。」他說，「我相信妳，要提防的是那些第一型。」他打開車門。「上車。」

我的直覺拉起響亮的警報，可是伊安牽起我的手，安撫似地握了握。

都走到這一步了，我已經做出決定。在這個節骨眼，轉身離開又有什麼好處呢？我上了車。

老虎把車鑰匙丟給伊安說：「載我們到庇護所B。」

「等等，為什麼是我開車？」

「我要跟她說話。」

伊安張開嘴，像是要抗議。他看著我。「沒事的。」我微微一笑，但我不知道這張鳥喙的笑容是什麼模樣。

他嘆了口氣，接過鑰匙，坐上駕駛座。老虎滑到我隔壁，甩上車門。車窗變成黑色，擋住我的視野，引擎咻咻啟動，車子駛離停車場。「好啦，妳握有情報。」老虎修長的十指指尖互觸。「是什麼？」

「證據。證明IFEN為了發展巡心的技術，曾經對孩童進行非法神經外科實驗。」

他挑眉，貓科動物的表情不該這麼變化。「喔，我倒是不意外，不過想證明可不容易。妳究竟看到了什麼？」

喉嚨好緊，我嚥嚥口水，雙手在膝上握成拳。「我跟史汪醫師談過，他當著我的面親口承認。」

老虎挑起另一邊的眉毛。「妳跟史汪醫師談過。IFEN的主任。那個史汪醫師？」

「沒錯。」

他摸摸鬍鬚，瞄向伊安。「狐狸，你知道這件事？」

「對，她全都跟我說了。」

汗水在我的後腰凝聚，老虎的大手在身前交疊。他的膚色像是加了奶精的咖啡，指甲修得整整齊齊。「妳想用這個情報交換什麼？」

「什麼都不換。只要你幫我錄製記憶，上傳到網路就好。傳到有很多人能看到的地方。」

他那雙怪異的眼睛直盯著我。除了顏色是黃綠色之外，比起貓科動物，這雙眼更像是人類的眼眸。「如果妳打算跟全世界分享這個情報，那其實不算是將酬勞付給我，對吧？」

「不知道，我不清楚這類事情通常是怎麼運作的。」我在面具下咬住嘴唇。「你的意思是你不想幫我？」

「我可沒這麼說。」老虎吻部的角落勾起笑容。「如果這會傷害到IFEN，那我收這樣的酬勞就夠了。我想這也是妳的目標吧？」

「不完全是。我認為大家應該要知道真相，就這樣。」

「小姐，妳真有意思。」他湊向我，口中嘖嘖幾聲，距離近到讓我不太舒服。我往後退開。

「跟妳說，我這個朋友用處可多了——」

「混帳，少在那裡裝瘋賣傻。」

老虎只是擠出假笑，翹起腿，雙手交疊在一邊膝蓋上。

過了一會，車子停了。我們來到一棟塌了一半的磚砌公寓門前。他們領著我穿過荒廢的大廳，進入電梯，搭上頂樓。電梯門外是幾乎空無一物，連窗戶都沒有的房間，牆壁裂痕處處，日光燈亮得刺眼，角落擺了兩張搖搖晃晃的木椅，椅子之間是熟悉的巡心門硬碟和兩頂圓形頭盔，還有一片舊式的液晶螢幕，電線連接到另一個比較大臺的硬碟後面。

伊安靠向我，一手按住我的肩膀。「妳準備好了嗎？」他低聲詢問。

「好了。」我撒謊。

他輕輕一捏我的肩膀。「妳知道流程是如何。戴上頭盔，回想那些記憶就好。我戴著另一頂頭盔，引導這個療程。老虎會在這裡錄下一切，準備上傳。」伊安轉向他。「我們要讓這個檔案在明天五點傳到每一個主要的社群媒體網站，你做得到嗎？」

「簡單得很。」老虎再次摸摸鬍鬚。「不過審查機關很快就會撤下影片，我猜只有兩三個小時的時間。」

「希望這點時間足以讓大家注意到影片，下載來看。」

老虎那雙亮晶晶的黃眼珠盯著我。「妳知道的，這東西一上線，妳的處境會非常麻煩，說不定要一輩子亡命天涯。」

繼續呼吸，不要多想。我不能猶豫，現在不能。「我知道。」

他點頭。「開始前還有什麼問題嗎？」

我搖搖頭。

「坐上椅子。」

我準備坐下，卻僵在半途。老虎跟伊安看著我，等待。

我不能在這個時候軟弱，需要考量的事情太多了。我深呼吸，坐上椅子，戴好頭盔，拉下護目鏡。自己急促的呼吸填滿耳際，我努力要它放慢，握住椅子扶手。

「放鬆。」伊安說。

我差點笑出來。放鬆？現在？「我想不太可能。」

「那我給妳一點幫助妳冷靜的東西，可以嗎？」我點點頭，手臂傳來輕微的刺痛。溫暖的迷霧捲向我，我覺得自己正在沉落。

不知道在記憶裡待了久。兩個小時？四個小時？六個小時？時間感好怪——拉得好長，不斷擴張，卻又流動不止，從一個點閃到另一個點。

在迷霧之外的某處，老虎吹了聲口哨。「要是讓人看到這個，一定會掀起暴動。」他的語氣聽起來像是無比愉悅。

等到療程結束，我坐起來，頭昏眼花，思緒緩緩從灰色的霧氣中浮起。

伊安脫掉頭盔，視線低垂。「我很遺憾。」他小小聲說。

起先，我不知道他指的是什麼，然後才意識過來——他什麼都看到了。他跟我一起感受一切。我張嘴想說沒關係的，這句回應卻卡在喉嚨裡。

老虎點選螢幕上的圖示，發出若有所思的聲音。「資料量滿大的，不知道能不能全部上傳，不過我會編輯成有趣的東西。」

我木然地點頭。

我們沒有多說，開車回到單軌電車站。老虎放我們下車。

「記住。」伊安說，「等到明天五點再上傳檔案。」

老虎點頭。「一定會引起軒然大波。我很期待這場煙火秀。」他眨眨一隻眼睛，笑得露出牙齒，開車離去。

伊安跟我摘下面具，踏進電車。我們並肩而坐，盯著正前方。我們在他家附近的車站下車，他緊緊擁抱我許久，嘴脣擦過我耳際。「明天，等到IFEN的注意力被引開，帶史蒂芬逃出去。」

「你要用什麼引開他們的注意？」

他的表情森冷。「到時候就知道了。」

「伊安……」我想告訴他別做傻事。我要他向我保證，不會有人受傷。但我內心深處明白，現在說這種話已經太遲了。

我好怕。

第三十六章

我在隔天下午抵達IFEN總部，腹部繃得好痛。口袋裡是偽裝成原子筆的神經阻斷器——伊安送的禮物。

我走進雙開玻璃門，和過去數千次沒有兩樣。我的腳步聲迴盪在寬敞的大廳裡。

史汪醫師在房間盡頭等我，雙手在背後交叉。「蓮恩，很高興能見到妳。我就知道妳會做出正確的決定。」

「不然我還能做什麼呢？」我問。

「確實。」他微微一笑。「就在這裡，妳的客戶已經在等妳了。」

我跟著他走過長廊，視線低垂。

「昨晚妳去見伊安了，對吧？」他沒有多看我一眼。我沒有回答，他顯然是明知故問。「妳跟他在他的公寓裡待了一會，然後你們一起搭上單軌電車。之後我們就失去你們的行蹤。」

「我們出去走走。」我保持從容的語氣。「我得要找人說說話，我覺得很……困惑。」

「了解。」他上下打量我。「現在呢？」

我擠出答案：「我不喜歡這樣，但知道這是必要之舉。」

他點頭。「我能了解妳內心還是衝突不斷，不過妳很快就會理解這對史蒂芬來說，是最仁慈的作法。為了大局超越自己的情感，需要天大的勇氣。看得出來妳真的很在乎那個男孩。現在妳來到這裡就是最好的證明。」他停下腳步，面向我。「希望妳能從妳父親的錯誤中學習，別擔起不必要的罪惡感。如果妳想找人談談，我隨時都有空。」他的真誠強烈到詭異的地步。

我盯著他的臉。在他做過那些事情以後，他真的覺得我還會信任他嗎？

「喔，我相信妳現在覺得這想法很荒謬，可是呢……嗯，我說過了，時間有辦法改變一個人的觀點。」他的表情沒有半點欺瞞。史汪醫師完完全全相信這套體系，或許他自願接受過許多次調整，移除曾經有過的任何疑慮。

「謝謝。」我說得僵硬。

他朝我伸手。

我的呼吸聲在沉默中格外響亮。我握住他的手，一陣寒意爬過我的皮膚。他的掌心太光滑，太乾燥，太冰冷，實在是很不自然。他細細看著我和他握手，彷彿是知道我有多痛恨這樣——他要看我是否能壓抑心中憤恨。我露齒擠出一笑。

「妳父親會以妳為榮。」他說。

我使盡所有意志力才忍住往他臉上揮拳的衝動。

他鬆開我的手，帶我來到融合實驗室門口。「當然了，這次由我來監控療程。」

「當然。」我抖著腿，手掌按住門外的金屬小板子。燈光閃了閃，板子掃瞄我的指紋。門板滑開，我踏進房間，門又在我背後關上。

史蒂芬已經直挺挺坐在椅子上，他的雙腕上了手銬，白色頭盔覆蓋他的腦袋。他眨了幾下眼，視線失焦，對我露出朦朧的燦笑。我認出這是接受過重度調整的人的表情。「嗨，蓮恩。」

「哈囉，史蒂芬。」我緩緩接近。

他試著站起，接著低頭看了看銬起的雙手，像是第一次發覺自己遭到拘束。他眉間冒出細細的皺紋。「我們在哪裡？怎麼了？」他的聲音含糊，像是喝醉一般。

我瞄向天花板一角的攝影機。那是史汪醫師監視一切的黑色眼睛。「別擔心。」我說，「只是小小的醫療程序。」

「妳說了算。」他笑了聲。「天啊，這個**地方**。真的好……」他瞇眼細看。「好白。」他皺皺鼻子。「為什麼不能換成，那個，藍色啊？天花板上加幾朵白雲。那樣一定很棒。」他再次扯動束縛，對著上銬的雙手眨眼。「我為什麼、呃——這是什麼？」

天啊，我都忘記剛接受過調整的人是什麼模樣了。我要怎麼帶他離開IFEN總部？他還能走路嗎？

「只是預防措施。」我朝巡心門的硬碟揮揮手，脈搏跳得好重。投影螢幕跳出來，以立體影像旋轉展示史蒂芬的大腦。我得多拖一些時間，做出所有程序，讓史汪醫師相信我真的要動手。響亮的心跳震耳欲聾。「這些拘束是標準流程。」

「不知道。我覺得有點怪。」他咧嘴一笑，接著又咕噥呻吟，往躺椅上坐得更深。「為什麼我會頭暈？」

「放鬆。不會有事的。」我坐進我的躺椅。

「蓮恩……」他的嗓音變了。還是有些含糊，不過夾雜了一絲剛才還不存在的清醒，還有一絲恐懼。「怎麼了？」

我直視他的雙眼。「相信我。」

他凝視我許久，點點頭。我深吸一口氣，戴好頭盔。一顆顆汗水從我前額冒出。*伊安，快啊。你說的轉移注意在哪裡？要是他出事的話，那該怎麼辦？要是——*

不行。一旦開始這樣想，我就會慌掉。繼續拖時間，當成正常的療程來執行。「我要你回想我們第一次說話那天，在格林堡高中，你傳簡訊給我，要我跟你碰面。你還記得嗎？」

「嗯。」

「帶我們回到那一刻。」

影像游入我的腦海。我坐在教室角落。我盯著自己的後腦杓——*她的後腦杓*——認真地低頭看筆記。帶有光澤的棕色頭髮綁成兩條垂在她肩上的馬尾。我握著自己的手機，手指頭在傳送鍵上徘徊。她不打算幫我。我*知道*她不會，那我為什麼要做這種事呢？幹嘛自找麻煩？

在我發瘋之前，我按下按鍵。我看她掏出手機——

在咖啡廳裡，我坐在她對面，看著那雙棕色大眼。擁有如此能力的人不該一副無辜的模樣。

我在我的公寓裡，彎腰趴在咖啡桌上，以粗獷的黑色線條繪畫，一抹一抹用力勾勒，她出現在紙張上，轉頭回望我，表情震驚。一張張紙散落各處，每張上都有她的面容。我畫完這張圖，然後揉成一團。我揉掉所有的作品，在紙堆上點燃火柴，看火焰舔過紙張邊緣，看煙霧一縷縷翻捲飄起。

我知道這只是在自我折磨。即使她對我有同樣的感情，也不會有結果。我會毀了她，把她拖進我的地獄。可是太遲了。她已經滲入我的皮膚，流入我的血液，鑽進我的大腦，混進我的DNA。無論我燒掉多少張畫，她還是不會離去。

一滴滴水珠落入火焰中，嘶嘶作響。煙霧刺痛我的眼睛和鼻子。我看著紙張捲成灰燼——

這時，雷聲劈開這個世界。

我從椅子上猛然坐起，雙手亂揮，扯掉我的頭盔。蓮恩。我是蓮恩．費雪。十七歲——不對，是十八歲。巡心者。前巡心者。我在IFEN的總部裡。我在等待異變發生。

更多雷聲。爆炸。地板震動。我猜大概就是這一刻。

我氣喘吁吁，爬到史蒂芬的椅子旁，扯下他的頭盔。我按下一個按鈕，手銬啪地打開。「史蒂芬。」

他對我眨眼。

「史蒂芬，我們要離開這裡。」

他對我展開雙臂，像是討抱的小孩，我把他從躺椅上拉起來。他腳步虛晃，跌跌撞撞。我一手環抱他，我們一起往門邊踉蹌前進。我按下掃描器，門板滑開，另一陣爆炸再次撼動IFEN總部。有人尖叫，有人大吼，濃濃黑煙瀰漫整條走廊。我邊咳邊嗆，在陰暗的迷霧中挺進，半是領路、半是拖行地帶著史蒂芬。所有的東西都模模糊糊，宛如夢境。我有一部分的心思還浸泡在他的記憶中。

伊安是在什麼時候逮到機會引爆IFEN總部？他從哪學到這一招的？更重要的是，這裡還有無辜的人在——如果有人受傷的話該怎麼辦？

黑煙飄進我的鼻孔。我的視線朦朧，反胃感捲過我全身。我一手按住嘴巴，嚥下嘔吐物。晚點再來想那些道德倫理。此時此刻，我得專心活著離開這裡。

兩道沾滿灰煙的人影隔著洶湧的灰雲朝我跑來，他們戴著金屬的呼吸面罩，手持神經阻斷器。「站住！」其中一人大喊。

我的思緒迅速運轉。「噢，謝天謝地。」我奔向他們，手中還拖著史蒂芬。「我聽見爆炸聲。我——我不知道發生什麼事了，請救救我們。」我假裝啜泣，跌向離我比較近的守衛，空著的那手從口袋裡掏出神經阻斷器，戳向他的肚子，按下按鈕。他抽搐呻吟，彎下腰來。我收起神經阻斷器，他搖晃幾下，倒在地上抖個不停。

「什麼鬼——」另一名警衛眨眨眼，舉起他的武器，可惜動作不夠快。我朝他的太陽穴揮出神經阻斷器，再次按鈕。他癱倒在地，四肢抽動，翻起白眼，血沫從他嘴角流出，因為他咬傷了舌頭。他等一下就會醒來，除了劇烈的頭痛，幾乎就像什麼事都沒有發生。希望如此。

「蓮恩。」史蒂芬呼喚，他的語氣聽起來更正常了。說不定是爆炸的衝擊把他震醒。「妳從哪弄來——」

「晚點跟你解釋。」

我們快要來到大廳。我衝過門板，撞進開闊的空間，這裡也是煙霧瀰漫。警鈴高響，還是說是我的耳鳴聲？我的心思全放在跨出一步又一步上頭。繼續走就好。繼續走。

正門就在眼前，三名警衛擋住我的去路。他們拿槍指著我——不是神經阻斷器，是真正的手槍。我僵住了。我盯著正前方空蕩蕩的黑暗槍管，時間彷彿變慢了。**快跑啊！**大腦對著身體尖叫，然而我的肌肉全部鎖死，被嚇呆了。三名男子準備扣下扳機。

我要死了。就在這裡，就在這一刻，離成功逃離只差一步。結束了。

一陣狂吼填滿空氣，一團火球在門邊炸開，衝擊力震得我往後倒。水泥跟石頭的碎片在空中飛舞；有什麼東西刮過我的臉，留下一道灼痛。我看見那三名手持武器的男子融化在眩目的強光中，溫暖的血液濺上我的臉。有人在慘叫。史蒂芬撲向我，護住我的身軀，室內充滿高溫，一切都變成白色。

然後，一切都變成黑色。

第三十七章

我回到那片灰色的霧海中，漂浮在夢境與虛無之間。不時閃現的光線和聲音穿破霧氣，但我無法分辨那些究竟是什麼。我不知道在這裡待了多久，不過感覺已經很久了。一億萬年。

有時候我知道自己是誰。有時候我往上漂向一抹微光，人的聲音刺破寂靜的厚繭。我曾經看到一雙藍眼盯著我，感覺到一雙手握著我的手。有人在呼喚我，聲音悶悶的，好小聲——像是在水面下聽到的扭曲聲音。我認得這個聲音。我集中思緒，尋找這個名字，它卻滑過我的腦海。

然後我又開始下沉，一片灰將我包裹。

嘴巴好乾。這是我的第一個知覺。我抿抿嘴脣，臉皺成一團。要是有水就好了。

其他感官紛紛湧上。背後是柔軟的床墊。光線透過我的眼皮照進來，將黑暗染上橘紅。臉頰和頭部傳來悶痛，肋骨跟左手臂一陣陣抽痛。旁邊有一臺機器規律地嗶嗶作響，藥味刺激我的鼻腔。醫院？

我睜開眼睛，發現視線正前方是裂痕處處的水泥天花板。我眨眨眼，看起來不像是醫院的天花板。

呼吸。觀察周遭情況，一件事一件事慢慢來。我躺在床上，穿著薄薄的病人棉袍。點滴管從我的手腕牽出去，繃帶蓋住我的手臂。我試著專注，將記憶整理妥當，但我只想得到史蒂芬。不知道為什麼，我感覺他陷入極大的危險。

接著我聽見輕輕的鼾聲，抬眼一看，看到他癱坐在椅子上，腦袋低垂。

我張開嘴巴。起先什麼都說不出來，只能發出虛弱的嘎嘎聲。我的喉嚨要著火了。試了幾次，我終於能用氣音說出他的名字。

他猛然抬頭，淺色的睫毛顫動著揚起。有好一會兒，他只是盯著我，瞪大雙眼，彷彿是不敢移開目光——怕只要一眨眼，我就會消失。「蓮恩。」他說。

我鬆了一大口氣，強烈的安慰感害我差點哭出來。他認得我。他還活著，完好無缺。光是這樣，我就想跪地感謝一切存在的崇高力量。

他站起來，小心翼翼地靠近一步。我伸出手臂，他小心翼翼抱住我，我把他抱得更緊，他發出窒息似的聲音。我馬上鬆手。「史蒂芬，你有沒有——」

他微微一笑。「在爆炸中稍微烤焦了，不過他們把我修好啦。」

一瞬間，我想起炸彈爆炸時，他撲到我身上，用身體掩護我。等等——炸彈？為什麼會有炸彈？我抖著手按住太陽穴。「發生了什麼事？」我輕聲問。

史蒂芬的表情變得凝重。「妳記得多少？」

「我——我不知道。」腦中一片模糊，頭隱約作痛。我緩緩起身，疼痛感覺起來似乎都是皮肉傷——只有瘀青跟割傷。我的臉熱辣辣地刺痛，有點像被晒傷。「我記得……」我沒把話說完，忙著篩選亂成一團的思緒。「我沒辦法思考。」呼吸加速。「為什麼我沒辦法思考？」

「他們說妳有腦震盪。」他輕輕將我推回床上。「妳安全了。現在專心休息就好。妳會恢復的。」

我閉上眼睛，頭昏眼花。等到天旋地轉的感覺停止，我環視這個房間。房間不大，只有一顆簡單的燈泡照明，四周是粗糙的水泥牆。絕對不是醫院，至少不是一般的醫院。

他順順我的頭髮。「妳覺得怎麼樣？」

他的聲音，他的撫觸，他的一切都如此溫柔，如此小心。彷彿我是用玻璃做的，只要說話太大聲、突然移動就會碎了一地。「好累。」我低喃，「好暈。」

「需要什麼嗎？水？」

這個字喚醒我的口渴，不過現在我有更緊急的需求。也就是尋求答案的需求。「我在哪裡？怎麼會來到這裡？」

「我們在一間庇護所裡。是幫我們逃出IFEN總部的人送我們過來的。妳知道的——就是那些戴著動物腦袋的傢伙？」

水壩決堤，影像一口氣湧入：IFEN總部、父親的紀錄消失、與史汪醫師的對峙。我去伊安的公寓；我們跟老虎見面，將記憶上傳到網路。我回來救史蒂芬，然後——然後——

煙霧。爆炸。鮮血噴濺在牆上、地上、我身上。

我的視線開始模糊，牆壁似乎正朝我逼近。

史蒂芬握住我的手。「蓮恩，專心看我。」他捏捏我的手指。「仔細聽我說話。」他拚命似的嗓音穿過我周圍愈來愈厚的霧氣。我專心地緩緩呼吸——吸氣、吐氣、吸氣、吐氣——努力控制住加速的心跳。史蒂芬撫摸我的太陽穴，輕聲念著讓人安心的話語。

有好一會兒，我只是躺著，握著他的手，感受他的手指梳過我頭髮。我揚手摸摸他的臉。他有幾處擦傷，太陽穴上有一塊瘀血。

在腦海中，我不斷看到警衛倒地，鮮血在空氣中濺成一片紅霧。他們大概死了。伊安策動這場爆炸。我打了個寒顫，想到炸開的熱流，他們的身體像是融化成強光。那些警衛對於史汪醫師的計畫八成一無所知，他們只是聽命行事，現在他們死了，是我害的。還有多少人在那場讓史蒂芬跟我脫逃的爆炸中受傷或喪命？

史蒂芬摸摸我的臉頰，指尖勾勒我下巴的線條。「看著我。」他說得堅定。

我這才發現自己陷入換氣過度的狀況。我凝視史蒂芬的雙眼，專注在那片藍色中點綴著一絲絲灰色和銀色的熟悉雙眸裡。一團硬塊在我喉中膨脹。「對不起。」我低語。

「為什麼？」

「我——我拿你的性命來賭。」羞愧在我心中灼燒，悶住我的呼吸。「要是我們被抓到——」

「別這麼想。」他捏住我的下巴。「還記得嗎？我叫妳要做什麼就做什麼。我以妳為榮。」

「可是——」

「與其成為他的傀儡，死掉還比較好。妳懂嗎？」

我望進他的雙眼，那雙美麗的瞳眸，四周還繞著從未消失的黑影。我坐起來，雙臂環上他，把他擁入懷中。慢慢的——像是不敢破壞這一刻——他回應我的擁抱，將我的頭輕輕按在他肩上，臉頰貼著我的頭髮。

我的臉頰埋在他的頸窩——溫暖、光滑的皮膚——我發現一件事。「你的項圈不見了。」

「嗯，他們拿掉了。」稍一停頓。「好怪。我以為拿掉項圈會是一種解脫，可是感覺有點……不知道，像是沒有穿衣服一樣。」

「你會習慣的。」

我們擁抱了好一會，最後，我往後退開，摸摸自己的頭髮，有幾個地方燒焦了。我相信我的臉也燙傷了，不過不是很嚴重，不然我會更痛。「我看起來大概很糟。」

他發出像是嗆到的小小笑聲。「妳從來沒有這麼漂亮過。」他雙手托起我的臉，湊過來，吻了我。一時之間，我什麼都忘了——所有的痛苦，所有的黑暗。

過了兩三個小時，一名穿著純白大衣、頂著貓頭鷹腦袋的女性進來為我檢查。她拿手電筒照我的眼睛，問了幾個簡單的問題，接著幫我換藥，途中不斷發出安撫似的輕柔呼呼聲——我猜是她那張面具的效果。她站起來，雙臂環在胸前，上下打量我。「嗯，妳就是蓮恩．費雪。」

感覺她是在自問自答，所以我沒有回應。「有用嗎？」我反問。

她歪歪腦袋。

「上傳的記憶檔案。」我說明。

「喔，很有用。雖然幾個小時就被刪光光，可是大家都看到了，消息傳得很快。」

「史汪醫師當然是全盤否認。」史蒂芬說。他坐在椅子上，一邊膝蓋屈到胸前，手肘擱在上面。「他在電視上發表聲明，派出那些記憶專家——」他在空中用手指頭替這個詞加上引號，「——驗證這只是惡作劇。不過大部分的人都不買帳，有些團體正在要求史汪醫師辭職。」

「不知道為什麼，我覺得他不會這麼容易就放棄。」我說。

「大概吧，不過妳還是造成影響了。」

貓頭鷹女子點點頭。「這是很勇敢的行為。」

我不覺得自己有多勇敢。只覺得自己好渺小，好不安，好害怕。如果史汪醫師說得沒錯，這會帶來新一波的暴力，該怎麼辦？說不定已經開始了。說不定我的坦白即將引爆憤怒的火藥桶。

貓頭鷹轉身走向門邊。「我去找狐狸過來。」她轉頭說，「他等著要跟妳說話。」

史蒂芬皺眉。「是嗎？」他瞄了我一眼。「妳認識他？」

「嗯，沒錯。」我心想要不要多說一些，然後忍住這股衝動。在地下世界，伊安的身分是祕密，他把這個祕密託付給我。我沒有立場告訴任何人，即使是史蒂芬也一樣。

門開了，他走進來，看起來跟我的記憶沒有兩樣——紅褐色的皮毛，緊張的金色雙眼，顫動的鬍鬚。他瞄向史蒂芬，握住他的手臂問：「我可以跟她獨處幾分鐘嗎？」

史蒂芬眉頭緊鎖，手移向腰上的槍套。我現在才注意到，是神經阻斷器？「聽好，我很感激你幫我跟蓮恩逃出那個地方，可是我不知道你跟你的兄弟是誰，也不知道能不能信任你。我要待在她身邊。」

狐狸嘴巴開合幾次，吐出惱怒的嘆息。「關上門。」

史蒂芬困惑得眉毛打結，但還是乖乖聽話。狐狸揚手解開黑色項圈，投影面具消失了。

史蒂芬下巴掉了。他看著伊安，眨眨眼，又望向我。「妳知道？」

「喔，是的。」我有些狼狽。「不過也是前幾天才發現的。」

「好啦。」伊安橫了史蒂芬一眼。「可以給我們一點隱私嗎？」

史蒂芬稍稍猶豫，看看我，又看看伊安，最後凝視著我，表情緊繃，最後還是離開房間，關上門。

伊安和我默默凝視彼此好半晌。「是你帶我們來這裡？」我問。

他點頭。

我突然無比疲憊。腦海中有一千個問題在游泳，可是我不確定究竟想不想知道答案。不過我還是問了。「你怎麼有辦法在短時間內裝設那些炸彈？」

「它們已經在那裡了。我們打算用炸彈向IFEN傳遞訊息，我只是說服其他人改變計畫。」

所以他涉入此事的程度比先前透露的還要多。或者，至少他知道恐怖分子計畫炸掉IFEN總部，沒有告訴任何人。「你真的相信這些人在做的事情嗎？」我悄聲問，「你覺得引爆炸彈會有什麼好下場嗎？」

「有啊。因為這場爆炸，妳跟史蒂芬現在自由了，不是嗎？」

我無法反駁。

他露出疲憊的微笑。「言語的力量有限。戰爭即將爆發，在短時間內，大家將要選擇站在哪一邊。妳也是……到了那一刻，妳最好準備好弄髒自己的手。」

「如果你是這麼想的，那你跟那些人有什麼不一樣？」

他的表情變得生硬。「首先，我們不會殘殺小孩，或是囚禁無辜人士，威脅要給他們洗腦。我們裝設炸彈的地方都是經過挑選，不會傷害到任何一名患者。除了那些警衛，沒有任何傷亡，要是不殺他們，他們就會殺妳。」

他說得對。我別開臉。可是……「炸彈爆炸的時候，總會有傷及無辜的風險。」

他嘆了口氣，一手梳過豎立的紅髮。「我知道在妳眼中這是什麼樣子，妳以為我跟一群恐怖分子瞎混。」

「不是這樣嗎？你救了我們的命，我很感激，真的。可是，你要如何稱呼一群利用恐懼和毀滅達成目標的人？」

「我們靠的不是恐懼，是希望。」

「我很希望這是真的。」我說，「非常想。」

尷尬的沉默降臨。

「現在我們在同一條船上了，不是嗎？」他低聲問，「任何一個人都無法回到以前的日子了。」

「你說不定還來得及，IFEN不知道這些事，只要你能恢復類型——」

「太遲了。這都要怪我自己。」他盯著牆壁。「是我太天真，以為可以在每一次困難的療程之後消除記憶。」

我猶豫了。沒錯——他是不該這麼做，可是伊安不是笨蛋，也不是個不顧後果的人。他一定察覺到沒辦法永遠這樣下去，他一定有什麼理由，逼著他不斷沉淪，不斷接下他明知無法應付的客戶。當我漸漸想通，奇異的感覺流過我全身。「是為了我，對吧？」

他渾身僵硬。「我聽不懂妳的意思。」他的聲音好生硬，毫無說服力。

「在我第一次崩潰之後，你開始接下所有的性侵案件，不讓我碰。」

他的沉默足以回答一切。

「噢，伊安。」淚水湧入我的眼眶。他一直在我身旁，是可以依靠的溫暖肩膀，安穩又堅定。他在我不知情的狀況下，一直幫我承擔一切，我甚至從沒想到這個可能性。「我很抱歉。」

「妳不需要道歉。」他的嘴角勾起小小的笑容。「對了，我有個禮物要給妳。」我這才注意到他推了一個行李箱進門。他打開箱子，我倒抽一口氣。

「我的巡心門！」他把硬碟放在床上，我摸過光滑的表面。「謝謝！你是怎麼——」

「最好別問。」他直視我的雙眼。「妳應該要儘快離開這裡，IFEN一定會追捕你們。有一輛車停在外面，車上放了地圖。我之前說過了，妳最大的機會就是逃向邊境。中間不要停，直接開過去。我們會派人在圍牆附近跟你們會合，帶你們到最近的庇護所。」

「那你呢？」

他的笑意沒有進入眼中。「我不會有事的。」

那天夜裡，史蒂芬跟我搭乘伊安提供的低調灰色轎車離開這座城市。史蒂芬開車，我們沉默不語。前方是朝著地平線延伸的道路，兩側是玉米田。廣闊的星空覆蓋在頭頂上，後座的行李箱裝著我的巡心門。

我在後照鏡裡瞄了自己一眼，幾乎認不得回望我的這個女生。她看起來更瘦、更銳利了。離開前，我修掉燒焦的頭髮，現在參差的髮尾垂在臉頰周圍，短到綁不成馬尾。有幾塊皮膚還帶著淡淡的粉紅色，那是爆炸中留下的輕微燒傷，我眼中帶著從未見過的野性，看起來有點瘋。不過說不定這樣很適合我。

現在我要亡命天涯了。我們都是。

這個認知讓我驚懼不已。如果不是巡心者，那我又是誰？從有記憶以來，我一直認定這就是我的身分。儘管發生了這麼多，我依舊相信巡心者可以做好事，我真的幫助了我的客戶——至少其中某些人是如此。但我無法回頭。

「蓮恩？」

我的雙手在大腿上握成拳。「沒事。」我低喃。這句話大概沒什麼說服力，我斜眼偷瞄史蒂芬，注意到他凹陷的臉頰與眼下的陰影。「你呢？」

他露出若有似無的笑容。「睡得不太好。做惡夢。」

「抱歉。」

他聳聳肩。「習慣了。只是現在惡夢裡面沒有派克，換成穿白大衣的傢伙。還有莉西的遭遇。」

毋庸置疑，我父親是盤據他夢境的其中一人，一想到這點，我的心就好痛。我們又沉默幾分鐘，路燈之間隔得好遠，小小的黃色光點勾勒出道路的輪廓，幾乎擋不住黑暗。

「如果我還想消除自己的記憶，妳會動手嗎？」史蒂芬突然問。「我是說，等到這一切都結束以後。」我聽不出他的情緒，無法分辨他是不是真的在問我。

我的脈搏加速。

如果我消除他的記憶，這一定會改變他，將他變成另一個史蒂芬。我想要這個史蒂芬——愛罵人又愛挖苦人；堅強又脆弱；帶刺又柔軟；渴求愛的戒備眼神。我想要這個克服龐大痛苦、拚命抵抗心中惡魔的史蒂芬。

可是呢，為了這些理由拒絕他實在是太自私了。「如果你真的想要，那當然可以。」

他直視前方，雙手緊緊握住方向盤。車子的引擎輕聲嗡鳴。「這曾經是我長久以來唯一的願望。忘記一切。不再想起任何傷痛。我怕自己會為了這個願望做出什麼事，可是我想等到一切都結束，就不會有事了。我甚至不在乎這會摧毀我自己，因為我看不出有什麼值得留下的理由。可是現在……」

我什麼都沒說，只是等著。

「如果我忘記構成我這個人的一切，就能幸福快樂嗎？還是說那只是另一種形式的死亡？」

「我不知道。」

他把車停到路邊，凝視我的雙眼。我看不懂他的表情。「蓮恩，妳對我有什麼感覺？對現在的我？」

字句從我喉嚨裡冒出，被我吞了下去。「我不希望你依據我的感受做決定，史蒂芬。」

「妳回答就是了。」

我抓住膝蓋，緊緊閉上眼睛，淚水在我的眼皮下灼燒。「我想留下你。」我低語，「我不希望你消失。我不希望你變成別人，也不希望你忘記我們之間的事情，我想要現在的你。」

溫暖又溫柔的手按住我的背後。「如果妳在我身上看到任何值得留下的東西，那我就想把它留下，無論那是什麼。」

我猛然抬頭。「史蒂芬，我說過了——」

「這麼做不是為了妳。這是我自己的願望。」他歪嘴微笑。「誰知道呢？說不定某天我有辦法學會跟自己好好相處，說不定我會發現享受做自己是怎樣的感覺。假如我變成別人，我就永遠沒有這個機會了。」他的指背刷過我的臉頰。「我也不想忘了妳。」

我的心用力一跳。

他輕觸我的下巴，將我的臉往上抬，一手滑入我的頭髮，溫柔地吻上我。他的嘴脣涼涼的，在我的脣間升溫。世界濃縮成我們身體相觸的幾個點——我和他的脣，他撫摸我頭髮的手。

等到我們終於停下來換氣，他悄聲說：「好啦，現在要怎樣？我是說——嗯，我們要去邊境，說不定可以順利穿過去。然後呢？」

我輕笑一聲。「不知道，不過我們會在一起，這樣算有意義了吧？」

他的表情好嚴肅。「跟妳說，如果我維持原狀，那就等於維持這種亂七八糟的狀態，我的問題不會消失，我會不斷想起，做惡夢，說不定這輩子都是如此。」

「我也是。可是我們會一直在一起，不讓彼此崩潰。」

他的視線輕顫，往我眼底探尋。「妳會陪著我？」

「會。」

他湊過來，又吻了我一下，他的舌頭帶著一絲咖啡味。我努力把這一刻鎖在腦海裡，將它深深印在心底，準備靠著這個度過餘生，直到永遠。當然了，我知道這是不可能的事。記憶會模糊、消失。此時此刻是現實，永恆則是幻覺。不過，以神經學的角度來看，兩者之間沒有任何差異。

車子繼續往前開，車頭燈穿破黑暗，我握住史蒂芬的手。開闊的道路往前延伸，加拿大等著我們。如果真的有反抗軍，他們或許會需要我們的協助，日後我會遇上更艱難的選擇。我不知道要做什麼，無論怎麼選，我大概永遠無法篤定自己究竟是對是錯。

然而這就是選擇的本質。畢竟我們的世界不是黑白分明，它是不斷變動、模稜兩可的灰色團塊——記憶與夢境、真相與半真相之間的黯淡國度。在這個世界，怪物嘶吼、天使帶著彈簧刀。在這個世界，希望和夢想靠著那顆像花椰菜的器官裡的化學反應構成，痛苦與美麗緊緊交纏，無法分開。這是我們僅有的灰色世界。

我垂眼看著史蒂芬的手覆在我手上。

或許這樣就夠了。

致謝

這是一段漫長的旅程，若不是許多偉大人士的支持，我絕對走不了這麼遠。

感謝我的經紀人克萊兒．安德森—惠勒（Claire Anderson-Wheeler）。感謝她相信《巡心者》，感謝她的努力和超棒的回應意見。

感謝我的編輯梅拉妮．瑟卡（Melanie Cecka）——還有Knopf的整個團隊——幫我把這本書修琢得更加美好，成為最完美的型態。

感謝我的寫作夥伴兼心靈之友梅兒（Mel），感謝她從一開始就讀過這個故事、給予批評，還有那些閒聊食物、哲學、小說、各種意識狀態的深夜。

感謝貝絲（Beth）了解我扭曲的幽默感跟喝酒與卡通的品味（有的很好，有的好到不行），還有多年來的不棄不離。

感謝奶奶從小就給我講故事，點燃我小說創作的熱情。

感謝媽媽、爸爸、羅斯提（Rusty），感謝他們的愛、支持、鼓勵，感謝他們是如此不尋常的一家人——這是最完美的型態。

感謝喬伊（Joe），感謝他給予我超出他認知的事物。你是最棒的。我愛你。

Q小說 FY1033

巡心者I：甦醒

MINDWALKER

原著作者 A. J. 史泰格（A. J. Steiger）
譯　　者 楊佳蓉
責任編輯 廖培穎
行銷企畫 陳彩玉、朱紹瑄
業　　務 陳玫潾、林佩瑜、馮逸華

出　　版 臉譜出版
發 行 人 凃玉雲
總 經 理 陳逸瑛
編輯總監 劉麗真
城邦文化事業股份有限公司
台北市民生東路二段141號5樓
電話：886-2-25007696　傳真：886-2-25001952

城邦讀書花園
www.cite.com.tw

發　　行 英屬蓋曼群島商家庭傳媒股份有限公司城邦分公司
台北市中山區民生東路141號11樓
客服專線：02-25007718；25007719
24小時傳真專線：02-25001990；25001991
服務時間：週一至週五上午09:30-12:00；下午13:30-17:00
劃撥帳號：19863813　戶名：書虫股份有限公司
讀者服務信箱：service@readingclub.com.tw
城邦網址：http://www.cite.com.tw

香港發行所 城邦（香港）出版集團有限公司
香港灣仔駱克道193號東超商業中心1樓
電話：852-25086231或25086217　傳真：852-25789337
電子信箱：hkcite@biznetvigator.com

新馬發行所 城邦（新、馬）出版集團
Cite（M）Sdn. Bhd.（458372U）
41, Jalan Radin Anum, Bandar Baru Sri Petaling,
57000 Kuala Lumpur, Malaysia.
電話：603-90578822　傳真：603-90576622
電子信箱：cite@cite.com.my

一版一刷 2018年9月

I S B N 978-986-235-693-7
定價380元
（本書如有缺頁、破損、倒裝，請寄回本社更換）

國家圖書館出版品預行編目資料

巡心者I：甦醒／A. J. 史泰格（A. J. Steiger）
著；楊佳蓉譯. -- 一版. -- 臺北市：臉譜
出版：家庭傳媒城邦分公司發行, 2018.09
面； 公分. --（Q小說；FY1033）
譯自：Mindwalker
ISBN 978-986-235-693-7（平裝）
874.57　107013736